DAS SCHWEIGEN DER DÜNEN

Kaja Petersen ist glücklich verheiratet und Mutter von drei mittlerweile erwachsenen Kindern. Schon früh begeisterte sie sich für die Nordsee und ganz speziell für Spiekeroog. Mindestens einmal pro Jahr zieht es sie dorthin. Schneetreiben auf dem Oberdeck der Fähre, Herbststürme, Wassertemperaturen von zweiundzwanzig Grad: Mittlerweile hat sie schon fast alles auf der Insel erlebt und entdeckt doch jedes Mal etwas Neues – vor allem Tatorte.

KAJA PETERSEN

DAS SCHWEIGEN DER DÜNEN

Küsten Krimi

emons:

Bibliografische Information der Deutschen Nationalbibliothek
Die Deutsche Nationalbibliothek verzeichnet diese Publikation
in der Deutschen Nationalbibliografie; detaillierte bibliografische
Daten sind im Internet über http://dnb.d-nb.de abrufbar.

© Emons Verlag GmbH
Alle Rechte vorbehalten
Umschlagmotiv: photocase.de/Nordreisender
Umschlaggestaltung: Nina Schäfer, nach einem Konzept
von Leonardo Magrelli und Nina Schäfer
Umsetzung: Tobias Doetsch
Gestaltung Innenteil: DÜDE Satz und Grafik, Odenthal
Lektorat: Christiane Geldmacher, Textsyndikat Bremberg
Druck und Bindung: CPI – Clausen & Bosse, Leck
Printed in Germany 2024
ISBN 978-3-7408-1983-5
Küsten Krimi
Originalausgabe

Unser Newsletter informiert Sie
regelmäßig über Neues von emons:
Kostenlos bestellen unter
www.emons-verlag.de

Dieser Roman wurde vermittelt durch die Literaturagentur Scripta,
München (info@scripta-literaturagentur.de).

Die automatisierte Analyse des Werkes, um daraus Informationen
insbesondere über Muster, Trends und Korrelationen gemäß
§ 44b UrhG (»Text und Data Mining«) zu gewinnen, ist untersagt.

Für meinen Mann Lars, mit dem ich so viel Zeit auf
Spiekeroog verbringen darf – ich liebe dich!

Prolog

»Wo sind denn jetzt die Brandgänse?«, fragte sie und drehte sich zu ihm um.

»Noch ein Stück weiter in die Dünen, in dem kleinen Tal da vorn. Da brüten sie zwischen den Krähenbeeren«, antwortete er und deutete voraus. Dort erhob sich eine Braundüne, dicht mit Moos, Flechten, Silbergras, Tüpfelfarn und Krähenbeeren bewachsen, die in der Abendsonne golden leuchteten. Dahinter erkannte sie bereits die nächste Düne. Hügelartig bildeten sie das Grundgerüst der Insel.

»Das ist aber ein ganz schöner Weg vom Dorf hierher. Dahin verläuft sich doch sonst keiner«, sagte sie und lachte.

Er lachte ebenfalls und hielt sich mit beiden Händen an den Gurten seines Rucksacks fest. »Da hast du recht. Eigentlich ist es auch nicht wirklich erlaubt, was wir hier machen. Du weißt schon, Dünenschutz, Vogelschutz und so.«

»Ich verrate dich schon nicht.« Sie stieg die Düne hinauf und blieb oben stehen, schirmte ihre Augen gegen die tief stehende Sonne mit einer Hand ab und sah sich um. Weit entfernt sah sie das Dorf Spiekeroog, eindeutig erkennbar an dem pyramidenförmigen Dach der katholischen Kirche. Etwas weiter Richtung Meer stand der Utkieker, die dreieinhalb Meter hohe Bronzefigur eines nackten Mannes, der nach Westen schaute, beide Hände an der Stirn, als wollte er wie sie seine Augen vor der Sonne schützen. Sein Blick ruhte auf der Insel und auf dem Meer; der symbolische Wächter über allem. Sie drehte sich etwas weiter Richtung Norden, bis sie hinter den Dünenspitzen einzelne Schaumflöckchen auf den Wellen entdeckte. Die Nordsee. Sie liebte diese Weite, diese Aussicht auf das endlose Blau, das sich am Horizont mit dem Blau des Himmels vereinigte. Die Sonne stand schon ziemlich tief im Westen, tauchte den Himmel dort in ein gleißendes Gelb. Sie atmete ein, nahm die Hand herunter und schloss die Augen. Spürte den Wind in ihren Haaren, die

Sonnenstrahlen auf ihrer Haut. Roch diesen würzigen Duft nach Kräutern und Kiefernnadeln. Hörte die Möwen über ihrem Kopf schnarren, auf dem Weg zum Meer. Wenn es eine Möglichkeit gegeben hätte, die Zeit anzuhalten, jetzt hätte sie den Knopf gedrückt.

»Willst du warten, bis die Sonne untergegangen ist, oder willst du das Nest heute noch sehen?« Seine Stimme holte sie wieder in die Gegenwart zurück. Er stand ein ganzes Stück tiefer als sie in einem Tal, das zwei Dünen hier bildeten. Gut geschützt durch dichtes Buschwerk an den Seiten. Bis hierher hatten sich erste Kiefern vorgearbeitet, die äußerst eigenwillig wuchsen. Klein und gedrungen, mit Flechten bewachsen, wirkten sie bei Nebel wie Gnome, die einen mit ihren knorrigen Astfingern in die Irre wiesen.

Sie schlitterte die Düne hinab, versuchte, sich noch abzufangen, um den schmalen Humusaufbau der Düne nicht völlig zu zerstören, aber keine Chance – sie landete auf dem Hosenboden im Tal. Stand auf und klopfte sich den Sand, Kiefernnadeln und vertrocknete Grasreste vom Hintern. Lachte.

»Das war ja mal wieder typisch. Hoffentlich habe ich jetzt nicht die Gänse verscheucht.« Sie zog ihr Shirt zurecht.

Er schüttelte den Kopf. »Nein, alles gut. Komm mal zu mir.« Er winkte sie zu sich und zeigte auf ein paar Krähenbeerensträucher, etwa hundert Meter entfernt. »Siehst du dahinten die Bewegungen? Zwischen den Sträuchern? Da ist das Nest.«

Sie griff nach ihrer Kamera, die sie sich über die Schulter gehängt hatte. Über ein Jahr hatte sie dafür gespart. Und für das Teleobjektiv, das fast genauso viel gekostet hatte wie die Kamera selbst. Aber beide waren jeden Cent wert. Sie legte sich flach auf den Bauch, stützte sich auf den Ellenbogen ab und hielt ihre Kamera in den Händen. Wählte eine möglichst kurze Belichtungszeit, um die Bewegungen einfrieren zu können, und drehte den Regler der Blende auf acht. Das musste reichen. So oder so war sie gezwungen, die ISO, die Lichtempfindlichkeit des Sensors, ziemlich hoch einzustellen. Sie konnte nur hoffen, dass das Bild dadurch nicht zu körnig ausfallen würde. Aber normalerweise war das bei einer guten Kamera kein Problem. Sie knipste ein Probebild und überprüfte das Ergebnis auf dem kleinen Bildschirm. Verzog den Mund zu einem Lächeln. Genauso hatte sie sich das gedacht. Die Brandgans saß in der Mitte. Eigentlich war es ja gar keine Gans, sondern eine Ente. Sie fokussierte auf den Schnabel des Vogels; kein Höcker, eindeutig das Weibchen. Was logisch war, da nur die Weibchen brüteten. Dazu bildeten sie einen Brutfleck am Bauch, erkennbar an den dort fehlenden Federn, sodass die Wärme der Haut direkt an die Eier weitergegeben werden konnte. Ob sie Glück hatte und die Jungen schlüpfen sah? Es war die richtige Zeit dafür, sie hatte bereits Eltern mit ihren Küken gesehen vor einem Tag. Das wäre wirklich das Highlight ihres Aufenthalts auf Spiekeroog: beim Schlüpfen der Brandgansküken dabei zu sein. Weiter hinten im Gebüsch bemerkte sie noch eine Brandgans: das Männchen, das über seine Familie wachte. Sie fokussierte wieder auf das weibliche Tier, konzentrierte sich auf jede einzelne Bewegung unterhalb des Gefieders. War das ein Ei? Tatsächlich. Beim Zoomen erkannte sie, dass bereits Risse in der Schale waren. Ihr Herz schlug schneller. Sicher, es war unwahrscheinlich, dass die Küken ausgerechnet jetzt schlüpfen sollten, aber warum nicht?

Sie fokussierte auf das Ei, das nun deutlich zu sehen war. Der Riss wurde größer, und sie glaubte ein Piepsen zu hören. Zwang sich, ruhig und gleichmäßig zu atmen, um die Kamera nicht zu verreißen. Knipste ein Bild nach dem anderen. Tatsächlich! Die Schale riss noch weiter auf, und ein Schnabel erschien im Sucher, vergrößerte das Loch, und ein ziemlich verklebter schwarz-weißer Kopf kam zum Vorschein. Ein Strahlen breitete sich auf ihrem Gesicht aus. Das Küken befreite sich aus der Schale und tapste unsicher auf seinen Füßen herum, kippte um, stand wieder auf. Die Mutter hatte sich mittlerweile erhoben. Acht Eier lagen noch im Nest. Bei zwei weiteren waren ebenfalls Risse in der Schale zu erkennen. Die Brandgans quakte leise, und das Küken watschelte auf sie zu, antwortete in hohen Tönen. Ihr Herz pochte schneller, und sie fühlte eine Leichtigkeit in sich, als wäre jegliche Last von ihren Schultern gefallen. Nichts anderes war mehr wichtig, als die Küken zu beobachten. Sie durfte dabei sein, wenn neues Leben diese Welt betrat. Das zweite Küken schlüpfte, gleich darauf das dritte. Das erste Küken war schon getrocknet und sah aus wie ein plüschiges weiß-schwarzes Wollknäuel, aus dem ein dunkler Schnabel ragte, dazu zwei schwarze Knopfaugen. Am liebsten hätte sie darübergestreichelt, aber das war völlig unmöglich. Allein schon der Gedanke. Diese Tiere überlebten deswegen, weil sie sich versteckten, allem aus dem Weg gingen. Langsam legten sich die Schatten wie ein immer dichter werdender Vorhang über das Dünental. Es war nicht mehr möglich, Bilder zu machen ohne Blitz oder eine andere Beleuchtung. Seufzend erhob sie sich, klickte den Deckel auf ihr Objektiv und schaltete die Kamera aus. Klopfte sich das Shirt und die Hose sauber. Immer noch mit einem Lächeln auf den Lippen. Sie hörte die kleine Familie quaken, wenn auch nur leise. Wenn sie richtig gezählt hatte, würden es neun Küken sein, die jetzt nach dem Schlüpfen sofort von ihren Eltern ins Wattenmeer gebracht wurden. Sie würden nicht mehr an diesen Ort zurückkehren, sondern die Zeit bis zum winterlichen Vogelzug am Watt verbringen. Nach einem letzten Blick Richtung Nest drehte sie sich weg und schaute zur Düne.

Sie hatte keine Ahnung, wie lange sie am Boden gelegen war und fotografiert hatte, aber er hatte die Zeit offensichtlich genutzt und ein Picknick vorbereitet. Deswegen hatte er wohl den Rucksack mitgeschleppt. Eine Decke lag am Rand der Düne, genau da, von wo aus man den Sonnenuntergang am besten beobachten konnte. Darauf eine noch verschlossene Flasche Wein und zwei Becher. Eine Kerze flackerte in einem winddichten Halter.

»Das ist jetzt nicht dein Ernst«, sagte sie und hängte ihre Kamera wieder über die Schulter.

»Ich dachte, du freust dich. Was ist daran falsch?« Er hob fragend die Hände.

»Was daran falsch ist? Einfach alles!« Ihre Stimme wurde lauter. »Hast du mir dieses Nest nur deswegen gezeigt, um mich rumzukriegen?«

Er wich einen Schritt zurück, deutete auf die Decke. »Ich wollte uns doch nur einen schönen Abend machen. Wir könnten zusammen den Sonnenuntergang genießen, dazu vielleicht ein Glas Wein … und wer weiß, vielleicht gefällt es dir ja. Ich wollte dich auf gar keinen Fall zu etwas drängen.«

Sie schnaubte. »Klar. Für wen hältst du mich eigentlich? Glaubst du wirklich, ich bin so dumm und durchschaue deine Masche nicht? Reicht es nicht, dass ich dir einmal einen Korb gegeben habe? Was hast du daran nicht verstanden?« Ihr wurde heiß, obwohl es merklich kühler geworden war.

»Findest du nicht, dass du ziemlich undankbar bist? Ich zeige dir, wo die Brandgänse brüten, führe dich nach Arbeitsschluss auch noch dorthin, und du hast nichts Besseres zu tun, als mir vorzuwerfen, dass ich dich rumkriegen will?«

»Undankbar!« Sie schüttelte energisch den Kopf. »Nicht zu fassen. Wenn du mir einfach nur das Nest gezeigt und mich wieder zurück ins Dorf gebracht hättest, dann wäre ich dir tatsächlich dankbar gewesen. Das hätte mir gezeigt, dass du mich ernst nimmst. Dass wir vielleicht Freunde sein können. Aber so? Nein, ganz ehrlich, selbst nach allem, was zwischen uns schon vorgefallen ist, hast du immer noch nicht kapiert, dass ich kein Interesse an dir habe.« Sie hielt kurz inne. »Tut mir leid, wenn das jetzt hart klingt, aber du verstehst es anscheinend nicht anders.«

»Aber dieser andere Kerl, der war dir gut genug? Mit dem konntest du einfach so in die Kiste springen?« Seine Augen blitzten im Licht, das die tief stehende Sonne spendete.

»Das geht dich nichts an! Woher weißt du das überhaupt? Spionierst du mir etwa nach?« Ihre Hände begannen zu zittern. Schnell ballte sie sie zu Fäusten.

Er lachte, doch es klang eher wie ein tiefes Grollen. »Ich weiß, was du letzte Woche getan hast. Und vorletzte Woche. Und ich weiß, dass es Menschen gibt, die ein großes Interesse daran haben könnten, das ebenfalls zu erfahren.« Seine Stimme wurde immer leiser.

Sie schluckte. Jetzt bloß nicht unterkriegen lassen. »Nichts weißt du! Gar nichts. Und wenn du glaubst, dass ich mich von dir erpressen lasse, dann bist du schiefgewickelt. Eher gehe ich zur Polizei!« Die letzten Worte spie sie ihm geradezu entgegen. Er öffnete den Mund, als es im Unterholz raschelte. Inzwischen war es so dämmrig geworden, dass es zwischen all den Ästen kaum möglich war herauszufinden, wer oder was dieses Geräusch verursachte. Neben der orangefarbenen Sonne schob sich ein blasser Vollmond langsam auf den Himmel.

»Ist da jemand?«, rief sie. Ihr Herz pochte wie wild, und ihr Atem beschleunigte sich. Wieder raschelte es, doch sie konnte immer noch nichts Bestimmtes sehen, sosehr sie sich auch bemühte.

»Vielleicht eine Katze oder ein Reh auf der Suche nach einem lauschigen Plätzchen«, sagte er und kam auf sie zu. Seine Stimme klang tief und rau, so als hätte er zu lange in einer überfüllten Bar geredet. »So wie wir.« Gleich würde er bei ihr sein.

»Bleib mir bloß vom Leib!« Mit beiden Händen wehrte sie ihn ab. Jedes einzelne Haar ihres Körpers war aufgestellt, und ihr Atem ging unregelmäßig.

»Jetzt hab dich nicht so …«

»Ist mir ganz egal, was du willst. Bleib weg von mir, lass mich in Ruhe!« Sie wich vor ihm zurück, wendete sich von ihm ab und kletterte auf Händen und Füßen die Düne hinauf. Ihr Puls raste. Als sie oben angekommen war, drehte sie sich keuchend um. Er war ihr nicht gefolgt. Zitternd strich sie sich eine Strähne hinter das Ohr. Er stand immer noch im Dünental und starrte zu ihr hoch, sagte kein Wort. Sie glaubte, seine Augen funkeln zu sehen. Lächelte er etwa? Gegen die fast waagrechten Sonnenstrahlen war seine Mimik kaum zu erkennen. Ihr Herz machte einen Satz. Der bildete sich doch nicht ein, sie würde zurückkommen? Den Teufel würde sie tun! Ohne sich noch einmal umzusehen, stürmte sie die Düne auf der anderen Seite hinunter, stolperte über ein Stück Holz und fiel dann rücklings hin. Drehte sich auf den Bauch und rutschte den Hang hinab.

»Au, verdammt!«, fluchte sie mit unterdrückter Stimme. Sie wollte nicht, dass er sie hörte und ihr am Ende noch zu Hilfe eilte. Falls er ihr folgte. Sie spuckte auf den Boden und rieb sich über das Gesicht, um den Sand, der ihr beim Hinunterrutschen in Mund und Nase und Augen gekommen war, abzuwischen. Mühsam drehte sie sich zur Seite, doch da war ihre Kamera im Weg. Die Kamera! Hoffentlich war sie nicht beschädigt worden. Sie tastete sie mit den Händen ab, aber das Gehäuse und das Objektiv schienen heil zu sein. Ein Seufzer entfuhr ihrer Kehle. Langsam rappelte sie sich auf die Knie. Ihre Augen suchten nach einem Hinweis, dass er in der Nähe war, aber alles, was sie sah, war eine Flasche, die so schnell auf sie niedersauste, dass ihr keine Zeit mehr zum Denken blieb. Dann versank alles in Dunkelheit.

1

Der Wind wehte Fine auf dem Oberdeck der Spiekeroog II um die Nase und wirbelte ihr ein paar Haarsträhnen, die sich aus ihrem Pferdeschwanz gelöst hatten, ins Gesicht. Sie versuchte, sie hinter das Ohr zu streichen, aber vergeblich – am Ende gewann der Wind. Sie schaute sich um. Es gab kaum einen Sitzplatz hier oben. Und sie selbst war viel zu spät am Anleger in Neuharlingersiel eingetrudelt. Da war die Schlange vor der Fähre schon mehrere Meter lang gewesen. Im Juli wollten viele Leute auf die ostfriesische Insel, sei es für einen Tagesausflug oder um Urlaub in einer der Ferienwohnungen oder in einem Hotel zu machen. Es roch nach Sonnencreme und Salzwasser, immer wieder vermischt mit einem Schwall Schiffsdiesel. Die unterschiedlichen Gespräche an Bord wirkten wie das Summen in einem Bienenstock. Einige hatten die Sonnenbrille aufgesetzt, den Kopf in den Nacken gelegt und beteten stumm mit vor der Brust verschränkten Armen die Sonne an. Kinder lachten, zerrten an den Ärmeln ihrer Mütter und Väter, weil sie ein Segelboot oder einen Krabbenkutter entdeckt hatten. Eltern stiegen die Treppen hinab zum Bordkiosk und kehrten mit Papptellern zurück, auf denen eine Bockwurst mit dreieckigen Toastscheiben lag. Die es jetzt gegen die Möwen zu verteidigen galt. Dazu der Coffee to go im Pappbecher. Oder eine Flasche Bier.

Fine schloss die Augen, beide Hände an der Reling. Die Sonne schien ihr ins Gesicht und wärmte ihre Wangen, die sie vorsichtshalber mit dem höchsten Lichtschutzfaktor eingecremt hatte, den sie finden konnte. Ihre Haut wurde schnell rot, wenn sie nicht aufpasste. Außerdem bildeten sich dann überall wieder Sommersprossen. »Wie getupft«, hatte Tom immer gesagt und war imaginäre Linien zwischen ihnen nachgefahren. Hatte behauptet, das seien Sternbilder. Die die Zukunft voraussagen könnten. Und dass sie ihnen ein langes und unbeschwertes Leben wünschten. Damals hatte Fine immer gelacht und ihn geküsst. Wünschen konnte man sich viel. Doch nicht alle Wünsche gingen in Erfüllung.

Hitze flutete Fines Gesicht, und Tränen bildeten sich in ihren Augen. Sie schniefte. Das war bestimmt nur der Wind. Sie öffnete die Augen und blinzelte. Eine Träne rann über ihre Wange, und sie wischte sie rasch mit einer Hand weg. Sie beobachtete die regelmäßigen Wellen, die das Schiff aufwarf. Wie sie an die steinerne Befestigung der Fahrrinne Neuharlingersiels rollten und dabei immer wieder einige kleine Vögel aufscheuchten, die am Ufersaum Futter suchten. Fine wusste nicht, was für Vögel das waren. Aber es war faszinierend, wie diese Wesen sich nicht aus der Ruhe bringen ließen. Sie flogen auf, flatterten ein paar Meter weiter und setzten sich wieder, nur um ein paar Sekunden später erneut hochzuflattern. Dass ihnen das nicht zu dumm wurde? Die Fahrrinne endete, sie erreichten das offene Meer, und das Schiff nahm Fahrt auf. Als ein Krabbenkutter an ihnen vorbeifuhr, wehte der Wind den Geruch frisch gebrühter Krabben herüber. Wie lange hatte sie das nicht mehr gerochen? Das letzte Mal, als sie bei einer Klassenfahrt auf Norderney gewesen war. Aber das lag jetzt auch schon über fünfzehn Jahre zurück. Begleitet wurde das Schiff von einem Schwarm Möwen, die mit schrillen Rufen ihre Position verteidigten. Wie elegant sie in der Luft schwebten, ganz ohne Flügelschlag. Legten sich in einer Kurve in den Wind, um dann im nächsten Moment wieder vorzuschießen. Fine hätte ihnen stundenlang zusehen können.

»Papa, wann sind wir denn endlich da?«, fragte neben ihr ein etwa sechsjähriges Mädchen einen hochgewachsenen Mann in einer Softshelljacke.

»Es dauert nicht mehr lange, Svenja. Schau, dahinten ist schon die Insel.« Er drehte seine Tochter einmal um ihre Achse und zeigte auf Spiekeroog, das in der Ferne immer deutlicher zu erkennen war. Fine drehte sich ebenfalls um. Doch ihr Blick galt nicht der Insel, sondern dem Mädchen. Ein dunkelbrauner Zopf, der durch die hintere Öffnung eines pinkfarbenen Basecaps fiel. Sommersprossen auf der Nase. So jung. So lebensfroh.

Sie schluckte schwer und drehte sich schnell wieder um. Eilte zur Treppe und stieg hinunter. Unten war genauso viel los wie oben, aber hier standen wenigstens hauptsächlich Eltern mit Kinderwagen, deren Sprösslinge deutlich jünger waren. Jünger als das Mädchen. Jünger als ... Kurz blieb ihr die Luft weg. Wieder rollte eine Träne über ihre Wange, und sie presste die Lippen fest aufeinander. Lenk dich ab, herrschte sie sich an, lenk dich gefälligst ab. Eine Frau starrte sie unverwandt an, und Fine spürte ihre Augen wie Dolche in ihrer Brust. Als ob diese Frau wüsste, was geschehen war. Aber sie wusste gar nichts. Fine hob energisch den Kopf, drängte sich an der Frau vorbei in eine Ecke, die zwar schattig, dafür aber kaum bevölkert war, und zog ihr Smartphone aus der Tasche. Öffnete ihr E-Mail-Programm. Scrollte durch die Mails, bis sie die richtige fand.

> *Liebe Frau Küster,*
> *Ihre Fähre geht um 9:25 Uhr von Neuharlingersiel ab, ich erwarte Sie dann am Hafen in Spiekeroog. Sie werden mich sicher gleich erkennen, ich bin die in Uniform.*
> *Ich freue mich schon, Sie kennenzulernen.*
> *Bis bald*
> *Susanne Most*

Fine hatte lange überlegt, ob sie wieder in ihren Beruf einsteigen sollte. War sich nicht sicher gewesen, ob sie weiterhin als Kriminaloberkommissarin arbeiten wollte. Und könnte. Ein Gespräch mit ihrer Therapeutin kam ihr in den Sinn.

»Wie geht es Ihnen heute?« Dr. Amelie Grün saß Fine gegenüber in einem bequemen Lehnstuhl, die Beine übereinandergeschlagen, auf ihren Knien ein Klemmbrett mit einigen losen Seiten, teilweise beschrieben. Sie hielt einen Kugelschreiber in der Hand und beobachtete Fine.

Fine erinnerte sich, dass es geregnet hatte. Windböen klatschten die Zweige eines Strauchs gegen das Fenster, dicke Tropfen rannen daran herab. Zwischendurch blitzte es, gefolgt von mehreren Donnerschlägen, die Fine zusammenzucken ließen. Wie lange war das jetzt her? Ein halbes Jahr? Sie sah sich selbst wie in einem Film, wie sie die Augen auf ihre Therapeutin richtete.

»Ich bin jetzt fast ein Jahr aus dem Dienst raus, Frau Grün. Ich war in einer psychiatrischen Klinik, ich war in der Reha, jetzt bin ich seit mehreren Monaten hier, zweimal die Woche. Wie lange soll das noch so weitergehen?«

Amelie Grün nickte, schrieb etwas mit ihrem Kugelschreiber auf die oberste Seite. »Was denken Sie?«

Fine zuckte mit den Schultern. Was dachte sie? Hatte sie nicht bereits genug gedacht die letzten Wochen, Monate? Was gab es denn noch zu denken, was nicht bereits gedacht worden war? »Ich weiß es nicht. Ich weiß nur, dass es reicht. Wir reden und reden und reden. Jede Stunde. Immer wieder über dasselbe. Ich will nicht mehr reden. Ich kann nicht mehr.« Ihre Stimme war lauter geworden. »Ich fühle mich so nutzlos. Ich möchte etwas tun. Wieder arbeiten. Meinem Leben einen Sinn geben. Verstehen Sie das?«

Grün legte den Kopf schief. »Ich verstehe das sogar sehr gut. Die Frage ist, sind Sie bereit dafür?«

War sie das? Fines Magen rumorte laut hörbar. Sie legte eine Hand darauf, um ihn zu beruhigen. Holte tief Luft. »Das Leben muss weitergehen. Ich denke nicht, dass ich einen Weg finden werde, wenn ich weiterhin hier sitze und mich im Kreis drehe. Ich muss weiterziehen. Nach vorn blicken. Ich will nicht mehr weinen, nicht mehr schreien. Das ist vorbei.« Sie streckte sich. »Wenn ich noch länger hierbleibe, ohne Ziel, dann drehe ich wirklich durch. Es wird Zeit.«

Wieder nickte Grün. Ein Lächeln huschte über ihr Gesicht. »Es ist Ihre Entscheidung, Frau Küster. Und ich denke, Sie sollten Ihrem Bauchgefühl folgen. Nicht umsonst zeigt er Ihnen deutlich, dass er gehört werden möchte.« Sie deutete auf Fines Bauch, der sich wieder meldete.

»Sie denken also nicht, dass das eine falsche Entscheidung ist? Wieder in den Job zu gehen?« Fine zog die Nase hoch und beugte sich vor.

Wieder lächelte Grün und schüttelte den Kopf. »Das denke

ich ganz und gar nicht. Sie sind so weit. Ich habe nur darauf gewartet, dass Sie es selbst erkennen. Sie entscheiden, was der nächste Schritt sein wird.«

Fine atmete tief ein. »Und denken Sie, ich schaffe das?«

Grün hob die Brauen. »Fragen Sie mich um meine Meinung oder um Erlaubnis?«

Fine verzog den Mund zu einem schwachen Grinsen. »Ich habe verstanden. Danke schön. Ich werde das schaffen. Ich bin so weit.«

Die ersten Schritte waren noch wacklig gewesen. Aber nach dem Wiederauffrischungskurs war Fines psychische und physische Einsatzfähigkeit bestätigt worden. Den Tag, an dem sie die Bescheinigung erhielt, hatte sie noch gut im Gedächtnis. Die ersten Krokusse hatten auf der Wiese geblüht, eine Biene war von Blüte zu Blüte geflogen. Und sie hatte sich zur Feier des Tages eine neue Frisur gegönnt. Weg mit den kaputten Spitzen, den ausgewachsenen Strähnchen. Ab jetzt ging es nur noch in eine Richtung: voran. Trotzdem hatte sie sich entschieden, es langsam angehen zu lassen. So hatte sie sich zunächst als Sommerverstärkung der Polizeidienststelle auf Spiekeroog beworben. Weit weg von zu Hause. Weg von allem, an was sie sich nicht mehr erinnern wollte.

Fine schluckte hart. Wie lange hatte sie jetzt dagestanden und ihr Display angestarrt? Seufzend packte sie das Handy zurück in ihre Jackentasche. Schaute wieder auf das Meer. Tief dunkelblau lag es vor ihr, auf den Wellen tanzten Schaumkronen, in die hin und wieder ein schwarzer Vogel stieß. War das ein Kormoran? Die Westküste Spiekeroogs mit dem Zeltplatz rückte heran. Fine hatte sich vor ihrer Reise alles zu Spiekeroog durchgelesen, was auf der Webseite der Insel zu finden war. Auch um sich einen Überblick über den Ort zu verschaffen, der für die nächsten zwei Monate ihr Zuhause sein würde. »Die Seele baumeln lassen und Energie tanken« – das hatte gleich oben auf der Eingangsseite gestanden. Fine schnaubte. Sie war ja nicht hier, um Urlaub zu machen, wie all die Touristen um sie herum. Hier warteten achtzehn Quadratkilometer darauf, dass sie dafür sorgte, dass nach Ablauf der zwei Monate alles noch so war wie bei ihrer Ankunft. Friedlich. Ein atemberaubender Mikrokosmos von faszinierender Schönheit. Oder war es andersherum gewesen? Sie seufzte leise und sah wieder auf das Meer hinaus. Auf einem aus dem Wasser ragenden Baumstamm, der als Markierung diente, saß noch so ein schwarzer Vogel und hatte die Flügel weit ausgebreitet. Fine hörte neben sich Handykameras klicken. Das Tier wurde sofort als erste Urlaubserinnerung auf den Speicherchip gebrannt. Das Schiffshorn dröhnte, und sie erreichten den Hafen. Fine stellte sich direkt nach vorn an den Ausgang. Sie wollte vom Schiff herunter sein, bevor die ganzen Familien die Gangway stürmten. Den Blick nach vorn gerichtet. Immer nach vorn. Das Leben ging weiter. Musste weitergehen.

Am Hafen sah sie, wie versprochen, Susanne Most stehen, unverkennbar in ihrer Polizeiuniform. Außerdem hielt sie ein Schild in der Hand, auf dem mit Filzstift stand »Frau Küster«.

»Hallo, Frau Most, ich bin Serafine Küster, Ihre neue Sommerverstärkung«, stellte sie sich vor.

Die Inselpolizistin lächelte. »Wunderbar, das freut mich sehr. Hatten Sie eine gute Reise? Und wollen wir nicht einfach Du sagen? Ich bin Susanne, werde aber meist Susa genannt.« Ihre Stimme, dunkel und samtig, erinnerte Fine an eine der Kneipen im fränkischen Erlangen, in der öfter Livemusik gespielt wurde. Im Halbdunkel, nur von einem Scheinwerfer angestrahlt, hauchte eine schwarz gekleidete Frau, begleitet von einem Saxofon und einem Cello, in ihr Mikrofon. Noch jetzt bildete sich schon allein bei dem Gedanken eine Gänsehaut auf ihren Armen. Fine schüttelte sich und wischte die Sängerin in ihrem Kopf wie auf einem Tablet beiseite. Konzentrierte sich auf die Frau vor ihr. Die ganz und gar nicht wie eine Jazzsängerin aussah, die ihre Nächte auf den Bühnen verbrachte. Im Gegenteil. Susanne Most schien oft draußen unterwegs zu sein und sich viel zu bewegen. Rund um ihre Augen breitete sich ein Faltenkranz aus, sodass ihre Augen wie kleine Sterne aussahen. Ein sonnengegerbtes Gesicht, das schon viele Jahre hatte kommen und gehen sehen, umrahmt von kurz geschnittenen grauen Haaren. Unwillkürlich musste Fine lächeln. Susanne Most wirkte wie aus einer dieser Dokumentationen, in denen Einheimische an der Küste über ihr Leben befragt wurden und erzählten, sie hätten den besten Job der Welt, nämlich dort, wo andere Urlaub machten. Was könnte es Besseres geben?

»Gern. Ich bin Fine. Serafine hat mich meine Mutter nur genannt, wenn ich mal wieder verbotenerweise an der Keksdose war.«

Susa lachte, was die Sterne um ihre Augen verstärkte. »Das kann ich mir vorstellen. Werden wir nicht alle immer nur dann bei unserem vollen Namen genannt, wenn wir etwas angestellt haben?« Sie klopfte Fine auf die Schulter. »Komm mit, wir holen dein Gepäck und bringen es erst mal in dein Zimmer. Du wohnst bei uns im Haus. Dort ist übrigens auch die Dienststelle, nicht dass du dich wunderst. Unten Dienststelle, oben Wohnung. Das zeige ich dir gleich alles noch in Ruhe bei einer guten Tasse Kaffee. Oder Tee. Was dir lieber ist. Aber wir haben hier eine wunderbare Kaffeerösterei auf der Insel, im Backdeck. Da holen wir immer unseren Kaffee.« Susa redete fast ohne Punkt und Komma, schob Fine dabei erst in Richtung der Gepäck-Container, um ihren Koffer abzuholen, und dann zu einem E-Bike mit Anhänger, auf dem groß »Polizei« stand.

»Das ist der Vorteil, wenn man hier Dorfpolizistin ist, man darf überall mit dem Fahrrad hin, wo die anderen nicht hindürfen.« Sie schmunzelte und wollte Fines Koffer in den Anhänger stellen. Doch Fine wehrte ab und wuchtete das schwere Ding selbst in den Anhänger, der merklich in die Knie ging.

»Ist das nicht zu schwer?«, fragte sie.

»Ach was. Das ist ein E-Bike, das packt das locker. Außerdem schieben wir doch. Und keine Sorge, das Fahrrad hat auch eine elektrische Schiebeunterstützung. Wenn wir zu Hause sind, gebe ich dir mein altes Fahrrad, zwar kein E-Bike, aber noch top in Schuss.« Susa setzte ihr Rad in Bewegung, und die beiden spazierten mit Dutzenden von Touristen über den Hafenplatz zu einer breiten Straße Richtung Dorf. Einige zogen nicht nur ihre

Koffer hinter sich her, sondern auch Bollerwagen voller Kinder. Ein Kioskwagen am Rand der Straße verkaufte Getränke, Fischbrötchen und Snacks, und Susa winkte den beiden Inhaberinnen zu.

»Moin, Kerstin! Moin, Stine! Darf ich euch vorstellen? Das ist Fine, unsere neue Sommerverstärkung.«

Ein zweifaches »Moin« ertönte aus dem Wagen. Offensichtlich kannte hier jeder jeden. Fine verzog den Mund zu einem leichten Grinsen, um nichts sagen zu müssen. In Erlangen war das nicht üblich. Allerdings war das eine Stadt mit über hunderttausend Einwohnern, da war es völlig unmöglich, jeden zu kennen. Und eigentlich war Fine das auch ganz recht. Sie nickte den beiden im Wagen knapp zu.

»Das ist übrigens typisch für unsere Gegend hier, wir begrüßen uns alle mit Moin, und zwar zu jeder Tageszeit. Auf gar keinen Fall Moin Moin, das geht gar nicht. Das sagen nur Fremde, die keine Ahnung haben«, sagte Susa, während sie dem nicht enden wollenden Strom von Touristen folgten. Fine war sich sicher, dass sie noch nie im Leben so langsam vorangekommen war. Offenbar waren ihre Gedanken an ihrem Gesicht ablesbar, denn Susa lachte laut auf.

»Ja, so is dat hier auf der Insel. Entschleunigung heißt das Zauberwort, hier ticken die Uhren etwas anders. Daran gewöhnst du dich noch. Hier läuft dir nichts weg. Und hier passiert eigentlich auch nie was. Selbst verlorenes Geld wird meistens abgegeben. Vielleicht ist es die Stimmung auf der Insel, ich weiß es nicht. Aber hier lernt man, die Ruhe zu genießen. Anfangs habe ich das nicht geglaubt, aber mittlerweile bin ich davon überzeugt, dass Spiekeroog eine besondere Aura hat. Stress hat hier keine Chance.«

Fine nickte und kniff die Lippen zusammen. Ruhe, einfach nur Ruhe. Wie lange hatte sie sich das gewünscht? Sie konnte sich nicht erinnern. Ihr seelisches Zentrum hatte schon längst aufgegeben, dem Ameisenhaufen an Gedanken in ihrer Mitte Einhalt zu gebieten. Früher hatte sie sich oft Kopfhörer in die Ohren gesteckt, um den Lärm im Inneren von außen zu übertönen. Bis ihr die Therapeutin gesagt hatte, dass sie lernen müsse, mit dem Lärm zu leben. Ihn auszuhalten und zuzulassen. Bis er sich nicht mehr jedes Mal in den Vordergrund drängte, sondern in den Hintergrund trat. Fine fragte sich, wann dieser Zeitpunkt jemals eintreten würde. Wann sie Frieden finden würde. Oder eben Ruhe.

Mal sehen, ob Spiekeroog Wort hielt. Sie ließ den Blick über die Wiesen streifen, auf denen einige Pferde grasten. Die Sonnenstrahlen verfingen sich in den hellen Haaren der Mähne eines Tieres, das den Kopf auf den Hals eines anderen Pferdes legte. Ein Postkartenmotiv. Fine verzog kaum merklich das Gesicht. Dann erreichten sie die ersten Häuser.

»Und hier ist unsere Insel-Apotheke.« Susa deutete nach rechts. »Hier arbeitet übrigens Desmond, mein Mann.« Durch die Tür winkte sie einem Mann mit halblangen grauen Haaren und einem dichten Vollbart zu, der über seinen oberen Brillenrand hinweg die Aufschrift einer Arzneimittelpackung entzifferte. Als er sie bemerkte, rückte er die Brille wieder gerade und grinste breit.

»Du wirst ihn heute Abend noch genauer kennenlernen.« Susa schob ihr Fahrrad, einem Straßenschild nach zu schließen, den Süderloog entlang und bedeutete Fine, ihr zu folgen. »Die Dienststelle liegt im Tranpad, da könnten wir eigentlich einmal quer durch das Dorf, aber jetzt ist es da so voll, dass es hier rum schneller geht. Weniger Verkehr.« Sie lachte. Hinter ihnen klingelte es, und eine junge Frau schoss auf dem Fahrrad an ihnen vorbei.

»Sorry, Susa, hab's eilig!«, schrie sie und radelte weiter.

Susa schüttelte den Kopf und schnalzte mit der Zunge. »Insa, Insa, immer auf Achse, diese jungen Dinger.«

Fine sah sie mit aufgerissenen Augen an und fasste sich an die Brust. Ihr Herz pochte ziemlich. War das hier so üblich, dass man fast vom Fahrrad überfahren wurde?

»Hier auf Spiekeroog haben die Einheimischen alle Fahrräder, Autos gibt es in dem Sinne ja nicht. Außer die Elektrokarren der Insellogistik, vom Paketdienst, von der Müllabfuhr, von den

Fahrzeugen von der Feuerwehr und vom Rettungsdienst samt Notarzt. Ansonsten bewegt sich hier jeder mit dem Rad oder geht zu Fuß. Im Ortskern selbst ist das Radfahren verboten. Wenn da so viele Touristen unterwegs sind, wird das einfach zu gefährlich. Schließlich sind die Straßen nicht breit genug dafür ausgebaut. Müssen sie ja auch nicht sein. Und klar, wenn es die Insulaner eilig haben, dann düsen sie die Nebenstraßen lang.«

Fine nickte. »Das heißt, Augen auf im Fahrradverkehr.«

»Genau. Und am besten nicht in der Mitte der Straße laufen. Aber im Allgemeinen passiert wenig. Ernstere Fahrradunfälle gab es lange nicht mehr. Vielleicht mit mehr Glück als Verstand, aber das ist ja egal. Das Ergebnis zählt.« Susa lachte.

Der Weg machte eine Linkskurve. Ein schmaler Fußweg bog rechts nach dem Irish Pub ab, danach führte der Süderloog ebenfalls rechts weiter. Doch Susa schob ihr Rad ein kleines Stück geradeaus an einem Bekleidungsgeschäft vorbei und bog dann rechts in den Norderloog, wie ein weiteres Schild besagte.

»Hier ist unsere Inselbäckerei.« Sie drehte sich und deutete links auf ein weißes Gebäude mit eingezäunter Terrasse, auf der sich die Gäste einen Kaffee oder einen Tee gönnten. »Und ein Stück weiter hinten in der Straße Richtung Zentrum ist links noch der Inselwinkel, ein sehr gut sortierter Bioladen. Dort gibt es auch Spiekeroog-Schokolade.«

Fine nickte ein weiteres Mal, ohne es zu kommentieren. Sie würde sich das alles sowieso nicht merken können. Zumindest noch nicht. Zwar hatte sie sich zu Hause den Inselplan als PDF-Datei heruntergeladen und angesehen, aber auswendig gelernt hatte sie ihn nicht. Stattdessen starrte sie auf die großen Tortenstücke auf den Tellern bei der Inselbäckerei. Susa deutete ihren Blick richtig.

»Ja, hier werden wahre Meisterwerke gezaubert. Die Sanddorntorte solltest du unbedingt mal probieren, solange du da bist. Ein Traum!« Sie spitzte die Lippen zu einem Kuss.

»Sanddorn? Das sind doch diese sauren Beeren, die zwar gesund sein sollen wegen des Vitamin-C-Gehalts, aber die kann man doch unmöglich essen?« Fine schüttelte sich.

Susa lachte. »Ich sehe schon, hier muss ich gegen Vorurteile ankämpfen. Oder sind es eher schlechte Kindheitserfahrungen?«

Fine schnaubte. »Meine Mutter hat mir das Zeug früher immer als Muttersaft pur eingeflößt, wenn sich eine Erkältung angebahnt hat. Seitdem kann ich es nicht mehr riechen.«

Susa lachte wieder. »Wart's ab. Ich bin mir sicher, du wirst deine Meinung noch ändern. Und am Ende wirst du als Sanddornliebhaberin die Insel verlassen.«

Fine sagte nichts dazu. Sie war sich ziemlich sicher, dass sich diese Prophezeiung nicht bewahrheiten würde. Mittlerweile waren sie links über den Slurpad rechts in den Tranpad abgebogen. Die Sonne hatte sich zum Zenit gekämpft, und es war merklich wärmer geworden. Familien in Sommerkleidung und mit voll beladenen Bollerwagen kamen ihnen entgegen, die Kinder rannten barfuß voraus. Ein Duft von Sonnencreme lag in der Luft. Der Strand rief, auch ohne laut zu schreien. Ein Junge von etwa drei Jahren mit blauem Sonnenhut wuselte mit seinem Laufrad haarscharf an Fines Beinen vorbei. Seine Mutter, die einen Kinderwagen schob, entschuldigte sich bei Fine und rügte ihren Kleinen.

»Alles gut, ist doch nichts passiert.« Fine winkte ab und zwang sich zu einem Lächeln, das sofort gefror, sobald die Frau an ihr vorüber war.

»Alles in Ordnung?«, fragte Susa und musterte Fine, während sie in die Einfahrt eines Hauses gingen, in dem sich offenbar die Polizeidienststelle befand. Deutlich erkennbar an einem blauen Schild, auf dem mit weißen Lettern »Polizei« stand.

Fine sah erst zu Boden, dann von Susa weg zum Nachbarhaus, das wie die meisten Häuser auf Spiekeroog rot geklinkert war. »Ja, klar, alles bestens.« Sie fuhr sich mit der Zunge über die Lippen, kniff sie einmal kurz zusammen und wandte sich wieder Susa zu. »Kannst du mir bitte mein Zimmer zeigen? Ich würde mich gern kurz frisch machen und meine Uniform anziehen, bevor du mir die Dienststelle zeigst.« Sie schluckte. Ob Susa ihr das abnehmen würde?

Susa nickte, sagte nichts, aber ihr Blick hing immer noch

an Fine. Als ob sie versuchte, irgendetwas an ihr abzuscannen. Wieder schluckte Fine. Sie hasste es, so angestarrt zu werden. Aber wenn sie das jetzt ansprächne, würde sie noch mehr Aufmerksamkeit auf sich ziehen. Sie holte tief Luft und lächelte so unverbindlich, wie es ihr möglich war. Doch der Kloß in ihrem Hals wollte nicht weichen.

Susa lächelte ebenfalls, aber es erreichte nicht ihre Augen. Dann wandte sie den Blick zu ihrem Fahrrad, stellte es in der Einfahrt ab und wuchtete den Koffer aus dem Anhänger. Schnell nahm Fine ihn ihr ab. Immer noch wortlos schloss Susa die Haustür auf. Neben der Tür hing ein Schild mit den Öffnungszeiten der Dienststelle und einer Telefonnummer, an die man sich wenden konnte, wenn zu den Öffnungszeiten niemand erreichbar war. Fine folgte Susa durch die Tür, und Susa schloss sie hinter ihnen. Fine sah sich um. Durch eine offene Tür am anderen Ende des Flurs erkannte sie einen Büroraum mit Schreibtischen, Computern und Bildschirmen. Susa räusperte sich.

»Hör mal, Fine, es tut mir leid, wenn ich dir gerade zu nahe getreten bin. Offensichtlich ging es dir nicht gut, als die Frau sich wegen ihres Sohns bei dir entschuldigt hat.«

Fine öffnete den Mund, aber Susa hielt sie auf. »Nein, alles gut. Ich verstehe schon, du willst nicht darüber reden. Ich will nur nicht, dass das jetzt gleich zu Beginn unserer gemeinsamen Zeit hier zwischen uns steht, verstehst du? Daher sage ich dir jetzt, dass ich das wahrgenommen habe, aber dass du mir nichts erzählen musst, wenn du nicht willst. Das ist völlig legitim. Schließlich kennen wir uns auch gar nicht. Aber ich sage immer, ja, wir sind Polizistinnen, wir arbeiten für Recht und Ordnung, aber ohne Uniform sind wir auch nur Menschen mit Problemen.« Sie strich Fine über die Schulter.

Fine sog so sehr die Luft ein, dass Susa es garantiert bemerkte. Sie nickte, unfähig zu antworten. Warum konnte sie nicht einfach »Danke« sagen? Susa konnte nichts dafür, sie hatte Fine nichts getan. Trotzdem nahm Fine es ihr übel, dass sie wahrgenommen hatte, dass Fine ein Problem hatte. Und sie hatte es nicht nur wahrgenommen, sondern auch noch angesprochen. Das hatte in Erlangen niemand gewagt. Obwohl dort alle gewusst hatten, was passiert war. Aber keiner hatte darüber geredet. Und dafür war Fine dankbar gewesen. Das Schweigen war wie eine gute Freundin geworden, die sie überallhin begleitet hatte. Nur während der Therapiestunden hatte sie es abgelegt wie einen übergroßen Mantel, der viel zu schwer auf ihren Schultern lastete. Aber er bot ihr auch Schutz. Schutz vor genau solchen Blicken. Und Fragen. Doch Susa hatte ihr Schweigen einfach ignoriert. Fine atmete tief aus und wiederholte still, dass es immer noch nicht Susas Schuld war. Am liebsten hätte sie die Situation rückgängig gemacht, sich irgendwie anders verhalten, aber das war unmöglich. Doch Susa lächelte nur, dieses Mal auch mit den Augen, strich ihr über den Rücken und ging an ihr vorbei zu einer Treppe, die nach oben führte.

»Komm, ich zeige dir dein Zimmer. Und wenn du fertig bist, trinken wir einen Tee, und ich erkläre dir, wie das hier so läuft.«

Noch auf der Treppe klingelte Susas Diensthandy.

»Polizeidienststelle Spiekeroog, Most am Apparat.« Stille. »Ja, Sie sind hier richtig, was ist denn passiert?«

Fine kniff die Augen zusammen. Was war denn los? Susa war mitten auf der Treppe stehen geblieben und schien wie festgewachsen.

»Das ist jetzt nicht wahr!« Sie ließ sich auf eine Stufe sinken, das Telefon immer noch am Ohr. Jegliche Farbe war aus ihrem Gesicht gewichen.

2

Susa ließ das Handy in ihren Schoß sinken, das Display leuchtete noch, aber der Anrufer hatte schon aufgelegt. Zumindest konnte Fine nicht mehr erkennen, wer angerufen hatte.

Als Susa auch Sekunden später immer noch an die Wand starrte und sie nicht wahrzunehmen schien, stellte Fine ihren Koffer auf einer Stufe ab und setzte sich neben sie.

»Was ist denn passiert?«, fragte sie leise und beobachtete Susa genau.

Susa schrak auf und fasste sich ans Herz. »Ich kann es immer noch nicht glauben.«

»Was kannst du nicht glauben? Wer hat denn angerufen?«

Susa schüttelte sich. »Ich glaube, du musst das Umziehen und Einrichten noch etwas verschieben. Wir müssen zu einem Tatort.« Allmählich kehrte die Farbe wieder in ihr Gesicht zurück.

»Wie – zu einem Tatort?« Vielleicht hatte Fine sich ja auch nur verhört.

Susa erhob sich und reichte Fine eine Hand, um ihr aufzuhelfen. »Touristen haben ein Skelett in den Dünen gefunden, oder zumindest meinen sie, dass es eines ist. Ein Armknochen würde aus dem Sand ragen, und deshalb haben sie bei der 110 angerufen. Die Kollegen in Wittmund haben ihre Aussage aufgenommen und mich benachrichtigt.«

»Und was hat dich daran jetzt so mitgenommen?« Fine runzelte die Stirn. Das war doch nichts Besonderes. Zumindest nicht für sie. Ihr Herz pochte zwar schneller, aber in ihrem Kopf spulte sie bereits das fest verankerte Programm ab: Fundort aufsuchen und sichern, Zeugen befragen, die weiteren Vorgänge vor Ort entscheiden. So etwas verlernte man nicht, wenn man es so oft erlebt hatte wie sie. Seltsamerweise stieg in Fine dabei ein Gefühl der Leichtigkeit auf. War das Freude? Einen Moment lang erschien es ihr unpassend, aber warum eigentlich? Wie lange hatte sie darauf gewartet, dass wieder einmal etwas passierte in ihrem

Leben? Etwas, was sie beherrschte? Worüber sie die Kontrolle hatte? Sie holte tief Luft und streckte sich.

Kurz schien Susa wie eingefroren, so als würde sie überlegen, wie sie es ausdrücken sollte. Doch dann kam Bewegung in sie. »Ein Skelett! Hier, auf Spiekeroog! Fine, hier passiert nie was. Nie! Hier gibt es keine einzige Akte über einen Mord. Das letzte Gewaltverbrechen auf den Inseln war 2017 auf Amrum, davor 2013 auf Juist.« Susa fuchtelte mit beiden Händen in der Luft herum.

»Na ja, wenn die ein Skelett gefunden haben, dann ist es ja wohl eine ältere Leiche. Könnte dann ja ungefähr in diesen Zeitraum passen. Ist also gar nicht aktuell.«

»Du meinst, hier geht ein Mörder um?« Susa schlug sich gegen die Stirn, bevor Fine auch nur zu einer Antwort ansetzen konnte. »So ein Unsinn! Der Mörder der Juister Studentin war ein Aushilfskellner, der sein Opfer im Sand erstickt hat, weil sie ihn abgewiesen hat. Allerdings wurde er nur wegen Totschlag verurteilt, weil wohl keine Mordmerkmale nachgewiesen werden konnten. Und auf Amrum wurde ein Flüchtling von zwei Deutschen erstochen, weil er angeblich die Schwester des einen vergewaltigt hatte. Sozusagen Selbstjustiz. Die beiden Fälle hatten nichts miteinander zu tun.«

»Woher weißt du das denn alles so genau? Ich meine, ist ja schön und gut, dass man sich daran erinnert, dass irgendwann mal irgendwo ein Mord passiert ist, aber mit Jahreszahl und so detailliert?« Fine zog die Nase kraus und legte den Kopf schief.

Susa druckste etwas herum. »Weißt du, das ist so ein bisschen mein Hobby. Also, eigentlich unser Hobby, Desmonds und meins. Wir lieben True Crime, hören fast jeden Podcast und schauen alles im Fernsehen darüber, was es so gibt. Du weißt schon, angefangen mit ›Aktenzeichen XY‹ und so. Gerade weil so was hier ja nie passiert und ich als Polizeihauptkommissarin darum auch nicht in die Verlegenheit komme, hier eine Mordermittlung zu erleben. Nicht so wie du als Kriminaloberkommissarin bei dir zu Hause. Ich bin Schutzpolizistin, ich habe mich hauptsächlich um Verkehrsdelikte gekümmert oder auch mal einen Gefahrenort gesichert, bevor ich hierhergekommen bin.« Ihre Wangen waren jetzt nicht mehr blass, sie glichen eher zwei leuchtenden Tomaten.

Fines Augen weiteten sich. »True Crime? Echt jetzt?« Sie schüttelte den Kopf. In ihrer Freizeit wollte sie sich nicht auch noch mit fremden Gewaltverbrechen befassen, die hatte sie im Beruf genug. Aber vielleicht war es tatsächlich etwas anderes, wenn man wie Susa normalerweise nichts damit zu tun hatte und hier auf der Insel des Friedens lebte. Oder des vorgeblichen Friedens. Schließlich war gerade ein Skelett in den Dünen gefunden worden. Wie auch immer es dahin gekommen war.

Susa verzog den Mund. »Aber es ist ja gar nicht raus, ob es sich bei dem Skelett um einen Mord oder einen Unfall handelt.«

»Was soll es denn sonst sein? Ich meine, es legt sich doch nicht jemand freiwillig in die Düne, um zu sterben. Und verbuddelt sich dann noch selbst, wenn er tot ist.« Fine schnaubte. Selbst auf der Insel des Friedens herrschten doch die Gesetze der Logik.

Ihre Kollegin nickte widerstrebend. »In Ordnung. Aber noch ist nicht klar, ob es überhaupt ein menschliches Skelett ist oder ob die Touris nur glauben, in den Knochen einen Arm zu erkennen. Und wir werden dem Mysterium nicht auf die Spur kommen, wenn wir nicht endlich losfahren.«

Eine halbe Stunde später stiegen die beiden bei einer Bank im Osten der Insel vom Fahrrad. Von hier aus führte ein kaum sichtbarer Pfad in die Grau- und Braundünen. Fine hatte darüber auf der Webseite gelesen, auch wenn sie nicht mehr wusste, wie genau man die beiden Dünenformen auseinanderhielt. Susa hatte von der Wittmunder Dienststelle die GPS-Daten der Touristen, die das Skelett gefunden hatten, auf ihr Handy übertragen bekommen, sodass sie jetzt nur dem Signal folgen mussten. Mit etwas Mühe kämpften sie sich durch das Unterholz. Fine hatte gar nicht gewusst, dass es auf Spiekeroog so viel Wald gab. Dennoch sahen die Bäume nicht so aus wie in den Wäldern bei ihr zu Hause in Franken, obwohl es ebenfalls Kiefern und Eichen waren. Gedrungen und teilweise mit Flechten überwuchert, waren sie mit dem Wind gewachsen und zeigten somit deutlich an, wo die Wetterseite lag.

»Was hatten diese Touris eigentlich mitten in der Naturschutzzone in den Dünen verloren? Da dürfen die doch gar nicht hin!« Susa kämpfte sich vor ihr unter den Ästen einer Eiche hindurch.

Fine antwortete nicht, sie musste aufpassen, dass sie nicht einen der Zweige ins Gesicht bekam. »Woran erkenne ich eigentlich, dass ich hier im Naturschutzgebiet bin?« Sie blieb kurz stehen und schaute sich um. Für sie sah es hier überall gleich hügelig aus. Hügeliger, als sie es erwartet hatte. Und vor allem dichter bewachsen.

Susa drehte sich zu ihr. »Das siehst du überall an den blauen Schildern. Es gibt extra ausgeschilderte Wanderwege durch die Dünen, die man betreten darf. Aber auch da wird immer wieder darauf hingewiesen, dass die Dünen hier draußen im Osten tabu sind. Hier leben viele seltene Vogelarten, auch Bodenbrüter, die geschützt sind. Und jetzt ist gerade Brutzeit. Außerdem ist das Erdreich auf den Dünen nicht stabil. Wenn zu viele Menschen darüberlaufen, rutscht es weg.« Sie nahm den Weg wieder auf, und Fine folgte ihr.

Erneut wich sie einem Ast aus, der in ihre Richtung schwang.

»Oha, tut mir leid, das war keine Absicht.« Mit zerknirschtem Gesicht drehte Susa sich zu Fine um.

Diese winkte ab. »Ich leb noch, keine Sorge. Wie lange dauert das denn noch?«

»Jetzt müssen wir noch über diese Düne, dann sind wir da.«

Fine kraxelte hinter Susa die Düne hoch. Schon beim Aufstieg merkte sie, warum die Dünen besser nicht betreten werden sollten. Die Humusschicht auf dem Sand war nur wenige Zentimeter dick. Allein der feste Tritt der Schuhe beim Klettern reichte aus, um den Sand unter der Erde zu lösen. Wie eine kleine Lawine rieselte er unter ihren Schritten nach unten weg und nahm weitere Erde mit sich. Es würde vermutlich ziemlich lange dauern, bis hier wieder etwas wachsen würde.

Oben auf der Düne konnten sie die beiden Touristen schon sehen, einen Mann und eine Frau, beide etwa Mitte zwanzig.

Ihre Blicke waren nicht eindeutig, die Stirn der Frau war in tiefe Falten gelegt, er dagegen starrte mit heruntergezogenen Mundwinkeln in den Sand. Waren die beiden ein Paar?

»Sind Sie Annette Biedermann und Carsten Kloß?«, fragte Susa und rutschte die letzten Meter in das Dünental. Fine folgte ihr, ebenfalls mehr rutschend als gehend.

Die beiden nickten. »Und Sie sind die Polizistin hier? Wir haben schon vor einer Stunde mit der Dienststelle Wittmund telefoniert. Die haben gesagt, dass Sie sofort kommen würden. Warum hat das denn so lange gedauert? Ist ja wohl nicht so, als müssten Sie erst mit der Fähre kommen. Sie sind doch hier von der Insel, oder? Meinen Sie, wir haben nichts Besseres zu tun, als hier den ganzen Tag auf Sie zu warten?«, herrschte der junge Mann Susa an. Seine Augen blitzten. Annette Biedermann fasste ihn am Arm.

»Jetzt beruhig dich doch, Carsten.« Ihre Stimme klang leise, fast schon zu leise.

»Immer mit der Ruhe, Herr Kloß«, schaltete sich Fine ein.

»Und wer sind Sie jetzt?« Kloß baute sich breitbeinig vor Fine auf, die Hände in die Hüften gestemmt, einen halben Kopf größer als sie und die Arme deutlich aufgepumpt.

Fine zückte ihren Ausweis und hielt ihn mit ausgestrecktem Arm in seine Richtung, sodass er gezwungen war, einen Schritt zurückzutreten, um ihn lesen zu können.

»Serafine Küster, Kriminalpolizei. Und Sie halten sich jetzt mal zurück. Immerhin sind Sie diejenigen, die sich hier gesetzeswidrig verhalten haben.« Auch wenn Fine noch nicht die genaue Bezeichnung für den Gesetzesverstoß der beiden Touristen kannte, war schon klar, dass die zwei hier nichts zu suchen hatten – mitten im Naturschutzgebiet.

Der Ausweis und ihr Ton zeigten Wirkung. Carsten Kloß hob beschwichtigend die Hände.

»Sorry, war nicht so gemeint. Aber wir warten halt wirklich schon ewig hier. Ist ja nicht gerade eine tolle Atmosphäre, so in unmittelbarer Nähe von 'ner Leiche.«

Annette Biedermann zuckte zusammen.

»›Leiche‹ ist wohl etwas übertrieben. So wie Sie die Lage geschildert haben, sprechen wir hier von Knochen, von einem Skelett.« Fine zog die Augenbrauen hoch.

»Ja, Mann, das ist doch völlig egal. Tot ist tot. Und die ganze Zeit danebenstehen ist nicht witzig, okay?« Seine Stimme wurde wieder lauter, und zwischen seinen Brauen bildete sich eine v-förmige Falte.

Susa schüttelte den Kopf. »Hat Sie ja auch niemand gezwungen, hier verbotenerweise in die Dünen zu gehen. Was wollten Sie eigentlich hier? Und vor allem, was wollten Sie damit?« Sie zeigte auf einen Rucksack, der hinter den beiden auf dem Boden lag.

Annette Biedermanns Wangen erröteten. »Wir wollten nur ein kleines Picknick machen. Ohne dass uns jemand stört.«

»Genau«, sagte Carsten Kloß. »Und mal ehrlich, was ist denn so schlimm, wenn wir hier mal in den Dünen verschwinden? Was soll denn da schon passieren?«

Ehe Susa ansetzte und den beiden eine Standpauke hielt, fuhr Fine dazwischen.

»Und wie haben Sie dann das Skelett entdeckt?«

Biedermann holte tief Luft, sagte aber nichts, sondern presste die Lippen fest aufeinander.

»Ich wollte ein Feuer machen und habe dafür ein kleines Loch in den Sand gegraben wegen Brandschutz und so. Ich bin ja nicht doof.«

Fine sah, wie sich Susas Pupillen weiteten und ihr das Blut ins Gesicht schoss. Hoffentlich hielt sie sich noch einen Moment zurück. Erst wollte sie Carsten Kloß' Geschichte hören, und zwar möglichst unverfälscht. Sobald Susa ihm klargemacht hätte, was er sich alles hatte zuschulden kommen lassen, würde er versuchen, die Geschichte zu verändern, um besser dazustehen. Daher gab sie Susa ein Zeichen, sich nicht einzumischen. Auch wenn die das vielleicht in den falschen Hals bekommen könnte. Sie kannten sich noch nicht einmal zwei Stunden, und schon übernahm sie, Fine, die Führung. Aber sie hatte keine andere Möglichkeit, wenn sie aus den Touristen etwas herausbekommen wollte. Sie würde Susa später erklären, wieso. Jetzt hatte sie dafür keine Zeit.

»Sie haben also ein Loch gegraben. Können Sie mir zeigen, wo genau? Und wie haben Sie das Loch gegraben?«

Er drehte sich um und wies ein Stück weiter in das Dünental. »Dahinten, sehen Sie's? Da ragt der Arm aus dem Loch. Ich habe einfach nur mit den Händen gegraben, und auf einmal hatte ich den Knochen zwischen den Fingern. Wissen Sie, was ich für einen Schreck bekommen habe?«

Fine folgte seinem Blick. Sie konnte sich das Geschehen fast bildlich vorstellen. Er, wie er mit beiden Beinen auf dem Boden kniete. Wenn sie genau hinschaute, entdeckte sie an seinem rechten Knie noch eine braune Kiefernnadel. Sie sah ihn buddeln, beide Hände im Sand, der immer wieder in das Loch zurückrutschte. Und dann das Gefühl, etwas zu greifen. Sich nichts dabei denken, es könnte ja auch einfach nur ein Stück Holz sein. Und als er daran zog, musste er feststellen, dass das vermeintliche Holz ein Knochen war. Sie verzog den Mund zu einem schiefen Grinsen. Ja, das konnte durchaus erschreckend sein. Aber er hatte es sich selbst zuzuschreiben.

»Wo waren Sie denn in dieser Zeit?«, fragte sie Annette Biedermann.

Die blinzelte. »Ich habe gewartet.«

»Einfach nur gewartet?«

Die Biedermann druckste herum. »Na ja, ich …«

»Mann, jetzt sei doch nicht so prüde. Die Annette hat sich schon mal frisch gemacht«, sagte Kloß und grinste anzüglich.

Fine schloss kurz die Augen und atmete aus. »Sie haben sich also ausgezogen?«, wandte sie sich wieder an Biedermann.

Die nickte, die Wangen tiefrot.

»Sie hatten also vor, hier nicht nur ein bisschen die Ruhe zu genießen, sondern ein Schäferstündchen abzuhalten, das sich bis in die Nacht ziehen sollte? Sehe ich das richtig?«

Eine Stunde später beugte sich die Inselärztin Dr. Elif Yildiz, die Susa angerufen und hergebeten hatte, über den Arm, der aus dem Sand ragte, wo Carsten Kloß gegraben hatte. Sie hatte ihre gelockten schwarzen Haare zu einem Pferdeschwanz zusammengebunden. Ihre dunklen Augen huschten hin und her, auf der sonst glatten Stirn bildete sich eine tiefe Falte.

»Meiner Einschätzung nach ist das ein menschlicher Arm. Aber das haben Sie sicher auch schon selbst herausgefunden, da hätten Sie mich nicht extra aus der Praxis holen müssen.« Sie wies auf die beiden länglichen Knochen. »Elle und Speiche. Hier unten …«, sie wischte den Sand von der Stelle, die sie suchte, »… können Sie den Ellenbogen mit den drei Gelenken erkennen: dem Scharniergelenk zwischen Elle und Oberarmknochen, dem Kugelgelenk zwischen Speiche und Oberarm zum Strecken, Beugen und für zusätzliche Drehbewegungen des Unterarms, und dem Radioulnargelenk zwischen Elle und Speiche, das die Drehung von Unterarm und Hand ermöglicht. Sie liegen nicht mehr ganz beieinander, weil jemand daran gezogen hat, aber von der Länge und Dicke her würde ich schon auf einen Menschen tippen. Falls hier nicht irgendwann einmal ein Menschenaffe gelebt hat.« Sie erhob sich mühsam aus der Hocke und ächzte leise. »Ich sollte mal wieder Yoga machen. ›Dehnen‹ heißt das Zauberwort.« Sie lachte.

»Können Sie uns auch sagen, wie alt das Skelett ist?«, fragte Fine. »Und ob Frau oder Mann?«

»Nein, tut mir leid. Da brauchen Sie jemanden aus der Rechtsmedizin oder aus der Anthropologie. Außerdem will ich hier nichts weiter verändern, was dann später wichtig für den Fall sein könnte. Das ist doch ein Fall, oder?« Sie fegte sich mit beiden Händen den Sand von den Knien.

Fine nickte langsam. Es sah ganz danach aus.

»Vielen lieben Dank, Elif, dass du vorbeigekommen bist.« Susa klopfte der Ärztin auf die Schulter.

»Dann werden wir jetzt mal in Aurich anrufen und die Spurensicherung herbeordern. Die sollen hier alles durchsieben und die Knochen bergen. Wo ist denn hier eigentlich die nächste Rechtsmedizin?«, fragte Fine.

»In Oldenburg«, antwortete Susa, zog ihr Diensthandy aus der Jackentasche und drückte die Schnellwahltaste.

Nach kurzem Geplänkel erläuterte sie dem diensthabenden Beamten die Sachlage.

»Das ist jetzt nicht Ihr Ernst, oder? Was soll das heißen, Sie können momentan niemanden abstellen?« Susas Stimme wurde lauter, und sie gestikulierte mit ihrer freien Hand in der Luft herum. Fine runzelte die Stirn.

»Ja, wie stellen Sie sich das denn vor? Soll ich mich jetzt an die Polizeidirektion in Osnabrück wenden?« Susa drehte sich um die eigene Achse und tippte sich mit einem Finger gegen die Stirn, um deutlich zu machen, was sie von dem Vorschlag des Beamten hielt.

»Ja, ich habe gerade eine Sommerverstärkung bekommen, da liegen Sie richtig.« Sie wartete. »Sie ist Kriminaloberkommissarin.« Sie wartete erneut. Dann legte sie die Hand auf das Mikrofon und nahm das Handy vom Ohr. »Die meinen, sie können gerade keinen Beamten entbehren, weil sie einen wichtigen Fall haben, eine Kollegin ist im Mutterschutz, und ein weiterer Kollege ist krank. Ob du als Kriminaloberkommissarin nicht die Aufklärung übernehmen könntest, bis jemand frei ist?«

3

Ob sie ihre Zusage bereuen würde? Fine war sich nicht sicher, ob sie schon wieder bereit war, eine Ermittlung in einem Todesfall durchzuführen. Bei dem bis jetzt noch nicht einmal geklärt war, ob es sich um einen Unfall oder, schlimmer noch, um einen Mord handelte. Und dann sollte sie den Fall nicht nur leiten, sondern am besten sogar aufklären. Aber Fine hatte Susas Bitte nicht abschlagen können. Die meinte, sie und Fine seien doch das perfekte Team. Dass sie so endlich einmal Ermittlungsarbeit live miterleben könne. Sozusagen True Crime vor der eigenen Haustür. Nur dass das Abenteuer echt war und kein Spiel oder irgendein True-Crime-Podcast. Fine seufzte leise. Gut, bei True Crime handelte es sich auch um reale Kriminalfälle, aber eben in der Retrospektive. Nicht live, sondern als Erzählung. Dabei kam niemand in Gefahr, riskierte keiner sein Leben, musste keiner die Verantwortung übernehmen, falls etwas schiefging. Und Susa hatte zwar mit ihren mehr als fünfzig Jahren schon einiges im Leben erlebt, aber das Hören von Podcasts ersetzte keine kriminalpolizeiliche Ausbildung.

Dementsprechend konnte Fine sich keine Antwort auf die Frage geben, ob sie die Zusage bereuen würde. Auch nicht, als sie mit Susa zum Hafen fuhr, um die Leute von der Spurensicherung von der Fähre abzuholen. Diese würden mit einem der Elektrokarren der Feuerwehr zum Tatort fahren. Obwohl es nur eine geringe Steigung Richtung Hafen war, musste Fine ordentlich in die Pedale treten, um vorwärtszukommen. Der Wind pfiff ihr scharf ins Gesicht. Susa rollte dagegen ohne Probleme auf ihrem E-Bike dahin. Die Sonne hatte den Zenit längst überschritten, und Fine knurrte der Magen. Noch dazu roch es im Dorf an jeder Ecke nach etwas zu essen, vom frisch gebackenen Brot bis hin zum Fischbrötchen. Ihr Kopf fühlte sich an wie in Watte gepackt, und sie fragte sich, wann sie zuletzt etwas getrunken hatte. Sie fuhr sich mit dem Handrücken über die feuchte Stirn.

»Sag mal, Susa, haben wir noch etwas Zeit, bis die Fähre ankommt?«

Susa drehte den Kopf zu ihr. »Die wird schon noch eine gute halbe Stunde brauchen. Warum?«

»Weil ich sonst gleich über das Pferd da vorn herfalle, wenn ich nicht endlich was zu essen bekomme.«

Susa kicherte. »Alles klar. Kerstin und Stine haben bestimmt noch offen. Wir holen uns was am Kiosk.«

Sie parkten ihre Räder neben dem Imbisswagen und saßen kurz darauf mit zweimal Currywurst und heißem Kaffee auf einer Bank. Das Wasser im Hafen lag da wie ein Spiegel, der alles um sich herum auffing. Das Sonnenlicht tanzte auf den kaum vorhandenen Wellen und verwandelte die Fläche in ein Meer aus Diamanten. Zwei Segeljollen lösten sich vom Steg und drifteten mit dem Wind Richtung Meer. Alles hätte so schön sein können, wenn die Ruhe nicht gestört worden wäre durch Dutzende Touristen, die sich bereits am Kai versammelt hatten und auf die Fähre warteten. Die Spedition lieferte gerade die Koffer an, die sie von den einzelnen Hotels, Pensionen und Ferienwohnungen eingesammelt hatte. Jetzt wurde das Gepäck auf die Container verteilt, die später auf die Fähre verladen wurden. Möwen flogen über das Hafenbecken und landeten in den Salzwiesen vor dem Watt. Sie ließen sich durch die vielen Menschen nicht stören. Eher warteten sie darauf, dass jemand aus Versehen etwas von seinen Pommes oder seinen Keksen fallen ließ.

»Was meinst du, wie lange werden die von der Spusi wohl brauchen, bis die das Skelett aus dem Sand geholt haben?« Susas Stimme riss Fine aus ihren Gedanken.

Fine zuckte mit den Schultern. »Keine Ahnung. Das kommt wohl darauf an, wie gut sie in dem Sand vorankommen. Aber das Dünental kannst du dann erst einmal vergessen. Da wächst in nächster Zeit nichts mehr. Das wird vermutlich von vorn bis hinten durchgesiebt.« Sie pikste ein Stück Currywurst auf ihre Holzgabel, tauchte es in die Soße und steckte es in den Mund. Die Lippen zu einem glücklichen Seufzen verzogen, kaute sie.

»Lecker, oder?« Susa grinste und trank einen Schluck von ihrem Kaffee. »Schau, da kommt die Fähre.«

Werner Thomas, ein hagerer grauhaariger Mann von Mitte vierzig und Leiter der Spurensicherung, steckte mit seinem Team das Dünental in mehrere Planquadrate ab. Dann fingen die in weiße Overalls gekleideten Forensiker und Forensikerinnen an, teilweise mit Hilfe von Pinseln, das Skelett aus dem Sand zu befreien. Beinahe jeder Zentimeter wurde gesiebt, damit sie mögliche Details, die bei der Aufklärung des Falls helfen könnten, nicht übersähen. Münzen, Zigarettenstummel, Kaugummipapierchen, alles konnte wichtig sein. Erstaunlich, was dort alles lag, was da nichts zu suchen hatte. Die erste Viertelstunde hatte Fine mit zusammengekniffenen Augen vom Dünenrand aus zugesehen. Die Sonne stach ihr ins Gesicht. Dann hatte sie eingesehen, dass die ganze Prozedur wohl doch länger dauern dürfte, als sie sich vorgestellt hatte. Wobei das nicht stimmte. Sie hatte sich gar nichts vorgestellt. So einen Fall, ein Skelett in einem Dünental, das hatte sie tatsächlich auch noch nicht erlebt. Normalerweise wurden Leichen, die sich in einem mehr oder weniger starken Zustand der Verwesung befanden, fotografiert, nach Hinweisen untersucht und umgehend in die Rechtsmedizin gebracht. Die Untersuchung der Umgebung wurde dann im Anschluss von der Spurensicherung erledigt. Aber dieses Mal musste jeder Knochen sorgfältig freigelegt, markiert, fotografiert und vermessen werden. Das dauerte länger. Susa wollte zurück in die Dienststelle, das Fallbrett organisieren.

»Was für ein Fallbrett?«, fragte Fine.

»In den Krimis benutzen die doch immer so eine große weiße Magnetwand, an der die Bilder des Opfers und der Verdächtigen befestigt werden. Dazu schreiben die Ermittler dann immer auf, was sie herausgefunden haben.« Susas Augen glänzten. »Den Part werde ich übernehmen.«

Fine verkniff sich ein Grinsen. »Du weißt aber schon, dass wir nur einen Raum in der Dienststelle haben, in dem dann auch alle Verdächtigen befragt werden? Die dann ganz nebenbei Einblick in unsere Ermittlungen bekommen?« Schließlich hatte sie auf dem Weg zum Treppenhaus einen Blick in die Dienststelle werfen können. Viel hatte sie nicht erkannt, aber dass es nur ein Raum war, das war nicht zu übersehen gewesen.

Susa runzelte die Stirn. »Stimmt, das habe ich nicht bedacht. Ich lasse mir was einfallen.« Mit erhobenem Finger brach sie zu ihrem Fahrrad auf. Jetzt war es Fine, die die Stirn runzelte. Susas Vorstellungen von Ermittlungsarbeit entsprachen eher einschlägigen Krimiserien, nicht der Realität. Vermutlich würde sie ganz schön enttäuscht sein, wenn sie merkte, dass das alles anders ablief.

Fine wollte gerade gehen, als sich Werner Thomas zu Wort meldete. »Frau Küster, wir haben da etwas. Den Schädel. Schauen Sie mal.« Er winkte Fine zu sich, die schnell in einen der bereitgelegten Overalls samt Handschuhen schlüpfte und sich Plastiküberzieher über ihre Schuhe zog. Damit rutschte sie zwar eher den Hang hinunter, als ihn hinunterzusteigen, aber Werner Thomas kannte hier kein Erbarmen. Nicht dass sie noch irgendetwas an den Ort trug, was dort nichts zu suchen hatte und was die Ergebnisse verfälschte. Wobei sie sich fragte, was jetzt anders sein sollte als zuvor, als sie mit Susa und den beiden Touristen an ebendieser Stelle mit ihren Straßenschuhen gestanden hatte. Verfälschte das auch die Ergebnisse? Außerdem lief ihr in dem Overall der Schweiß den Rücken herunter. Aber sie durfte sich nicht beschweren, schließlich musste das Spusi-Team den ganzen Tag darin herumlaufen.

»Sehen Sie hier?« Der Forensiker zeigte Fine den freigelegten Schädel im Sand und deutete auf die Schädeldecke. Diese war gebrochen: Strahlenförmig führten Risse von der Bruchstelle weg, darum rankten sich kreisförmige Bruchlinien. Sie sah fast aus wie eine Spinnwebe. »Das ist ein sogenannter Globusbruch«, sagte Thomas. »Ich will mich da nicht zu weit aus dem Fenster lehnen, aber vermutlich wurde die Person erschlagen. Womit, das wissen wir noch nicht genau, aber wir haben in einer Bruchkante einen feinen grünen Splitter gefunden. Den müssen wir jedoch erst analysieren, bevor wir etwas Endgültiges sagen können. Es könnte Glas sein. Wie gesagt, alles unter Vorbehalt.«

»Und wissen Sie schon, ob es sich bei der Person um eine Frau oder einen Mann handelt?«

»Aller Wahrscheinlichkeit nach eine Frau. Der Supraorbitalrand, also der kleine Wulst hier über der Augenhöhle, ist nur schwach ausgebildet. Ebenso der Knochenkamm hier zwischen beiden Augen über dem Nasenbein. Bei Männern tritt dieser meist deutlicher hervor. Auch im Bereich des Unterkiefers ist der Schädel schmal, was ebenfalls für eine Frau spricht. Wenn wir die Beckenknochen finden, können wir es sicher bestimmen; spätestens dann, wenn wir eine DNS-Untersuchung laufen lassen. Unsere Rechtsmedizinerin Dr. Renate Mattes kann sicherlich mehr dazu sagen, wenn sie mit der Untersuchung fertig ist.«

Werner Thomas lief der Schweiß über die Stirn. Einzelne Haarsträhnen klebten auf der feuchten Haut. Am liebsten hätte Fine ihm mit einem Papiertaschentuch darübergetupft, damit der Schweiß nicht in die Augen gelangte, aber etwas hielt sie zurück. War eine solche Handlung nicht zu übergriffig? Sie kannte Thomas schließlich noch gar nicht. Also nickte sie nur und sagte laut: »Vielen Dank, Herr Thomas.«

»Und? Gibt's was Neues?«, rief Susa Fine entgegen, als die eine Dreiviertelstunde später das Büro betrat und sich ächzend auf einen Drehstuhl plumpsen ließ. Dann erst fiel ihr Blick auf die weiße Wand. Auf die ehemals weiße Wand. Jetzt prangte dort eine lange, waagrechte schwarze Linie, an der eine Stelle mit dem heutigen Datum markiert war. Darüber stand, ebenfalls in Schwarz, »Skelettfund«.

»Toll, was?« Susa strahlte über das ganze Gesicht.

Fine runzelte die Stirn. »Du hast einfach so an die Wand gemalt?«

Susa nickte. »Klar, warum denn nicht? In einer Krimireihe im Fernsehen haben die das auch immer so gemacht. Hat funktioniert. Und am Ende haben die die Wand einfach wieder gestrichen.«

»Und wie willst du das Problem mit den Befragungen lösen?«

Susa winkte ab. »Mein Mann bringt uns später dort eine Vorhangleiste an. Ich habe noch so olle bodenlange Vorhänge auf dem Dachboden, die werde ich dort aufhängen. Dann können wir jedes Mal, wenn wir einen Zeugen oder einen Verdächtigen hier haben, die Vorhänge zuziehen. So sieht keiner was.« Ihr Lächeln wurde noch breiter. Sie lehnte sich in ihrem Schreibtischstuhl nach hinten und verschränkte die Arme vor der Brust.

Fine hob nur die Augenbrauen. Mal sehen, wer von ihnen beiden das erste Mal vor einem Verdächtigen hier reinstürmte und schnell noch die Vorhänge zuzog, weil sie es zuvor vergessen hatten. Unwillkürlich grinste sie bei dem Gedanken. Dann beugte sie sich vor und erzählte Susa von Thomas' Erkenntnissen. Susas Pupillen weiteten sich, und ihr Kehlkopf bewegte sich beim Schlucken deutlich auf und ab.

»Dann ist das doch Mord, oder?«, fragte sie.

»Könnte auch ein Unfall sein, den jemand zu vertuschen versucht hat. So eine Kopfverletzung kann man sich unter Umständen auch durch einen Sturz zuziehen. Aber wenn die jetzt keine Kleidungsstücke am Rest des Skeletts oder andere private Sachen finden, sieht es tatsächlich eher nach Mord aus.«

»Aber hast du dort irgendwo etwas gesehen, worauf sie hätte fallen können? Etwas so Hartes?«

Fine seufzte und kratzte sich an der Stirn. Nein, das hatte sie nicht. Sie wandte sich an Susa. »Gibt es auf Spiekeroog einen offenen Vermisstenfall aus den letzten Jahren?«

»Das habe ich mich auch schon gefragt.« Susa tippte auf der Tastatur ihres Computers herum, und Fine rollte mit ihrem Stuhl neben sie, um ebenfalls auf den Bildschirm schauen zu können.

»Ich habe vorhin schon einmal nachgesehen«, sagte Susa. »Es gibt ein paar Fälle auf dem Festland, aber hier auf Spiekeroog wird niemand vermisst.«

»Dann warten wir mal ab, was bei der Spusi noch rauskommt. Vielleicht passt das Skelett ja auf eine der vermissten Frauen vom Festland. Sobald wir was Näheres wissen, können wir auch eine bundesweite Abfrage starten. Oder sogar international. Kann ja sein, dass sie nur als Touristin auf der Insel war.«

»Vielleicht.«

»Oder sie hat hier gearbeitet«, sagte Fine.

Susa verzog den Mund. »Das glaube ich weniger.«

»Warum? Könnte doch sein?«

»Aber wenn sie hier gearbeitet hätte und plötzlich nicht mehr aufgetaucht wäre, wäre das bekannt geworden. Dann wäre sie mit Sicherheit vermisst gemeldet worden. Irgendjemand hätte sich doch nach ihr erkundigt, oder glaubst du nicht?«

Fine legte den Kopf schräg. »Da könntest du recht haben. Es wäre ziemlich ungewöhnlich, wenn sie in diesem Fall keiner vermisst hätte.«

Die Tür zum Büro öffnete sich, und Desmond steckte den Kopf herein. »Hey, darf man stören? Man hört ja schon Ungeheuerliches über euch beide.« Er zwinkerte mit einem Auge. »Ich bin Desmond, Susas Mann«, sagte er in Fines Richtung. Er zwinkerte nochmals, und sie musste unwillkürlich schmunzeln.

Susa winkte ihn herein. »Was hast du denn gehört?« Ihr Blick hatte fast schon etwas Bohrendes.

Als Desmond zu einem Stuhl am Schreibtisch schlurfte, bemerkte Fine, dass er das linke Bein etwas nachzog.

»Kinderlähmung«, sagte Desmond in ihre Richtung und deutete auf seinen Oberschenkel. »Das Bein hat sich nie wieder vollständig erholt. Aber solange es nichts Schlimmeres ist, kann ich gut damit leben. Ich bin damit schon zweifacher Vater geworden. Und dreifacher Opa.« Er grinste.

Fine nickte. »Ihr habt Kinder?« Susa hatte gar nichts davon erzählt.

Desmond lachte auf. »Nein, ich habe Kinder. Susa ist meine zweite Frau. Wir haben uns vor neun Jahren in Berlin kennengelernt, ich war gerade frisch geschieden. Dann sind wir nach Spiekeroog gekommen und haben hier geheiratet. Und sind seitdem glücklich wie nie zuvor. Nicht wahr, meine Süße?«

Er kraulte sie hinter dem Ohr, doch Susa zuckte wie bei einem Stromschlag, funkelte ihn an und schlug seine Hand weg. Presste die Lippen zu einem schmalen Strich und schüttelte fast unmerklich den Kopf. Desmond kniff die Augen zusammen, hob beide Hände und starrte sie einen Moment lang an. Offenbar verstand er nicht, weshalb Susa so reagierte.

Fine zog die Augenbrauen hoch und beobachtete die beiden.

Wenige Sekunden später lächelte Susa wieder und fragte Desmond erneut: »Jetzt sag schon, was hast du gehört?«

»Na, du weißt schon, der Inselfunk steht nie still. In den Dünen soll ein Skelett liegen?« Beide Augenbrauen wanderten über Desmonds oberen Brillenrand, und er starrte Susa geradezu an.

»Darf ich es ihm erzählen?« Susas Blick erinnerte Fine an den eines bettelnden Hundes. Sie rollte mit den Augen und winkte ab.

»Von mir aus, aber eins sag ich euch: Wenn ich mitbekomme, dass der Inselfunk durch einen von euch gefüttert wird, stelle ich euch unter Hausarrest.«

Ihr war bewusst, dass das eine leere Drohung war, aber sie schien dennoch zu wirken. Die beiden blickten sichtlich bestürzt. Zumindest bildete sie sich das ein. Sie verkniff sich ein Grinsen.

»Das würden wir doch nie tun, nicht wahr, Desmond?«, sagte Susa und schaute zu ihrem Mann. Der nickte bekräftigend. Dann erzählte Susa ihm in knappen Worten, was sich heute zugetragen hatte.

»Und jetzt fragen wir uns, wer diese Frau wohl sein könnte. Hast du eine Idee?« Susa schenkte ihrem Mann einen langen Blick.

Dieser zuckte mit den Schultern. »Das ist alles noch reine Spekulation, was? Aber vielleicht war ja jemand auf der Insel, der vorher eine Frau entführt hatte, die er dann hier in den Dünen umgebracht hat.«

Fine verzog das Gesicht. »Warum sollte er das tun?«

»Um die Spuren zu verwischen. Wenn die Leiche nicht gefunden wird, kann man ihm den Mord nicht nachweisen.« Desmond nickte und strich sich über den Bart.

Fine schloss kurz die Augen, murmelte ein innerliches »Oh mein Gott« und zwang sich, ruhig zu atmen. Laut sagte sie: »Also ehrlich, ihr beide habt wirklich schon zu viel True Crime gesehen oder gehört. Erstens gibt es genug Verurteilungen, bei denen der Mörder auch ohne Leiche ins Gefängnis gewandert ist, und zweitens, was ist das denn für ein Aufwand? Mit einer entführten Frau auf eine Insel fahren, sie dann auch noch in die Dünen zu schleppen und dort umzubringen, ohne dass es irgendjemandem auffällt. Das klingt wie ein schlechter Krimi.«

Susa wollte gerade etwas entgegnen, als Fines Smartphone läutete. »Werner Thomas«, stand auf dem Display. Sie nahm das Gespräch an und stellte es auf Lautsprecher.

»Wir sind jetzt fertig mit der Freilegung der Knochen und dem Durchsieben. Die letzten gefundenen Knochen lagen etwa in fünfzig Zentimeter Tiefe. Im Laufe der Zeit ist der Sand wohl nachgerutscht und hat sich verdichtet, daher lag ein Großteil des Skeletts nicht mehr so tief und konnte durch das Graben des Touristen entdeckt werden.« Er hielt kurz inne. »Unsere Vermutung hat sich mit dem Fund der Beckenknochen tatsächlich bestätigt, es ist mit an Sicherheit grenzender Wahrscheinlichkeit eine Frau. Aber endgültige Sicherheit wird Ihnen unsere Rechtsmedizinerin Dr. Renate Mattes geben.«

»Wissen Sie schon irgendwas über ihr Alter oder wie lange die Knochen im Sand vergraben waren?«

Er schnaubte. »Keine Chance, Frau Küster. Da werde ich mich auf keine Spekulationen einlassen.«

Das hatte Fine sich fast gedacht. »Wie sehen die weiteren Schritte aus?«

»Wir packen die Knochen jetzt in einen Behälter und lassen ihn auf dem Feuerwehranhänger zum Hafen fahren, nehmen die letzte Fähre zum Festland und fahren mit dem Skelett gleich weiter nach Oldenburg. Wir haben ein paar Spuren sichergestellt, unter anderem eine Münze, eine dunkelgrüne Glasscherbe und ein paar Zigarettenkippen. Leider keine Kleidung, Papiere oder Ähnliches, was einen Hinweis auf die Identität der Toten geben könnte. Nicht einmal Reste davon. Was es sehr unwahrscheinlich macht, dass die Frau dort aufgrund eines Unfalls gestorben ist. Jemand muss sie dort absichtlich vergraben haben. Nackt. Aber wir haben in dem Schädel noch einen Ohrring gefunden, nachdem wir ihn völlig freigelegt hatten.«

»Einen Ohrring? Im Schädel? Wie ist der denn da hingekommen?«

Thomas lachte. »Das geht ganz einfach. Das Ohr ist letzten Endes auch nur eine Öffnung im Schädel. Wenn das Ohrläppchen mit dem Ohrring verwest, kann er durch die Öffnung in den Schädel rutschen. Ich schicke Ihnen noch ein Foto des Ohrrings. Den echten bekommen Sie erst später, der muss noch untersucht werden.«

»Aber es gab keinen zweiten Ohrring?«, fragte Fine.

»Nein. Zumindest haben wir keinen gefunden. Weder im Sand noch im Schädel. Vielleicht hatte sie nur einen Ohrring an. Gibt es ja auch.«

Da musste Fine zustimmen.

»Ach ja, und wir konnten noch Haare sicherstellen. Lang und dunkelbraun. Die gehörten wahrscheinlich zum Opfer. So, und jetzt muss ich mich beeilen, sonst erwischen wir die Fähre nicht mehr. Näheres dann demnächst.« Er beendete das Gespräch.

Fine starrte Desmond und Susa an. »Eine weibliche Leiche, die im Sand vergraben wurde. Nackt. Mit eingeschlagenem Schädel«, sagte sie leise. »Das war kein Versehen. Da wollte jemand ganz sichergehen. Nicht nur, dass die Frau ursprünglich wohl ziemlich tief in einem geschützten Dünental vergraben war, nein, die fehlende Kleidung und die Tatsache, dass keinerlei Papiere und kein Handy gefunden wurden, deuten darauf hin, dass hier jemand nicht wollte, dass sie so schnell identifiziert werden würde. Falls man sie fände.«

»Aber wir können doch noch nicht einmal sagen, ob sie überhaupt ein Handy gehabt hat. Vielleicht sind die Knochen schon so alt, dass es noch gar keine Handys gegeben hat.« Susa runzelte die Stirn.

Das konnte Fine nicht ausschließen. Aber dann müsste das Skelett ja schon mehr als zwanzig Jahre dort im Sand liegen. Die ersten Handys aus den neunziger Jahren waren ja noch nicht weitverbreitet gewesen. War das wirklich möglich? Das würde hoffentlich die Rechtsmedizinerin klären können.

»Und wenn die Leiche früher entdeckt worden wäre? Hätte man dann noch Fingerabdrücke nehmen können? Oder ein Foto von ihrem Gesicht machen und danach ein Modell oder Bild erstellen können? Irgendwie wäre die Frau doch bestimmt identifiziert worden«, sagte Desmond. Susa schaute ihn an, verzog den Mund und griff sich an die Stirn. Ihre Augen schienen Desmond etwas mitzuteilen, aber Fine verstand nicht, was.

»Vielleicht«, sagte Fine. »Vielleicht auch nicht. Aber ich nehme an, damit eben das nicht passiert, hat der Täter oder die Täterin sie genau dort vergraben. Dort, wo man sie nicht sofort finden würde. Und wo man sie vermutlich auch nicht suchte.« Fine knetete ihre Unterlippe mit den Zähnen. »Aber es gibt etwas, was ich nicht verstehe: Hätte man diese Frau hier vermisst, wäre sie gesucht worden. Auch in den Dünen. Aber es ist keine Frau hier vermisst worden. Die Frage ist, wenn sie irgendwo anders vermisst worden ist, warum kam nie jemand auf die Idee, hier auf Spiekeroog nach ihr zu fragen? Wusste niemand, dass die Frau auf Spiekeroog war?« Fine fuhr sich mit beiden Händen in die Haare und stöhnte leise auf. Woher stammte nur dieses Skelett?

4

Fine fuhr aus dem Bett hoch, ihr Schlafshirt war klatschnass. Hastig sah sie sich um und unterdrückte einen Schrei. Wo war sie? Alles um sie herum war dunkel, nicht einmal der Schein einer Straßenlaterne war zu sehen. Es roch nach frisch gewaschener Bettwäsche, aber es war nicht ihr Waschmittel. Es war fremd, wie alles hier. Ihr Herz klopfte hinauf bis in ihre Kehle. Mit einer Hand strich sie sich die feuchten Haare aus dem Gesicht. Durch das gekippte Fenster hörte sie seltsame Gurrgeräusche, fast wie ein Hupen. Waren das Vögel? Doch nicht nur unbekannte Geräusche drangen ins Innere des Raums, auch ein Luftzug, der unter ihr schweißnasses Shirt kroch. Sie zitterte, und die Härchen an ihren Armen stellten sich auf. Langsam kam die Erinnerung in ihr hoch. Sie war auf Spiekeroog, in dem Haus von Susa und Desmond, im Stockwerk über der Polizeidienststelle. Und die Tatsache, dass sie nichts sah, rührte von den dichten Vorhängen her, die vor dem geöffneten Fenster zugezogen waren. Ihr Puls beruhigte sich wieder. Aufrecht saß sie im Bett und atmete tief ein und aus. So wie sie es gelernt hatte in der Klinik. Tief ein und aus, bis alles wieder gut war. Doch nichts war gut. Nicht einmal hier auf Spiekeroog.

Fine griff nach dem Wecker: Es war drei Uhr morgens. Doch sie konnte nicht länger schlafen. Sie schwang die Beine aus dem Bett und zog sich das feuchte Shirt über den Kopf. Am liebsten hätte sie sich unter die Dusche gestellt. Aber sie wollte niemanden wecken. Susas und Desmonds Schlafzimmer lag am Ende des Gangs, direkt neben dem Badezimmer. Ihr Zimmer dagegen lag an der anderen Seite des Flurs, neben der Treppe zum Erdgeschoss.

Ihr gegenüber befand sich die Küche. Viel Platz bot das Haus nicht, aber es reichte aus. Susa hatte ihr das Gästezimmer hergerichtet, das Bett frisch bezogen und ihr Handtücher gegeben. Hatte ihr sogar eine Schokopraline auf das Kopfkissen gelegt.

Alles war sauber und ordentlich hier. Trotzdem zog es Fine innerlich alles zusammen, wenn sie daran dachte, dass dieses Zimmer der einzige Raum war, in dem sie in den nächsten Wochen ihre Ruhe hätte. Privatsphäre. Sie atmete tief aus. War das wirklich die beste Entscheidung gewesen, sich hier auf der Insel bei Susa und Desmond einzuquartieren? Doch für diese Frage war es jetzt zu spät. Alle Ferienwohnungen und Hotelzimmer waren ausgebucht, eine Flucht unmöglich. Sie würde sich irgendwie mit den beiden arrangieren müssen. Ob sie wollte oder nicht. Und ja, Susa und Desmond gaben sich alle Mühe, sie mit einzubinden, hatten sie gestern Abend zum Fernsehen in ihr Wohnzimmer eingeladen, aber Fine hatte abgelehnt. So weit war sie noch nicht. Wollte sie auch nicht sein. Sie brauchte ihre Ruhe, Raum für sich. Zeit zum Runterfahren, um ihre Gedanken zu sortieren. Sie verbrachte so schon genug Zeit mit Susa und Desmond, weil sie sich die Küche teilten. Und das Bad. Auch so ein Faktor, den Fine vorher nicht bedacht hatte. Fremde Haare, nicht nur auf dem Boden. Und wahrscheinlich nicht nur das. Sie schüttelte sich. Ihr nackter Oberkörper zitterte, Gänsehaut breitete sich darauf aus. Sie konnte nicht länger oben ohne hier rumsitzen. Also schlüpfte sie in ihre Sportklamotten und schlich, die Schuhe in der Hand, die Treppe hinunter aus dem Haus. Wenigstens hatte sie einen eigenen Schlüssel, dann konnte sie zurückkehren, wann sie wollte.

Auf der Außentreppe hinter der Haustür zog sie ihre Schuhe an und lief in flottem Tempo Richtung Strand. Der Mond stand als schmale Sichel über den Dünen. Und überall Sterne. Fine blieb stehen und legte den Kopf in den Nacken. So viele Sterne hatte sie noch nie gesehen. Der ganze Himmel war übersät mit ihnen. Kein Wunder, wenn nirgendwo eine Straßenlaterne brannte. Fine erinnerte sich daran, gelesen zu haben, dass Spiekeroog eine zertifizierte Sterneninsel war. Dass hier jegliches künstliche Licht in der Nacht vermieden wurde, um der Lichtverschmutzung entgegenzuwirken. Jetzt schienen die Sterne fast zum Greifen nah. Und waren doch so weit weg. Fine schluckte und setzte ihre Beine wieder in Bewegung. Am Utkieker vorbei weiter Richtung Strandhalle. Rechts bei den Toiletten bog sie kurz ab, zum Glück waren sie offen. Zuvor hatte sie nicht gehen wollen, aus den gleichen Gründen wie bei der Dusche.

Sie lief weiter, den gepflasterten Weg über die Düne, der kurz darauf in Holzbohlen überging, hinunter zum Strand. Ein Stück durch den Sand, der in ihre Schuhe drang und sich bis zu ihren Zehen vorarbeitete. Kurzerhand zog sie die Schuhe und die Socken aus und lief barfuß weiter. Einzelne Muschelschalen piksten unter ihren Fußsohlen, und ein paar Meter stakste sie eher voran, als dass sie lief. Bis sie endlich das Meer erreichte. Blank und fast schwarz lag es vor ihr, gekrönt von feinem Schaum, der auf den Wellen tanzte und im Mondschein leuchtete. Das Rauschen der See, dazu der Wind, der Fine um die Ohren pfiff – und sonst nichts. Einzelne Wellen leckten an Fines Füßen, es war gar nicht so kalt, wie sie es sich vorgestellt hatte. Das Meer. Wie oft hatte sich Fine gewünscht, dass sie hierherfahren würden? Urlaub machen. Ausspannen. Sich erholen. Sandburgen bauen und sie gegen die Flut verteidigen. In den Wellen springen. In der Sonne dösen und die Zeit vergessen. Die nächste Welle schwappte über Fines Füße und erinnerte sie an die Gegenwart. Die Dunkelheit. Weißt du, wie viel Sternlein stehen … Ein Schrei entfuhr ihrer Kehle, so laut, dass sie sich vor sich selbst erschreckte. Sie war nicht im Urlaub. Sie war allein. Mutterseelenallein. Ohne einen weiteren Gedanken darauf zu verwenden, setzte sie einen Fuß vor den anderen und rannte nach links, am Wellensaum entlang, so schnell sie nur konnte. Immer weiter. Ohne sich umzusehen.

»Und, gut geschlafen?«, fragte Susa Fine mit einem Teller in der Hand, als sie morgens in die Küche kam. Susa räumte den Teller in den Schrank.

Fine nickte. Sie wollte nicht von ihrem nächtlichen Ausflug erzählen. Susa und Desmond schienen einen festen Schlaf zu haben, da sie nicht bemerkt hatten, wie Fine sich nachts hinaus- und wieder hineingeschlichen hatte. Oder sie taten einfach nur so, als hätten sie nichts gemerkt. Im Endeffekt lief es auf dasselbe hinaus. Fine musste nicht darauf reagieren. Sie schnappte sich einen Becher und füllte ihn mit Kaffee aus der Maschine. Susa bot ihr ein Brötchen an, das Fine mit Butter und Marmelade bestrich. Dann setzte sie sich an den Holztisch und aß. Susa beugte sich wieder über die Geschirrspülmaschine, um sie weiter auszuräumen.

Währenddessen redete sie wie ein Wasserfall und schien gar nicht zu bemerken, dass Fine noch nicht ein Wort gesagt hatte. Aber es störte Fine nicht. Im Gegenteil, es hatte etwas Beruhigendes, einfach nur dem Klang der Stimme zu lauschen, auch wenn Fine kaum aufnahm, was Susa sagte.

»… hat überlegt, ob das Skelett wirklich schon so alt sein kann … wären doch sicher schon angegriffen worden … überhaupt feststellen kann?« Susa schaute Fine direkt an.

Die blinzelte und sog die Nasenflügel an. »Hm?«

Susa stemmte die Hände in die Hüften. »Sag mal, hast du mir eigentlich zugehört?«

Bevor Fine antworten konnte, klingelte glücklicherweise ihr Telefon. Schnell schluckte sie den Rest ihres Brötchens mit einem Schluck Kaffee hinunter und griff zu ihrem Handy, das vor ihr auf dem Tisch lag. Eine unbekannte Nummer.

»Serafine Küster.«

»Mattes hier, Dr. Renate Mattes, die Rechtsmedizinerin aus Oldenburg. Sind Sie die zuständige Kriminaloberkommissarin im Fall des Spiekerooger Skeletts?«

»Ja, die bin ich.« Fine gab Susa ein Zeichen, die gerade am anderen Ende des Raums ein paar Gläser in eine Vitrine stellte. Sie stellte das Gespräch auf Lautsprecher, und Susa setzte sich zu ihr an den Tisch.

»Wunderbar, dann wären ja alle Klarheiten schon einmal beseitigt.«

Hatte sie wirklich gesagt, alle Klarheiten wären beseitigt? Fine runzelte die Stirn. Susa hob die Hände in einer fragenden Geste und grinste.

»Also, Ihre Leiche, oder eher Ihr Skelett, ist eine Frau.«

»Das ist uns bereits bekannt«, sagte Fine und balancierte den leeren Becher am unteren Rand auf der Tischoberfläche.

»Sie sollten sich angewöhnen, andere erst ausreden zu lassen, bevor Sie Belanglosigkeiten von sich geben, Frau Küster.«

Fine hob die Brauen. Belanglosigkeiten? Entweder war diese Frau seltsam oder mit einem ziemlich falschen Fuß aufgestanden. Der Becher kippte mit einem scheppernden Geräusch um.

»Oder habe ich Sie etwa bei der Kaffeepause gestört? Ich bin ja schon seit vier Uhr heute früh auf den Beinen.« Dabei betonte die Rechtsmedizinerin das »ich«.

Und ich bereits seit drei, erwiderte Fine in Gedanken. Laut sagte sie: »Aber nicht doch, Frau Mattes. Wir sind ganz Ohr.«

Stille.

»Sind Sie noch da, Frau Mattes?«, fragte Fine.

»Natürlich bin ich noch da. Wieso sollte ich nicht da sein? Wo waren wir hängen geblieben?«

Fine runzelte wieder die Stirn. Hängen geblieben? »Spiekeroog. Das Skelett. Weiblich.« Vielleicht funktionierte das ja so besser.

»Das ist ja schön, wenn Sie Steno können, aber ich bevorzuge es etwas ausführlicher.«

Steno? Das wurde ja immer besser. Fine ließ den Kopf in beide Hände sinken, die Ellenbogen auf die Tischplatte gestützt. Lieber nicht nachfragen, dachte sie. Susa rollte mit den Augen.

»Ihre Tote ist durch stumpfe Gewalteinwirkung gestorben. Ich konnte gleich zwei Globusbrüche am Schädel feststellen. Wir haben es hier demnach nicht mit einem Unfall zu tun, sondern mit einem gewaltsamen Tod. Das erklärt sich von sich aus.«

»Können Sie denn Angaben zum Opfer selbst machen?«, fragte Fine und hörte die Mattes fast im selben Augenblick stöhnen.

»Was habe ich Ihnen gerade bezüglich Unterbrechungen im Dienst gesagt? Ich war noch nicht fertig.«

Fine zuckte zusammen. Beschwichtigend hob sie beide Hände, auch wenn die Rechtsmedizinerin sie gar nicht sehen konnte.

»Die Frau war gemäß all meinen Einschätzungen etwa zwanzig Jahre alt. Plus/minus zwei Jahre. Die Handwurzelknochen waren fast vollständig miteinander verwachsen. Und die Fuge der Speiche des Unterarms war noch nicht vollständig verknöchert, ebenso wenig wie die der Fingerknochen. Das weist darauf hin, dass die Frau mit Sicherheit unter fünfundzwanzig Jahre alt war.« Sie atmete hörbar ein, aber Fine traute sich nicht mehr, sie etwas zu fragen. »Und natürlich habe ich mir auch die Wachstumsfuge des Schlüsselbeins angeschaut, die verknöchert nämlich als Letztes. Aber auch da gab es kein anderes Ergebnis.« Im Hintergrund hörte Fine das Umblättern von Papier. »Der Zahnzustand ist ganz passabel. Sie hatte offenbar gute Zähne, hat vermutlich eine Spange getragen. Keine Plomben, kein Zahnersatz. Die Weisheitszähne wurden gezogen, da hatte sie aber auch nur zwei im Oberkiefer, die unteren zwei sind allem Anschein nach nicht angelegt gewesen. Das kommt öfter vor. Ich habe Röntgenbilder von den Zähnen erstellt, um das Zahnprofil gegebenenfalls abgleichen zu können.«

Wieder raschelte es im Hintergrund. Etwas oder jemand klopfte.

»Ja, bitte?«

Fine wollte gerade antworten, da wurde ihr bewusst, dass Renate Mattes nicht mit ihr gesprochen hatte, sondern mit der Person, die an ihre Tür geklopft hatte.

»Stellen Sie es dort drüben ab, danke. Und dann gehen Sie wieder, ich telefoniere.«

Susa kicherte leise, und auch Fine musste sich ein Grinsen verkneifen.

»So, wo waren wir?«, fragte Mattes. »Das Skelett. Ich habe einen verheilten Bruch der Speiche und der Elle des Unterarms gefunden, vermutlich sechs Jahre vor ihrem Tod.«

»Können Sie uns vielleicht noch etwas zur Liegezeit des Skeletts sagen?« Fine hielt kurz die Luft an. Hoffentlich nahm die Mattes ihr diese Zwischenfrage nicht schon wieder übel.

»Sagte ich das noch nicht?« Mattes seufzte. »Das ist tatsächlich nicht so einfach zu bestimmen. Das Skelett wurde in einem sandigen Untergrund gefunden. Das heißt, es lag relativ trocken und locker. Darüber hinaus war die Leiche unbekleidet. Insekten hatten gute Bedingungen, den Körper zu zersetzen, ebenso die Mikroorganismen. Anders als in schweren, tonigen Böden. Da können Sie nach dreißig, vierzig Jahren noch Reste der Leiche finden.« Sie holte tief Luft. »Aber unser Problem ist, dass wir hier in Deutschland, ach, was sage ich, in ganz Europa keine wirklichen Forschungseinrichtungen haben, die die Zersetzung von Leichen erforschen. Nicht so wie die Body Farmen in Amerika. In Amsterdam gibt es ein Freiluftverwesungslaboratorium, das als Erstes in Europa untersucht, wie sich Leichen verhalten, wenn sie zum Beispiel ermordet und in etwa sechzig Zentimeter Tiefe verscharrt wurden.« Wieder seufzte sie. »Kurze Rede, langer Sinn: Ich schätze, dass das Skelett etwa zwei bis zehn Jahre dort lag. Die Begründung wäre folgende: Die Knochen waren vollständig skelettiert, ohne Weichteile. Geruch war noch vorhanden, die Epiphysen, vereinfacht Knochenenden, waren noch mit Fett durchtränkt. Außerdem habe ich histologische Schnitte der Knochen angefertigt, um die Beschaffenheit des Kollagens zu untersuchen, das war noch ausreichend vorhanden. Aber ich werde noch eine Anthropologin hinzuziehen, um mich da abzusichern.«

Das klang zwar nicht gerade vielversprechend, aber immerhin etwas. Zwei bis zehn Jahre.

»Ach ja, und die Knochensubstanz für einen DNS-Nachweis konnte ich auch noch extrahieren.«

»Das ist ja wunderbar«, sagte Fine. »Können Sie die dann gleich an …«

»… Werner Thomas weiterreichen? Sobald die DNS entschlüsselt ist. Das dauert schon noch etwas. Die Knochensubstanz wurde an das zuständige Landeskriminalamt geschickt. Extrahieren heißt nicht, dass man die Sequenz vor sich liegen hat. Ich bin doch nicht von morgen. Und wenn Sie jetzt keine weiteren Fragen haben, dann verabschiede ich mich. Die Arbeit schreit.« Es tutete mehrmals vernehmlich aus dem Lautsprecher, dann war es still.

Fine und Susa schauten sich an.

»Was war das denn jetzt?«, fragte Fine nach kurzem Schweigen.

Susa zuckte mit den Schultern und lachte. »Keine Ahnung. Bisher hatte ich noch nie etwas mit dieser Frau zu tun. Aber die hat doch wohl alles zusammengewürfelt an Redewendungen, was ging. Hoffentlich können wir ihr wenigstens ihre Ergebnisse abnehmen.«

Fine stand auf und holte sich noch einen Becher Kaffee, bevor sie sich wieder mit ihrem Telefon an den Tisch setzte und Thomas' Nummer wählte.

»Thomas«, meldete sich der Leiter der Spurensicherung.

»Küster hier, hören Sie, ich habe gerade mit Frau Mattes telefoniert ...«

Sie hörte ihn lachen. »Ach, haben Sie schon mit unserer Queen of Crime Bekanntschaft geschlossen? Falls Sie mich jetzt fragen wollen, ob mit der alles in Ordnung ist, lassen Sie sich beruhigen: Sie klingt zwar schräg, und ihre Ausdrucksweise ist manchmal gewöhnungsbedürftig, aber fachlich ist sie eine Hundert. Wirklich.«

Jetzt lachte Fine ebenfalls. »Wenn Sie das sagen. Haben Sie eine Idee, wie lange das LKA in Niedersachsen für die Sequenzierung der DNS braucht?« Sie nippte an ihrem Kaffee und verbrannte sich die Lippen. Mit verzerrtem Blick kniff sie sie zusammen, während Susa nur den Kopf schüttelte, aufsprang und Fine ein Glas kaltes Wasser hinstellte, dazu einen Eiswürfel, den sie aus dem Gefrierfach holte. Dann setzte sie sich wieder.

»Im Normalfall drei bis vier Tage, je nachdem, was alles anliegt. Aber bei einem Skelett eilt es ja nicht. Daher wird Ihr Fall vermutlich in der Liste ganz hinten stehen. Sobald die DNS-Sequenz da ist, werden wir sie in die Datenbank eingeben. Aber auch hier – bis die was ausspuckt, das kann dauern. Wir haben ja einen relativ großen Zeitrahmen, den wir abfragen. Acht Jahre, wenn ich Frau Mattes richtig verstanden habe. Und dann müssen wir erst noch eine bundesweite Anfrage stellen und eventuell sogar übernational über Europol und Interpol.«

Fine bewegte den Eiswürfel, der langsam in ihrer Hand schmolz, an ihrer Lippe entlang. Wasser tropfte auf den Tisch, und sie wischte es mit ihrer Hand weg.

»Sonst noch etwas Neues?«

»Im Moment noch nicht. Ich werde mich jetzt gleich an die Untersuchung des grünen Splitters in der Bruchkante der Schädeldecke machen. Mal sehen, was uns dieses Fundstück noch verrät.«

Fine hätte schwören können, dass er zwinkerte bei seinem letzten Satz, auch wenn sie ihn nicht sah. Sie bedankte sich bei Thomas und beendete das Gespräch. Dann lehnte sie sich auf ihrem Stuhl zurück. Die Lippe schmerzte kaum noch, und sie wagte ein weiteres Mal, ihren Kaffee zu probieren.

»Milch?«, fragte Susa.

Fine winkte ab. Bevor sie Kaffee mit Milch trank, musste mehr passieren, als dass sie sich die Lippe verbrannte.

»Also, was haben wir?«, sagte sie mehr zu sich selbst, aber Susa griff es sofort auf.

»Ein Skelett einer etwa zwanzig Jahre alten Frau, die vermutlich vor zwei bis zehn Jahren hier auf der Insel getötet worden ist.« Sie erhob sich, und Fine und sie gingen die Treppe hinunter ins Büro.

»Die sich schon einmal den Unterarm gebrochen hat«, ergänzte Fine und schlürfte vorsichtig ihren Kaffee.

Susa nickte. »Und die nur zwei Weisheitszähne hatte, die schon weg sind.«

Fine seufzte. »Und wir wissen immer noch nicht, wer sie ist.« Was im Grunde genommen nicht erstaunlich war, der Fall war ja noch keine vierundzwanzig Stunden alt. Warum wurmte sie das so? Wollte sie sich selbst etwas beweisen, indem sie den Fall nicht nur nahezu allein, sondern auch in Rekordzeit löste? Sie konnte sich keine Antwort darauf geben, aber ihr Magen rumorte vernehmbar.

Kurz darauf kündigte der Computer im Büro mit einem Piepen den Eingang einer Mail an. Fine öffnete sie. Es war eine Bilddatei von Werner Thomas mit der Abbildung des Ohrrings aus dem Schädel, den sie mittlerweile gesäubert hatten. Ein silberner Seestern.

Der Ohrring besteht aus 999er Silber, sogenanntem Fein-
silber. In der Mitte ist ein Diamantsplitter eingefasst mit
0,03 Karat. Vermutlich keine Massenware, sondern hand-
gearbeitet. Schätzpreis etwa 100 bis 150 Euro für den einen
Ohrring nach heutigen Maßstäben. Das Paar dann 200
bis 300 Euro. Was es damals gekostet hätte, vor zwei bis
zehn Jahren, ist schwer zu sagen. Laut Juwelieraussage
liegt der Silberpreis heute bei etwa 20 Euro die Unze, vor
fünf Jahren waren es um die 14 Euro, vor zehn Jahren
lagen wir ungefähr auf dem gleichen Niveau wie heute.
Dazu müssten wir schon wissen, wann das Stück hergestellt
wurde. Und wo. Leider ist das nicht erkennbar.
LG Werner Thomas

Fine zeigte Susa die Nachricht, die sie rasch überflog.

»Ein hübscher Ohrring«, sagte Susa.

Fine überlegte. »Wir könnten das Bild ausdrucken und im Dorf herumzeigen. Vielleicht erkennt jemand den Ohrring.«

»Das ist doch uferlos, solange wir gar keinen weiteren Anhaltspunkt haben. Oder willst du wirklich von Haustür zu Haustür gehen und fragen?«

»Wie viele Einwohner hat Spiekeroog überhaupt?«, fragte Fine.

»Siebenhundertvierundneunzig nach neuester Zählung«, sagte Susa, ohne auch nur einen Blick in ihre Unterlagen zu werfen.

Fine legte den Kopf schief und starrte sie mit zusammengekniffenen Augen an.

Susa lachte. »Schau nicht so. Ich brauchte die Zahl erst vor Kurzem für einen Bericht. Deswegen weiß ich sie so genau.«

Fine nickte. Kurz überlegte sie, ob es nicht doch Sinn machen könnte, die Einwohner alle abzuklappern. Dann schüttelte sie den Kopf. So ein Unsinn.

»Wir gehen doch momentan davon aus, dass die Tote nicht von der Insel stammt. Warum sollte also jemand von hier nach so langer Zeit einen Ohrring wiedererkennen, den vielleicht eine Touristin getragen hat?« Susa seufzte und setzte sich neben Fine.

»Auch wieder wahr.« Fine lehnte sich auf ihrem Stuhl nach hinten und klopfte mit einem Bleistift gegen ihre Nasenspitze. Dann setzte sie sich aufrecht hin, die Augen weit aufgerissen. »Und was, wenn sie den Ohrring hier auf der Insel gekauft hat?«

Susa schaute sie mit großen Augen an.

Fine legte den Bleistift wieder auf den Tisch. »Das wäre zumindest einen Versuch wert. Wie viele Geschäfte gibt es hier, die Schmuck verkaufen? Und vor allem vor zehn Jahren schon Schmuck verkauft haben?«

Susa fasste sich mit der Hand ans Kinn. »Das sind nicht viele. Die 2. Heimat, das Atelier Mondstein, das KUNSTbrandWERK und noch der kleine Inselladen. Wobei das KUNSTbrandWERK hauptsächlich mit Naturprodukten in Kombination mit Silber arbeitet und erst jetzt eröffnet wurde. Das können wir also gleich von der Liste streichen. Das Atelier Mondstein stellt seinen Schmuck selbst her.«

»Dann werde ich diesen Läden einen Besuch abstatten.« Fine drückte ein paar Tasten auf der Tastatur, und der Drucker sprang an. »Kann man eigentlich feststellen, wer alles in welchem Jahr an Anwohnern und Gästen auf der Insel war? Wird das irgendwo verzeichnet?« Sie erhob sich und entnahm das Bild aus dem Fach des Druckers. Mit dem Foto in der Hand drehte sie sich zu Susa um und deutete damit in deren Richtung.

»Da fragst du am besten mal bei der Touristeninformation nach. Alle, die hier als Touristen auf der Insel übernachten, müssen einen Gästebeitrag zahlen. Und das wird tatsächlich verzeichnet. Außer den Tagestouristen natürlich, die müssen nichts zahlen außer der Überfahrt. Und die, die hier arbeiten, müssen auch gemeldet werden. Diese Informationen bekommst du wahrscheinlich im Rathaus. Wie lange diese Informationen allerdings gespeichert werden …« Susa hob die Arme in einer fragenden Geste.

Fine winkte ab. »Das finde ich heraus. Kommst du mit?«

Susa verneinte. »Die Fähre kommt gleich an, ich muss vor

an den Kai. Oberste Pflicht der Inselpolizei: Präsenz zeigen. Wir sehen uns später.« Sie griff zu ihrer Jacke und eilte zur Tür hinaus.

Das war allerdings ein Punkt, den Fine nicht bedacht hatte. Eigentlich war sie ja hier, um Susa bei der Präsenz-Arbeit, wie sie es nannte, zu unterstützen. Die Polizei sollte ständig im Ort unterwegs sein, um möglichst jede Form von Fehlverhalten gar nicht erst entstehen zu lassen. Wenn Fahrradfahrer sahen, dass die Polizei anwesend war, fuhren sie nicht durch den Ortskern. Diebstähle passierten erst gar nicht, genauso konnten Streitereien im Idealfall im Keim erstickt werden. Prävention durch Anwesenheit. Nur dass Fine jetzt ausfiel, weil sie einen Todesfall aufklären musste. Ebenfalls alleine. Sie schnaubte leise. Wenigstens blieb ihr dadurch keine Zeit zum Nachdenken.

Ihr erster Weg führte sie zum Atelier Mondstein in den Süderloog. Ein kleines weiß gestrichenes Häuschen, bestehend aus einem großen Raum mit mehreren Fenstern, deren Auslagen mit unterschiedlichen Ketten und Ohrringen bestückt waren. In Vitrinen und Regalen im Laden waren einzelne Schmuckstücke ausgestellt, im hinteren Bereich war die Werkstatt der Goldschmiedin. Ein Kasten enthielt Kettenanhänger, die mit Glas, das durch das Meer glatt geschliffen worden war, kombiniert waren. Es gab sogar einen Spiekeroog-Ring. »Im Rausch ans Meer, im Herzen Land unter«. Der Spruch war in den breiten Silberring eingraviert worden und ließ Fine nicht mehr los. Genauso hatte sie sich heute früh gefühlt. Wie im Rausch war sie ans Meer gelaufen, während in ihrem Herzen der Sturm getobt hatte. Ein Schauer lief ihr über den Rücken. Das konnte doch gar nicht sein, wie sollte ein einfacher Ring ihr so eine Botschaft überbringen? Trotzdem fiel es ihr schwer, den Blick davon abzuwenden.

»Kann ich Ihnen helfen? Suchen Sie etwas Bestimmtes?«, hörte sie eine helle Stimme in ihrem Rücken.

Fine drehte sich um. Vor ihr stand eine brünette Frau um die vierzig, um den Hals eine Kette mit einem schimmernden Stein, dessen Namen Fine nicht kannte. Aber die Farbe faszinierte sie, ein irisierendes Hellblau, das mit jeder Bewegung im Licht anders schimmerte.

Sie brauchte einen Moment, um sich wieder zu fangen. »Entschuldigung, nein, ich suche nichts.« Fine hielt inne. Dann zückte sie ihren Ausweis. »Oder doch. Ich bin Kriminaloberkommissarin Serafine Küster und untersuche den Skelettfund aus den Dünen. Sie haben wahrscheinlich schon davon gehört.«

Ihr Gegenüber nickte.

»Wir haben bei der Toten einen Ohrring gefunden.« Fine holte das Bild aus ihrer Tasche und zeigte es der Goldschmiedin. »Erkennen Sie ihn zufälligerweise, Frau …«

»Daam, Elke Daam.« Sie nahm das Bild in die Hand und führte es näher an ihre Augen. Dann gab sie es Fine zurück. »Nein, tut mir leid, das ist keines meiner Stücke.«

Fine seufzte und steckte das Foto wieder ein. »Kein Problem, vielen Dank.«

Ein schmales Lächeln huschte über Daams Gesicht. »Wissen Sie denn schon, wer die Tote ist? Es geht hier ja so einiges rum.«

Fine wurde hellhörig. »Was geht denn so rum?«

»Na, dass keiner weiß, wo sie herkommt. Also, eine Spiekeroogerin ist sie schon mal nicht, das wüssten wir. Die muss von außerhalb gekommen sein. Hier fehlt niemand.«

»Das kam ja ohne Zögern.«

»Wissen Sie, hier kennen sich die Menschen. Und wir passen aufeinander auf.«

Ein paar Minuten später betrat Fine die 2. Heimat Spiekeroog, einen kleinen Laden in der Mitte des Dorfs, gegenüber dem Hotel und Restaurant Zur Linde. Hier gab es so viel zu sehen, dass Fine gar nicht wusste, wo sie zuerst hinschauen sollte. Neben Schmuck verkaufte die Inhaberin LED-Lampenaufsätze, auf Holz gemalte Sprüche, Tassen, Geschirrtücher bis hin zu Miniatur-Figuren des Künstlers Hannes Helmke, der auch den Utkieker erschaffen hatte. Fine hatte schon vieles über den Künstler gelesen, dessen Figuren auch in Fürth, einer Nachbarstadt Erlangens, standen. Wieder stellte sie ihre Frage und zeigte das Foto.

Die Ladenbesitzerin deutete auf das Bild. »Der Ohrring ist von hier. Zumindest hatte ich diese Ohrringe im Sortiment. Das ist schon ewig her. Der Hersteller hat sie allerdings auch anderen Läden angeboten, ich bin nicht die Einzige, die Schmuck von ihm bezieht.« Sie zuckte mit den Schultern.

»Können Sie herausfinden, wann Sie diese Ohrringe im Sortiment hatten?«, fragte Fine.

»Ich kann es versuchen. Aber dazu muss ich meine Unterlagen durchgehen. Das geht erst nach Ladenschluss.«

Fine reichte ihr ihre Visitenkarte. »Können Sie mich dann bitte unter dieser Handynummer anrufen?«

Die Ladeninhaberin nickte und nahm die Karte entgegen. Fine wollte gerade den Laden verlassen, da fiel ihr etwas ein, und sie drehte sich noch einmal um. »Haben Sie die Ohrringe eigentlich auch einzeln verkauft?«

Die Inhaberin lachte auf. »Nein, die habe ich nur paarweise verkauft. Es gibt zwar auch welche, die einzeln verkauft werden, aber die gingen nur als Paar raus. Ich kann mich auch deshalb so gut daran erinnern, weil ich lange überlegt habe, ob ich sie ins Sortiment aufnehme. Ich kann mich nicht mehr an den genauen Preis erinnern, aber die waren schon ziemlich teuer. Warum?«

»War nur so eine Idee. Vielen Dank für Ihre Hilfe.«

5

»Da fragen Sie am besten Torben Gerdes, der weiß am ehesten Bescheid«, sagte die junge Dame in der Kogge, der Touristeninformation auf Spiekeroog, zu Fine. Dem Schild nach hieß sie Maren Krugmann. Sie wies auf einen langhaarigen blonden Mann mit Messy Bun um die dreißig, der neben ihr an der Theke gerade eine Familie bediente. So wie das aussah, konnte das länger dauern. Fine bedankte sich bei Maren Krugmann und stellte sich an den Rand der Theke. Jetzt in der Hauptsaison war die Kogge an einem Vormittag wie diesem gut besucht. Die einen wollten den Rücktransport ihrer Koffer klären, die nächsten ihren Gästebeitrag entrichten, andere fragten nach Tickets für ein Konzert, eine Wattwanderung oder kauften Souvenirs. Fine strich durch die Gänge der Kogge und betrachtete die Bilder an den Wänden. Eine Ausstellung von einem Künstler vor Ort. In der Mitte des Raums stand ein Flügel. Ob hier auch Klavierabende stattfanden? Fine trat an einen Ständer mit Informationen und Broschüren. Hier gab es einen Inselrundgang und einen Flyer zur Inselgeschichte. Sie packte beides ein, vielleicht konnte sie noch etwas lernen.

Gegen halb eins leerte sich die Kogge zusehends. Fine ging wieder zurück zum Tresen.

»Wir schließen jetzt, Mittagspause. Kommen Sie doch um zwei Uhr wieder, dann sind wir wieder für Sie da«, sagte Torben Gerdes an Fine gewandt und räumte ein paar Papiere zur Seite. Offensichtlich hatte er vorhin gar nicht mitbekommen, dass Fine mit ihm reden wollte. Außerdem hatte sie ihre Uniform nicht an, sodass sie nicht sofort als Polizistin erkennbar war. Dabei sollte sie auch als Kriminalkommissarin auf der Insel Uniform tragen. Sie hatte sich extra noch eine beim LZN, dem Logistik Zentrum Niedersachsen, gekauft, bevor sie auf die Insel gekommen war. Da sie als Kriminalbeamtin im Dienst keine Uniform trug, musste sie die Kosten dafür selbst tragen. Auch so ein Umstand, den sie vorher nicht bedacht hatte. Das war nicht gerade billig gewesen. Und jetzt hatte sie sie nicht einmal angezogen. Fine biss sich auf die Lippe. Besser, sie dächte das nächste Mal daran.

»Herr Gerdes?«, fragte Fine und lächelte.

»Wir schließen jetzt«, wiederholte er, weiterhin freundlich.

»Ich weiß, ich habe auf Sie gewartet.«

Er stutzte, hielt in der Bewegung inne, die Papiere immer noch in der Hand. »Auf mich? Und wer sind Sie, wenn ich fragen darf?« Er legte den Stapel Papier auf einen der Schreibtische hinter sich und kam wieder zu ihr zurück.

Fine stellte sich vor und zeigte ihren Ausweis. »Mich würde interessieren, ob es möglich ist, Informationen, die schon einige Jahre zurückliegen, über Touristen und Angestellte auf der Insel zu bekommen.«

»Um was für Informationen geht es denn?«

»Ich dachte da an die Aufenthaltsdauer, wann sind die Leute gekommen, wann sind sie gegangen?«

Torben Gerdes kratzte sich am Kinn. »Kommt darauf an, wie weit Sie zurückgehen wollen. Seit 2014 haben wir eine elektronische Datenerfassung mit der EilandKaart. Die haben Sie ja auch bekommen.«

Fine kramte in ihrer Tasche nach ihrem Geldbeutel und zog eine Chipkarte mit ihrem Passbild und ihrem Namen hervor. »Meinen Sie die?«

»Genau«, sagte Gerdes. »Damit müssen Sie und alle Leute, die hier wohnen und arbeiten, keinen Kurbeitrag bezahlen und erhalten einen Rabatt bei Fährfahrten. Natürlich können wir so auch problemlos einsehen, wann jemand kommt und geht. Warum wollen Sie das eigentlich wissen? Geht es um das Skelett in den Dünen?«

Hier wusste wirklich jeder Bescheid. Fine nickte. »Wir versuchen herauszufinden, wann die Frau hier auf Spiekeroog war, ob sie Touristin war oder Angestellte oder ob sie hier gelebt hat.«

»Gelebt hat sie hier bestimmt nicht. Das wüssten wir.« Er warf sich in die Brust.

»Sie scheinen sich da alle sehr sicher zu sein. Wie kommt das?«

»Wir sind hier nicht so viele, Spiekeroog ist ein Dorf. Da können Sie nichts verheimlichen.«

Das wäre das erste Dorf, in dem es keine Geheimnisse gibt, dachte Fine, sagte aber nichts dazu.

»Um welches Jahr geht es denn?«, fragte Gerdes.

»Wir reden von einem Zeitraum von vor zwei bis zehn Jahren. Genauer lässt es sich leider noch nicht eingrenzen.«

Gerdes atmete lautstark aus. »Dat is schlecht. Da würde ein Jahr nicht unter die EilandKaart fallen, da müssten wir dann Akten wälzen. Abgesehen davon, dass das so schon eine Unmenge an Daten sind. Wissen Sie eigentlich, wie viele Leute jedes Jahr zum Arbeiten hier nach Spiekeroog kommen? Noch nicht mitgerechnet die Touristen. Wir zählen etwa sechshunderttausend Übernachtungen jährlich von rund fünfundneunzigtausend Gästen, verteilt auf ungefähr dreitausendsiebenhundert Betten. Und das sind nur die, die wir tatsächlich erfassen können über die Buchungen, den Kurbeitrag und eventuell über die Fähre. Die Leute können ja auch das Wassertaxi nehmen, wenn sie wollen, oder selbst mit dem Boot anreisen. Dazu kommen jährlich noch einmal rund neunzigtausend Tagesgäste, die aber weder einen Kurbeitrag zahlen müssen noch sonst irgendwie erfasst werden. Vielleicht noch von der Reederei, wenn sie ihre Tickets mit Karte bezahlt haben.« Er hob die Hände und schüttelte den Kopf.

Fine runzelte die Stirn. Neunzigtausend nicht registrierte Tagesgäste pro Jahr. Das machte für ihren Zeitraum siebenhundertzwanzigtausend Leute, die nicht überprüfbar waren. Allein die Zahl war schon irre. Abgesehen davon, dass die Zahl derer, die sie überprüfen konnte, noch höher war. Das war überhaupt nicht möglich, da wäre sie ja in zehn Jahren noch nicht fertig. Nein, sie mussten die Liegedauer des Skeletts unbedingt eingrenzen. Irgendwie.

Eine halbe Stunde später saß sie in einem kleinen Café namens Strandmöwe. Es lag etwas außerhalb des Dorfkerns, abseits vom Trubel. Trotzdem waren draußen auf der Terrasse schon alle Tische besetzt gewesen, sodass sie sich in den Innenbereich gesetzt hatte. Immerhin war es dort nicht ganz so heiß wie draußen. Die Wände waren weiß gestrichen, die untere Hälfte mit weiß lasierten Brettern getäfelt. Darüber hingen gerahmte Fotografien vom Strand. Auf den Holztischen erkannte Fine die LED-Lampenschirme aus der 2. Heimat wieder, aufgesetzt auf alte Weinflaschen. Dazu eine kleine bauchige Vase, gefüllt mit Sand, Muscheln und Treibgut. Fines Blick fiel auf die Kuchentheke, natürlich stand auch hier die obligatorische Sanddorntorte. Die würde sie bestimmt nicht nehmen. Ein junger Mann trat an ihren Tisch und fragte nach ihren Wünschen. Sie blätterte die Karte durch und wählte schließlich ein Kännchen Ostfriesentee und einen Aprikosenkuchen. Wenigstens einmal musste sie klassischen Ostfriesentee mit Kluntje und Sahne probieren. Danach konnte sie wieder zu ihrem geliebten Kaffee zurückkehren. Neugierig las sie den Text auf der Karte: »Unsere Kuchen und Torten sind alle glutenfrei, teilweise sogar vegan. Sprechen Sie uns gerne darauf an, wenn Sie Fragen haben!«

»Herzlich willkommen bei uns im Dorf, Frau Küster. Wie gefällt Ihnen der Job als Sommerverstärkung?«

Die fröhliche Stimme ließ Fine aufhorchen. Sie sah auf, und eine etwa dreißigjährige Frau, die ihre semmelblonden Haare in einem dicken Ährenzopf trug, servierte ihr den Tee und den Kuchen. »Ich kenne Sie doch irgendwoher?« Fine zog die Augenbrauen zusammen.

Ihr Gegenüber lachte. »Jo, ich war die, die Sie im Süderloog fast überfahren hat mit dem Fahrrad. Mein Name ist übrigens Insa, Insa Janssen. Susa hat mir von Ihnen erzählt.«

Daher wusste sie also, wie sie hieß. Fine lächelte ebenfalls. »Ich habe gesehen, dass Sie alles glutenfrei anbieten. Wie kommt das?«

»Das ist eine längere Geschichte, und ich würde sie auch wirklich gerne erzählen, aber momentan ist es echt voll hier. Und ich hab zwar zwei Aushilfen, aber selbst mit denen stehe ich um diese Uhrzeit ziemlich unter Strom.« Sie vollführte eine ausholende Bewegung mit dem Arm Richtung Terrasse, wo sich schon einige Leute nach ihr umsahen. »Aber wenn du Zeit hast, dann genieß doch einfach in Ruhe deinen Tee und den Kuchen, und ich erzähle dir nach Dienstschluss was darüber. Ich gehe mal davon aus, dass du noch nicht wirklich was von der Insel kennst außer der Düne mit dem Skelett, oder?« Sie strahlte wieder. Doch von einer Sekunde auf die andere verebbte das Strahlen, und sie hielt sich eine Hand vor den Mund. »Oh, du meine Güte, jetzt hab ich dich einfach so geduzt, also, ich meine, Sie geduzt. Das ist mir jetzt echt peinlich. Hier auf der Insel duzen wir uns fast alle, da habe ich gar nicht drüber nachgedacht, tut mir leid …« Ihre Wangen flammten hellrot auf.

Fine konnte nicht anders, sie prustete los. Insa wirkte wie ein Sonnenstrahl, der alles um sie herum in den Bann zog. Auch sie. Herzerfrischend, würde ihre Mutter dazu sagen. Außerdem schien sie in einem ähnlichen Alter zu sein wie Fine selbst. »Alles gut. Bleiben wir doch beim Du, das ist völlig in Ordnung. Mir ist schon aufgefallen, dass Susa hier auch jeden duzt. Und ich komme gern auf dein Angebot zurück.«

»Welches genau jetzt?« Insa verzog fragend ihr Gesicht.

»Ich weiß wirklich noch nichts von der Insel, schon gar nicht, was man hier so unternehmen kann.«

Ein Grinsen huschte über Insas Lippen. »Alles klar. Pass auf, ich hab um sechs Uhr Feierabend, danach mach ich noch sauber bis um sieben. Wie wäre es, wenn du mich dann einfach hier abholst? Dann gehen wir zusammen was essen und danach in die Kneipe. Einverstanden?«

»Einverstanden.«

In der Dienststelle angekommen, holte sie sich gerade einen Kaffee aus der Maschine in der Küche im ersten Stock, als ihr Smartphone klingelte. In der einen Hand die Tasse, die andere mit dem Smartphone am Ohr, trabte sie die Treppe hinab in das Büro und ließ sich auf einen Stuhl plumpsen. Susa war immer noch nicht zurück von ihrem Rundgang. Vielleicht war sie aber auch schon wieder unterwegs. Wer wusste das schon so genau? Bei jeder Fähre war die Anwesenheit eines Dorfpolizisten erwünscht, und Fine hatte den Fährplan nicht im Kopf.

»Küster hier.«

»Sandner von der 2. Heimat. Ich hatte gerade Mittagspause und habe mich gleich auf die Akten gestürzt. Ich hatte schon die ganze Zeit eine Idee im Kopf, wo ich suchen könnte, das hat mir keine Ruhe mehr gelassen. Da musste ich sofort nachsehen.«

Fine richtete sich unwillkürlich gerade auf. Jede Faser ihres Körpers schien wie elektrisiert.

»Ich hatte diese Ohrringe vor sieben Jahren im Mai im Sortiment. Drei Paar waren es, und innerhalb von vier Wochen waren sie verkauft. Nachordern konnte ich keine mehr, weil sie beim Händler nicht mehr lieferbar waren. Es gab insgesamt nur fünfzehn Paar davon. Ich habe sogar versucht, die anderen Verkaufsstellen zu erreichen, aber keine Chance.« Es raschelte im Hintergrund. Fine hörte Leute reden. Vermutlich Kunden der 2. Heimat.

»Ich weiß, es ist wahrscheinlich viel verlangt, aber haben Sie noch Belege darüber?«

»Natürlich habe ich noch Belege, die muss ich ja wegen der Steuer noch aufheben. Ich habe sie extra mit in den Laden genommen. Und Sie haben Glück, alle drei haben mit EC-Karte bezahlt. Sie können sie sich gerne kopieren. Ich kann hier jetzt nur gerade nicht weg.«

Eine Stunde später diskutierte sie mit der Staatsanwaltschaft in Aurich. »Ich brauche dringend Zugriff auf die Daten der Banken, um nachzusehen, wer hinter diesen Belegen steht«, sagte Fine.

»Aber mit welcher Begründung? Sie haben einen Ohrring, der überall gekauft worden sein könnte. Gerade wenn es sich um eine Touristin handelt. Sie muss den Ohrring gar nicht auf der Insel gekauft haben«, antwortete Staatsanwalt Dr. Ralf Wiese.

»Wir müssen den Aufenthaltszeitraum der Frau eingrenzen. Und es besteht zumindest eine reelle Chance, dass sie die Ohrringe auf der Insel gekauft hat. Wenn unser Opfer eine der drei Personen ist, auf die die Belege hinweisen, kann ich sie damit ausfindig machen.«

»Und wenn nicht, haben wir Daten von drei unbeteiligten Menschen herausgegeben.«

Am liebsten hätte Fine laut gestöhnt. Sie war so nah dran, der Identität ihrer Toten ein Stück näher zu kommen, und jetzt stellte sich dieser Staatsanwalt quer.

»Können Sie an irgendetwas anderem festmachen, ob die Daten zu ihrem Skelett führen könnten?«, fragte er weiter, mit einer Ruhe in der Stimme, die sie selbst beim besten Willen nicht aufbrachte.

Sie überlegte fieberhaft. Irgendetwas musste ihr doch einfallen. Denk nach, herrschte sie sich an. »Die Ohrringe auf der Insel waren sofort ausverkauft, genauso schnell wie die auf dem Festland.« Das war nicht ganz richtig und auch nicht ganz falsch. Frau Sandner hatte schließlich erzählt, dass sie die Ohrringe nicht mehr nachbestellen konnte. »Die Inhaberin des Ladens hier hat extra beim Hersteller nachgefragt, weil sie noch welche für ihren Laden haben wollte, aber weitere Paare waren vom Hersteller nicht lieferbar. Und auch die anderen drei Verkaufsstellen am Festland konnten keine mehr abgeben. Es gab insgesamt nur fünfzehn Paar dieser Ohrringe, drei davon auf Spiekeroog. Wenn also dieser Ohrring hier auf der Insel aufgetaucht ist, dann muss die Touristin ihn hier gekauft haben, weil sie ihn ja vorher nicht anderswo gekauft haben kann.« Das war nicht nur gelogen, das war absolut unlogisch. Die Touristin hätte ja auch, erst nachdem die Ohrringe auf Spiekeroog und dem Festland ausverkauft waren, hier auf die Insel kommen können. Und die Ohrringe hätte sie dementsprechend zuvor auch am Festland kaufen können statt auf der Insel. Aber vielleicht fiel es dem Staatsanwalt nicht sofort auf.

Am anderen Ende der Leitung herrschte Stille.

»Herr Dr. Wiese? Sind Sie noch da?«, fragte Fine leise.

Er räusperte sich. »Im Geschichtenerzählen sind Sie schon ganz groß, Frau Küster. Mal sehen, ob Sie das auch bei den Ermittlungen sind. Sie bekommen den Beschluss per Mail, sobald ich ihn habe. Aber versuchen Sie nie wieder, mir so eine Story aufzutischen. Haben wir uns verstanden?«

6

Der Wecker klingelte. In Fines Ohren klang er wie ein Pressluft-hammer, der Kurs auf ihr Trommelfell nahm. Sie stöhnte leise, drehte sich auf den Bauch und zog sich das Kopfkissen über den Kopf. Jetzt dröhnte der Wecker nur noch gedämpft zu ihr herüber. Sie tastete nach dem heulenden Ungetüm und schaltete es aus. Ruhe. Ihr Kopf meldete mit feinen Pieptönen, dass er das Klingeln im Gehirn noch nicht abgeschaltet hatte. Vor ihren Augen zuckten grelle Blitze, und ihr Schädel schien in einen Schraubstock gepresst worden zu sein, den eine unsichtbare Hand gleichmäßig zuzog. Langsam kehrte die Erinnerung an den letzten Abend zurück. Sie war mit Insa erst im Sir George's Pub Burger essen gewesen, danach waren sie in die Kneipe Oll Kark gegangen. In dem Irish Pub gab es sogar Burger mit glutenfreien Burgerbrötchen für Insa. Aus Erlangen kannte Fine so etwas nicht. Natürlich hatten sie den Abend dort gleich begossen – sie mit einem Guinness, Insa mit einem Weißwein. Bier enthielt ja auch Gluten. Sie hatten Scherze mit der Barkeeperin gerissen, die Insa persönlich kannte, und viel gelacht. Insa fragte nicht, was mit Fine los war, fragte nicht, warum sie hergekommen war, fragte nicht nach ihrer Vergangen-heit, urteilte nicht. Sie hörte einfach nur zu oder erzählte von sich, von der Insel, vom Alltag in einem Ort, in dem jeder jeden kannte. Fine hatte sich so leicht gefühlt, als würde sie schweben. Wie lange war das her, dass sie sich das letzte Mal so gefühlt hatte? Sie konnte sich nicht daran erinnern. Ewigkeiten. Aber die Friesen wussten zu feiern. Sie hatte keine Ahnung, wie viele Jever sie getrunken hatte. Und vor allem nicht, wie viel von diesem anderen Zeug, irgendetwas Hochprozentiges – Friesengeist. Der letzte musste schlecht gewesen sein. Ihr war schwindlig und flau im Magen.

Mühsam rappelte sie sich auf, als ihre Speiseröhre Alarm schlug und ihr die Säure bis in den Rachen stieg. So schnell sie konnte, rannte sie ins Bad und kniete sich vor die Toilette.

Eine Stunde später saß sie frisch geduscht und mit einem großen Glas Wasser samt sprudelnder Kopfschmerztablette neben Susa am Küchentisch. Diese grinste nur.

»Jo, min Deern, das nenne ich mal einen ordentlichen Kater. Da hilft nur Matjes, frisch auf die Hand, kriegste hier im Laden vom Meeresfrüchtchen. Das weckt die Lebensgeister wieder.«

»Matjes zum Frühstück? Ihr seid schon verrückt hier auf Spiekeroog, wisst ihr das?« Fine trank das Brausegetränk in einem Zug leer und verzog das Gesicht. Es schmeckte undefinierbar bitter, was sich den ganzen Rachen hinunterzog.

»Medizin muss nicht schmecken, sondern wirken, sagte meine Omma immer.« Susa stellte Fine eine Tasse schwarzen Tee vor die Nase.

»Kein Kaffee?« Fines Stimme klang jämmerlich.

Susa schüttelte den Kopf. »Kaffee ist nicht gut für den Magen, aber die Gerbsäuren des Tees schon. Wirst schon sehen. Und jetzt iss erst mal was.« Sie schmierte Fine ein Brötchen und legte zusätzlich zum Käse noch in Scheiben geschnittene saure Gurken darauf.

Fine verzog das Gesicht. »Muss ich?«

Susa antwortete gar nicht erst darauf, sondern stellte den Teller demonstrativ vor Fine ab. Die seufzte und nahm eine Brötchenhälfte. Nach dem ersten Bissen merkte sie, wie hungrig sie war, und aß auch noch die zweite Hälfte. Danach erzählte sie Susa von den Ergebnissen des letzten Tages.

»Hat sich eigentlich schon eine der Banken wegen der Adressdaten gemeldet?«, fragte Fine und schaute auf die Uhr. Es war schon zehn durch. Die Anfrage an die Banken hatte sie gestern, bevor sie Insa am Café abgeholt hatte, noch rausgeschickt.

Susa zuckte mit den Schultern. »Angerufen hat keiner bei mir. Ich schätze ja, die schicken das per Mail.«

Fine öffnete das Mailprogramm am Dienstcomputer und scannte kurz die eingegangenen Nachrichten. Das Stechen in ihrem Kopf war besser geworden, und auch die Blitze vor ihren Augen waren verschwunden. Da! Da war die erste von drei Benachrichtigungen. Sie klickte sie an. Eine Gertrude Widmer aus Köln hatte ein Paar der Ohrringe gekauft. Die zweite Bank hatte sich auch schon gemeldet. Hier hieß der Käufer Thomas Wünsche und lebte in Kriegenbrunn. Fehlte noch die dritte Bank. Aber das sollte nicht mehr so lange dauern. Bis dahin konnte sie ja die beiden anderen kontaktieren. Sie griff zum Telefon und rief sie an.

»Guten Tag, Frau Widmer, mein Name ist Serafine Küster von der Polizeidienststelle Spiekeroog. Ich hätte ein paar Fragen an Sie. Können Sie mich bitte zurückrufen? Die Nummer der Dienststelle erhalten Sie über das Internet oder über die Auskunft. So können Sie sicherstellen, dass Sie wirklich mit der Polizei sprechen und nicht mit irgendjemandem, der sich am Telefon als Polizist oder Polizistin ausgibt.«

Ein paar Minuten später klingelte das Festnetztelefon im Büro, und Fine nahm das Gespräch an.

»Vielen Dank, Frau Widmer, dass Sie mich zurückgerufen haben. Können Sie mir kurz Ihr Geburtsdatum und Ihren Geburtsort nennen und Ihre derzeitige Adresse?« Fine kannte die Antworten schon, aber so überprüfte sie, ob sie wirklich mit Gertrude Widmer sprach.

»Ich bin am 26. April 1940 in Dessau geboren worden, momentan wohne ich im Seniorenstift Marienruh in Köln. Reicht Ihnen das?« Ihre Stimme klang brüchig, aber sie hinterließ einen durchaus wachen Eindruck.

»Wunderbar. Sie waren 2016 im Mai auf Spiekeroog?«

Gertrude Widmer bestätigte das.

»Und Sie haben damals ein Paar Ohrringe hier gekauft in der 2. Heimat?«

Sie lachte. »Oh ja, ein zauberhafter Laden. Wissen Sie, meine Tochter und mein Schwiegersohn haben auf der Insel ihre Silberhochzeit gefeiert und mich dazu eingeladen. Und die Ohrringe waren mein Geschenk an Brigitte. So heißt meine Tochter. Sie haben ihr so gut gefallen, und sie liebt Seesterne über alles. Da konnte ich ja schlecht Nein sagen, nicht wahr?«

Fine nickte, wohl wissend, dass Gertrude Widmer das nicht sehen konnte. Eine Frage fehlte noch. »Lebt Ihre Tochter noch?«

Fast im selben Moment hätte sie sich am liebsten auf die Zunge gebissen und die Frage zurückgenommen. Aber dafür war es jetzt zu spät.

»Ja, meine Tochter lebt noch, was soll denn diese Frage jetzt?«

So schnell es ging, beendete Fine das Gespräch, ohne näher auf die Frage einzugehen. Ermahnte sich selbst, an ihrer Wortwahl zu arbeiten. Gertrude Widmer hatte recht, was war das denn für eine Frage? Seufzend lehnte sie sich auf dem Bürostuhl nach hinten und massierte sich mit den Fingern die Schläfen. Der Restalkohol in ihrem Blut vernebelte ihr Denkvermögen. Dennoch: Rein theoretisch hätte es doch durchaus möglich sein können, dass Widmers Tochter Brigitte die Insel nach dem Urlaub nicht mehr lebend verlassen hatte. Wenn auch völlig unwahrscheinlich. In dem Fall hätte es unter Garantie eine Vermisstenmeldung gegeben. Nein, nicht einmal theoretisch funktionierte die Frage.

Fine strich sich mit beiden Händen durch das Gesicht und legte den Kopf auf die Rückenlehne des Stuhls, der sanft nachgab. Nur kurz die Augen schließen, das grelle Tageslicht ausblenden, dann würde sie das nächste Gespräch angehen.

»Hey, wer wird denn hier schlafen?« Eine Hand rüttelte Fine an der Schulter, und sie schrak so hastig hoch, dass sich der Stuhl drehte und sie fast vornübergefallen wäre. Sie konnte sich gerade noch mit einer Hand an der Schreibtischplatte abfangen. Blinzelnd scannte sie ihre Umgebung ab. Vor ihr stand Susa, die Hände in die Hüften gestemmt, den Mund verzogen.

»Wie viel Uhr ist es denn?«, fragte Fine und hauchte sich vorsichtig in die Hand. Das hätte sie lieber bleiben lassen sollen. Schnell trank sie einen Schluck Wasser aus dem Glas, das sie sich vor dem Telefonat mit Gertrude Widmer eingeschenkt hatte. Vielleicht vertrieb das nicht nur den Geruch, sondern auch den schalen Geschmack aus dem Mund.

»Es ist gleich Mittag. Ich habe frischen Matjes dabei, daraus zaubere ich uns jetzt einen schönen Salat.«

Eine Dreiviertelstunde später saß sie, mit einer ordentlichen Portion Matjessalat gestärkt, wieder im Büro, wählte die Nummer von Thomas Wünsche und bat ihn, sie zurückzurufen. Es dauerte keine fünf Minuten, da klingelte das Festnetztelefon der Dienststelle.

»Küster«, meldete sie sich.

»Ja, hier Wünsche. Was wollen Sie denn von mir wissen? Ich komme erst in zwei Wochen wieder auf die Insel, davor war ich letztes Jahr im Juli da. Einen Strafzettel kann ich wohl kaum bekommen haben. Und verloren habe ich auch nichts.« Er gluckste leise. Es klang nervös. Doch viele Menschen wurden nervös, wenn die Polizei sich bei ihnen meldete. Das war schließlich nichts Alltägliches. Und wenn sie davon ausging, dass die meisten Leute ihr Wissen über die Kriminalpolizei aus Krimis oder aus dem Fernsehen hatten, war es nicht verwunderlich, dass sie erst einmal verhalten reagierten, wenn eine Kriminalbeamtin am Telefon war.

»Ich melde mich, weil Sie vor sieben Jahren in der 2. Heimat ein Paar Ohrringe gekauft haben, Seesterne aus Feinsilber, mit einem kleinen Diamanten. Können Sie sich daran erinnern?«

Wünsche lachte, dieses Mal klang es echt. »Natürlich kann ich mich erinnern! Ich habe die Ohrringe für meine Frau gekauft, den ganzen Urlaub über ist sie darum herumgeschlichen. Also habe ich sie heimlich besorgt und ihr dann später zum Geburtstag geschenkt. Wieso fragen Sie?«

»Reine Routine, wir versuchen herauszufinden, wer alles diese Ohrringe hier auf Spiekeroog gekauft hat. Aber das ist bei Ihnen jetzt ja geklärt. Ihre Frau wird sich sicher gefreut haben.« Fine griff nach einem Kugelschreiber und klickte ihn mehrmals auf und zu. Hakte den Namen »Wünsche« von ihrer Liste ab. Sie hörte gar nicht mehr richtig zu.

»... hat sie das. Brauchen Sie noch mehr Informationen? Oder kann ich jetzt wieder weiterarbeiten?«

»Ihrer Frau geht es gut?«

Stille. Dieses Mal biss Fine sich zwar nicht auf die Zunge, sondern auf die Lippe, aber sie konnte förmlich vor sich sehen, wie Wünsche nun auf sein Telefon starrte. Oder an die Wand. Und dabei die Stirn in Falten legte. Was war das auch für eine Frage?

»Ja …? Ich verstehe nicht ganz, was Sie wollen, aber meiner Frau geht es gut. Sie ist gerade bei der Arbeit, ich kann Ihnen gerne ihre Nummer geben. Aber ich weiß nicht, was das jetzt soll und was daran eine routinemäßige Befragung sein soll.«

Fine verabschiedete sich von Wünsche. Suchte über das Einwohnermeldeamt nach dem Namen von Wünsches Frau. Seufzte. Wieder nichts. Auch diese Frau lebte noch. Als ihr bewusst wurde, was sie gerade gedacht hatte, schüttelte sie heftig den Kopf. Es war doch schön, dass Wünsches Frau sich bester Gesundheit erfreute und nicht als Skelett hier auf der Insel verscharrt war. Jetzt blieb nur noch eine Nummer übrig, eine Anoushka Diepholz aus Berlin. Die letzte Mail war nach dem Mittagessen im Postfach gewesen. Erneut griff sie zum Smartphone, wählte die Mobilnummer und wartete. Eine automatische Ansage erklärte ihr, dass der Teilnehmer gerade nicht erreichbar sei. War das Handy ausgeschaltet? Zumindest war die Nummer vergeben, sonst würde keine Ansage kommen. Fine starrte das Telefon in ihrer Hand an. Und jetzt? Sie seufzte und klopfte rhythmisch mit den Fingern ihrer freien Hand auf die Tischplatte. Es war nichts Besonderes, dass nicht jeder Zeuge sofort erreichbar war. Dann musste sie eben warten.

Kurzerhand rief sie bei Thomas an, fragte, ob sich schon etwas Neues ergeben habe.

»Der Glassplitter aus der Schädeldecke und die Glasscherbe gehören zu einer handelsüblichen Weinflasche, wie sie überall verwendet werden«, erklärte er. »Ein Hohlglaskörper, der im maschinellen Blasverfahren hergestellt wird. Dafür wird Altglas zusammen mit den Rohstoffen Quarzsand, Natriumcarbonat, Pottasche und einigen anderen bei hohen Temperaturen eingeschmolzen und mit Hilfe von Luft und einer entsprechenden Form zu Flaschen geblasen.« Er stöhnte leise. »Massenware.« Sie hörte seine Finger über die Tastatur klappern. »Das Opfer ist wohl mit dieser Flasche erschlagen worden. Anhand des Armbruchs des Opfers haben wir schon einige der altersmäßig passenden Vermisstenanzeigen ausschließen können. Momentan sind wir dabei, die Zahnstruktur abzugleichen, aber das dauert

73

ewig. Abgesehen davon gibt es nicht von jeder Vermissten ein Röntgenbild der Zähne, sondern manchmal nur schriftliche Angaben der jeweiligen Zahnarztpraxen oder gar nichts.« Etwas quietschte im Hintergrund. Der Stuhl? »Ansonsten gibt es nichts Neues. Keine DNS-Ergebnisse, keine genauere Altersbestimmung. Die Zigarettenstummel sind auch noch wegen des DNS-Nachweises beim LKA, dafür hat die Münze zwei Fingerabdrücke geliefert, die aber nicht im System sind.«

Fine verzog das Gesicht und beendete das Gespräch. Sie hatte keinerlei Anhaltspunkte, wie sie weiter ermitteln sollte. Wenn sie davon ausging, dass das Opfer vor sieben Jahren hier auf der Insel die Ohrringe entweder gekauft oder geschenkt bekommen hatte, blieb nur noch Anoushka Diepholz übrig. Mit einem Bleistift, der auf dem Schreibtisch gelegen hatte, klopfte sie sich gegen die Lippe, dachte nach. Sie könnte bei der Touristeninformation fragen, wer vor sieben Jahren auf Spiekeroog gearbeitet hatte. Und wer als Tourist hier übernachtet hatte. Und im Rathaus, wer zu dieser Zeit hier gemeldet war. Das war zumindest eine gewisse zeitliche Eingrenzung der Daten. Vielleicht hieß irgendjemand von diesen Leuten ja Anoushka Diepholz.

Sie warf einen Blick aus dem Fenster. Die Sonne strahlte wieder über Spiekeroog, der blaue Himmel nur unterbrochen durch ein paar Schleierwolken, die wie Nebelfetzen daran hafteten. Durch das gekippte Fenster drang Kinderlachen, eine Familie marschierte mit Strandtasche und zwei Kindern zum Strand, die Kinder jagten sich gegenseitig mit ihren Schaufeln in der Hand. Johlten dabei und kreischten, sodass die Mutter sie zur Vorsicht mahnte. Fine sah ihnen nach. Der Mann hatte seinen Arm um die Frau gelegt, die ihren Kopf kurz an seine Schulter legte. Fine spürte, wie sich ein Kloß in ihrer Kehle ausbreitete und sich bis zu ihrer Tränendrüse hin vorarbeitete. Sie konnte sich noch genau erinnern, wann sie das letzte Mal ihren Kopf an Toms Schulter gelegt hatte. Und dabei das Glitzern der Sonne in der Regnitz betrachtet hatte. Ein Tag Auszeit. Nur sie beide. Sie schloss die Augen und spürte fast seine Lippen auf ihrer Haut. Ein Ruck ging durch ihren Körper, als hätte sie einen elektrischen Schlag abbekommen, und sie riss die Augen wieder auf. Zitterte heftig und stieß mit dem Fuß gegen das Tischbein. Schnell drehte sie sich vom Fenster weg und sortierte ein paar Ordner von rechts nach links. Sie wartete, bis die Familie weg war, dann erhob sie sich, schob sich die Sonnenbrille auf die Nase und verließ die Dienststelle, setzte sich auf ihr Rad und fuhr zur Kogge. Vorbei an einem kleinen Waldstück auf der rechten Seite, falls man das überhaupt Wald nennen konnte, die paar Bäume, durch die ein Fußweg führte. Am Backdeck gegenüber der Kogge tummelten sich Scharen von Touristen, die einen Platz an einem der Tische in der Nische zwischen Kino und Nebenausgang des Backdecks suchten. Dohlen beobachteten das Geschehen vom Dach aus. Bei passender Gelegenheit flogen sie in Richtung der Tische und stibitzten, was sie erwischen konnten. Leider gab es immer wieder Menschen, die sie vom Tisch aus fütterten, was sie erst recht anzog. Fine schüttelte mit einem Seufzen den Kopf. Manchmal verstand sie die Leute nicht. Aber vielleicht musste sie das auch gar nicht. Zumindest nicht in diesem Punkt.

Torben Gerdes arbeitete auch heute in der Kogge und verzog den Mund, als er sie kommen sah. Ob das gut oder schlecht war, konnte Fine nicht sagen.

»Hallo, Herr Gerdes, ich hätte jetzt doch noch ein paar Fragen oder eher Bitten an Sie.« Fine schob sich die Sonnenbrille ins Haar und lehnte sich auf die Theke, damit nicht jeder der Umstehenden mitbekam, was sie Gerdes zu sagen hatte.

Wieder verzog der nur den Mund. »Moin, Frau …«

»… Küster. Ich kann den zeitlichen Rahmen, in dem die Frau vielleicht hier auf der Insel war, jetzt eventuell eingrenzen. Dafür bräuchte ich von Ihnen eine Liste der Leute, die vor sieben Jahren, also 2016, hier gearbeitet haben, und eine Liste derer, die als Touristen hier auf Spiekeroog waren. Wäre das möglich?« Ihre Stimme war leise, aber sie hoffte, dass Gerdes verstand, wie ernst es ihr war.

Er zog die Augenbrauen hoch. »Jetzt gleich?«

»Das wäre absolut reizend von Ihnen.« Sie bedachte ihn mit einem breiten Lächeln. Natürlich hätte sie auch direkt fragen können, ob eine Anoushka Diepholz im fraglichen Zeitraum auf der Insel gewesen sei. Das wäre wesentlich weniger Aufwand gewesen. Aber solange sie nicht wusste, in welchem Zusammenhang das Skelett mit den Einwohnern hier stand, wollte sie nicht zu früh mit irgendwelchen Vermutungen für Aufruhr sorgen. Und am Ende einen möglichen Täter oder Täterin aufschrecken, der oder die ihr gegenüber dann einen zeitlichen Vorteil hatte und Spuren vernichten konnte. Falls denn noch welche vorhanden waren.

Er lächelte, allerdings nicht halb so breit. »Kannst du kurz übernehmen, Kerstin?«, rief er einer Kollegin zu, die in einem der Nebenzimmer etwas sortierte. Die schaute auf, nickte und kam nach vorn. Gerdes winkte Fine hinter die Theke zu einem der Schreibtische und bot ihr einen Stuhl neben seinem an, auf dem er sich selbst niederließ. Er meldete sich als Benutzer auf dem Computer an und gab über seine Tastatur ein paar Befehle ein. Dann erschien eine Liste mit Namen und Daten.

»Das hier sind die Leute, die damals hier auf Spiekeroog über die EilandKaart gemeldet waren, also die, die hier gewohnt haben, und auch die, die nur für eine Arbeitsstelle auf der Insel gewesen sind. Reicht Ihnen davon ein formloser Ausdruck?« Er hielt kurz inne und schaute sie an. »Und ich gehe davon aus, dass ich von Ihnen noch einen Beschluss dafür erhalte?«

Fine nickte. »Natürlich, er ist schon unterwegs. Ich kann gerne mit dem Staatsanwalt telefonieren, wenn Sie sich absichern wollen.« Hoffentlich wurde sie jetzt nicht rot. Das konnte so was von schiefgehen, sie wollte gar nicht daran denken und sendete ein Stoßgebet gen Himmel. Sofort nach dem Gespräch würde sie bei Dr. Wiese anrufen und das nachholen. In der Hoffnung, dass er sich diesmal nicht so anstellte. Gerdes runzelte kurz die Stirn, sagte nichts und winkte ab. Dann deutete er mit einer Bewegung seines Kinns auf den Bildschirm.

Fine sah auf die Liste. »Drucken Sie es einfach aus, das passt.«

Der Drucker nahm schnarrend die Arbeit auf, und die Seiten stapelten sich im Ausgabefach. Währenddessen öffnete Gerdes eine zweite Datei.

»Dann drucke ich die Liste der Übernachtungsgäste einfach auch so aus, in Ordnung?«

Fine nickte und holte die erste Liste aus dem Fach. Sie umfasste mehrere Seiten, aber sie befürchtete, dass die andere noch umfangreicher werden würde. Gerdes nahm ihr die Blätter ab und tackerte sie zusammen. Der Drucker fing wieder an zu surren, und die nächsten Seiten flatterten aus dem Gerät. Gut fünf Minuten dauerte es, bis er endlich fertig war und Fine den Stapel entnehmen konnte. Er war noch warm. Diese Menge Papier würde mit keinem Tacker der Welt zusammengeheftet werden können. Gerdes reichte ihr einen Locher, und Fine arbeitete sich durch den Stapel, dann fixierte sie die gelochten Blätter mit einem Heftstreifen, den Gerdes ihr gab. Sie bedankte sich bei ihm und packte die Listen in einen Beutel, den sie mitgebracht hatte. Wenigstens hatte sie sich den Besuch im Rathaus gespart, da über die EilandKaart auch viele der damaligen Anwohner mit auf der Liste verzeichnet waren. Draußen setzte sie sofort wieder die Sonnenbrille auf, immer noch schmerzte das helle Tageslicht in ihren Augen und verursachte ein dumpfes, pochendes Gefühl in ihrem Kopf.

»Moin, Fine!«

Fine wollte sich gerade auf ihr Rad setzen und ließ es fast fallen, als ein Fahrrad quietschend vor ihr bremste. Im letzten Moment riss sie den Lenker wieder nach oben und keuchte. Insa strahlte sie an.

»Insa! Hast du mich erschreckt.«

Insa kicherte. »Und? Wie geht's? Brummschädel?«

Fine brummte vor sich hin. »Dir wenigstens scheint's prächtig zu gehen. Dabei hast du doch mindestens so viel getrunken wie ich.«

»Ich bin hart im Nehmen. Was machst du denn hier in der Kogge?«

Fine erzählte ihr, dass sie wegen der Toten einige Nachforschungen anstellte. »Leider wissen wir immer noch nicht, wer sie ist. Die DNS-Nachweise brauchen ewig, aber solange wir die nicht haben, können wir das Skelett nicht mit den Vermisstenanzeigen abgleichen.«

Insa runzelte die Stirn. »Und das kann man nicht beschleunigen? Ich meine, gibt es denn gar keine Möglichkeit, das Skelett irgendwie anders zu identifizieren?«

»Wir haben natürlich noch die Zähne für einen eventuellen Abgleich. Und sie hatte sich einmal den Arm gebrochen, lange vor ihrem Tod. Damit kann man schon einmal einige Vermisste in dem Alter ausschließen. Aber am einfachsten geht es mit der DNS.« Kurz überlegte sie, ob sie Insa zu viel von den Ermittlungen erzählt hatte. Dass die Tote sich den Arm gebrochen hatte. Aber was sollte daran schon so schlimm sein?

Insa nickte. »Dann drücke ich euch mal die Daumen, dass es nicht mehr so lange dauert. Ich muss los, das Café wartet.« Sie setzte sich auf ihr Rad und verschwand um die Ecke.

Fine angelte ihr Handy aus der Tasche und rief noch kurz bei Wiese an, um den Beschluss für die Listen aus der Kogge nachzufordern. Sie erzählte ihm natürlich nicht, dass sie die Listen schon hatte. Er hätte ihr vermutlich den Kopf abgerissen, weil sie sich nicht an die Formalitäten gehalten hatte. Aber darauf konnte sie jetzt keine Rücksicht nehmen. Wenigstens machte er dieses Mal keine Schwierigkeiten, sondern genehmigte ihren Antrag. Fine seufzte. Mit etwas Glück konnte sie morgen früh den Beschluss bei Torben Gerdes nachreichen. Dann hatte alles seine Ordnung. Außerdem hoffte Fine, dass das LKA sich mit den DNS-Nachweisen beeilte. Sie stieg auf ihr Rad und dachte an den gestrigen Abend zurück, an das, was Insa ihr über ihr Café erzählt hatte. Insa war hier auf der Insel groß geworden. Eine echte Insulanerin sozusagen. Nach der Schule war sie zur Ausbildung nach Oldenburg gegangen, sie wollte Bäckerin werden. Doch wegen einer Weizen- und Dinkelunverträglichkeit musste sie die Ausbildung abbrechen. Dass sie jemals das Café ihrer Eltern mit der kleinen Bäckerei übernehmen könnte, hatte sie sich damals abgeschminkt. Wie sollte das gehen? Sie hatte schon überlegt, in Oldenburg eine Lehre zur Bankkauffrau anzufangen, als sie dort durch Zufall ein glutenfreies Café mit eigener Backstube entdeckte. Mit etwas bürokratischem Aufwand konnte sie ihre Ausbildung zur Bäckerin dort abschließen, indem sie lernte, glutenfreie Kuchen und Backwaren herzustellen. Vor drei Jahren war sie auf die Insel zurückgekehrt und hatte doch das Café übernommen samt Bäckerei. Allerdings nicht so, wie sich ihre Eltern das gedacht hatten, sondern sie modelte alles um und stellte auf glutenfreie Mehle um. Jetzt verkaufte sie ihre Kuchen, Torten und Brote samt Brötchen hier auf der Insel. Die Touristen nahmen das Angebot sehr gern an, und nach und nach hatte sie ihr Sortiment auch um vegane Spezialitäten erweitert. Der Erfolg gab ihr recht. Fine trat in die Pedale und fuhr an den Stellwänden mit allerlei Informationen vorbei in den Tranpad. Eine Hundebesitzerin sammelte gerade den Kot ihres Dackels mit einer schwarzen Tüte ein, stand dabei mitten auf der Straße, sodass Fine aus ihren Gedanken gerissen wurde, bremste und um sie herumfuhr. Ihr Herz schlug schneller. Sie sollte sich besser auf den Weg konzentrieren. Aber das war leichter gesagt als getan. Hatte sie selbst eigentlich gestern in der Kneipe etwas aus ihrer Vergangenheit erzählt? Sie konnte sich nicht mehr daran erinnern. War das jetzt ein gutes oder ein schlechtes Zeichen? Fine hoffte, dass sie den Mund gehalten hatte. Sie war hierhergekommen, um neu anzufangen. Ohne die alten Geschichten wieder aufzuwärmen. Es reichte schon, dass sie sie mitgebracht hatte. Sie schüttelte heftig den Kopf, um den Gedanken loszuwerden.

Zurück in der Dienststelle rief sie noch einmal bei Anoushka Diepholz an. Wieder war nur die Mailbox dran. Fine seufzte und machte sich einen Kaffee. Immerhin hatte sich ihr Magen wieder beruhigt, da war ein bisschen Koffein sicher nicht schädlich.

Sie schnappte sich die kürzere EilandKaart-Liste und überflog die Namen. Suchte unter dem Buchstaben D, bis sie auf Diepholz stieß. Anoushka Diepholz. Wohnadresse in Berlin. Sie hatte hier auf der Insel im Gasthaus Der Grüne Anker von Anfang März bis Ende Mai im Jahr 2016 als Aushilfe gearbeitet. Den Angaben nach hatte sie damals am 31. Mai den letzten Arbeitstag gehabt und hatte die Insel verlassen. Dementsprechend war sie aus dem Verzeichnis ausgetragen worden. Allerdings stand dort nicht, wo sie danach hingegangen war. Wieder zurück nach Berlin? Oder war sie noch als Touristin auf der Insel geblieben? Fine griff zu der anderen Liste und blätterte bis zum Buchstaben D. Doch da stand nichts von Diepholz. Offensichtlich war sie wirklich nach Beendigung ihrer Arbeitszeit gegangen. Oder sie war zumindest nicht als Übernachtungsgast registriert worden. Sie hätte ja auch bei einer Freundin oder einem Freund untergekommen sein können. Ohne den Touristenbeitrag zu zahlen.

Fine legte den Marker auf die Liste, verschränkte die Hände hinter dem Kopf und lehnte sich auf dem Bürostuhl zurück, schloss die Augen. Wer war diese Anoushka Diepholz? Laut den Daten war sie damals zwanzig Jahre alt gewesen, war aus Berlin nach Spiekeroog zum Arbeiten gekommen. Sozusagen als Ferienjob. War sie alleine gekommen? Was hatte sie hierhergeführt aus Berlin? Und warum erreichte Fine sie nicht? Diepholz wäre jetzt siebenundzwanzig Jahre alt, eine junge Frau. Mit ausgeschaltetem Handy? Fine nahm die Hände wieder herunter und öffnete die Augen. Das kam wohl auf den Job an. Vielleicht war es ihr nicht möglich, um diese Zeit ans Telefon zu gehen. Vielleicht hatte sie es auch gar nicht dabei, wenn sie bei der Arbeit war. Viele nutzten ein Diensthandy, da blieb das private zu Hause oder im Spind.

Fine seufzte und sah sich noch einmal die Adresse an, an der Anoushka Diepholz damals in Berlin gemeldet gewesen war, dieselbe Adresse, die auch bei der Kartenzahlung der Ohrringe verzeichnet war. Fine rollte mit ihrem Stuhl zum Computer und fuhr ihn hoch, gab die Adresse in eine Suchmaschine ein. Zumindest gab es sie, allerdings war unter der Adresse, einem Mietshaus mit mehreren Parteien, heute niemand unter dem Namen gemeldet. Dort wohnte Diepholz also nicht mehr. Fine suchte nach dem aktuellen Wohnort von Anoushka Diepholz. Doch sie schien nirgendwo in Deutschland gemeldet zu sein. Seltsam. Hatte niemand in Berlin recherchiert, wo sie abgeblieben war? Fine zog die Brauen zusammen. Es war nicht verboten, einfach so wegzuziehen, ohne sich abzumelden. Wahrscheinlich hatte ihr Vermieter sie abgemeldet, als sich neue Mieter für die Wohnung interessierten. Aber man musste sich an einem neuen Wohnort anmelden; wenn man das versäumte, wurde ein Bußgeld fällig. Und wenn Anoushka Diepholz nirgendwo in Deutschland angemeldet war, müsste sie folglich im Ausland leben. Dann hätte sie sich in Deutschland bei der zuständigen Meldebehörde abmelden müssen. Das hatte sie aber auch nicht getan, wie Fine mit ein paar Tastenanschlägen herausfand. Sie war einfach von der Bildfläche verschwunden. War das der Grund, warum sie nicht an ihr Handy ging? Ob sie in den sozialen Medien aktiv war? Wieder huschten ihre Finger über die Tasten und suchten die gängigen Plattformen nach Anoushka Diepholz ab. Fehlanzeige. Entweder war sie dort nicht unterwegs, oder sie hatte sich unter einem anderen Namen angemeldet. Sie öffnete WhatsApp auf ihrem Handy und öffnete das Icon für einen neuen Chat, scrollte sich durch die Kontakte. Laut der Liste hatte Anoushka Diepholz einen WhatsApp-Account. Fine überlegte kurz, dann schrieb sie eine Nachricht: ·

Hallo, mein Name ist Serafine Küster, ich bin Kriminal-oberkommissarin in der Dienststelle Spiekeroog. Könnten Sie mich bitte zurückrufen, die Nummer finden Sie über das Internet oder die Auskunft. Es geht um eine Zeugen-befragung. Vielen Dank.

Fine drückte auf »Senden«. Unter der Nachricht erschienen die Uhrzeit und ein grauer Haken. Sie wartete eine Weile, aber aus dem einen Haken wurden keine zwei. Was bedeutete, dass die Nachricht zwar versendet worden war, aber nicht von Anoushka Diepholz empfangen wurde. Was die Vermutung nahelegte, dass es tatsächlich ausgeschaltet war. Kurz entschlossen griff Fine zum Telefon und rief die Dienststelle in Aurich an. Die Kriminalpolizei hatte ihre Hilfe zugesichert, da sie nicht alleine alle Aufgaben bewältigen konnte. Sie erläuterte die näheren Umstände, damit der Kriminalbeamte Bernhard Mies im Bilde war, worum es ging.

»Ich hätte gern alle Verbindungen zu folgender Nummer«, sagte sie Mies und diktierte ihm die Zahlen. »Darüber hinaus wüsste ich gerne, von welchem Anbieter die Nummer stammt und ob es möglich ist, herauszufinden, wann und wo das Handy das letzte Mal eingeloggt war.«

Mies schnalzte mit der Zunge. »Haben Sie einen Beschluss dafür beantragt?«

»Nein, noch nicht.«

Es wurde still am anderen Ende der Leitung. »Ich werde sehen, was ich tun kann. Aber ich kann nichts versprechen. Das hängt alles vom Wohlwollen des Staatsanwalts Dr. Wiese ab.«

7

Am nächsten Morgen änderte sich alles. Am vorherigen Abend hatte Fine noch dreimal versucht, bei Anoushka Diepholz anzurufen – ohne Erfolg. Auch an diesem Morgen erreichte sie niemanden unter der Nummer. Stirnrunzelnd fuhr sie den Computer hoch. Sollte sie nach Anoushka Diepholz fahnden lassen? Aber dafür hatte sie zu wenig in der Hand. Eher könnte sie sie vermisst melden.

Fine rief ihr Mailprogramm auf. Sie hielt den Atem an: Da war sie, die lang ersehnte Mail vom LKA. Die DNS-Befunde waren endlich da. Rasch überflog sie den Bericht. Die DNS konnte aus den Knochen extrahiert werden, ein Profil war erstellt worden. Der Abgleich mit vermissten Personen in Deutschland hatte zu keinerlei Ergebnis geführt, jetzt würden Anfragen über Europol und Interpol gestellt werden. Außerdem lagen auch die DNS-Nachweise zu den Zigarettenkippen vor, die bei der Düne gefunden worden waren. Doch leider passte keine zu der DNS des Opfers noch zu jemand anderem aus der Datei. Fine seufzte. Wäre ja auch zu schön gewesen, wenn eine der Vermissten zu der DNS ihrer Jane Doe gepasst hätte. Dementsprechend würde der Zahnabgleich mit den bekannten Vermissten auch kein anderes Ergebnis liefern. Bei den Zigarettenkippen hatte sie sich schon vorher keine großen Hoffnungen gemacht. Wer wusste schon, aus welchem Jahr sie stammten? Daran konnte man nichts festmachen. Sie schaute sich noch die letzte neue Mail an: der Beschluss für die Listen aus der Kogge. Sie druckte ihn aus, um ihn später bei Torben Gerdes vorbeizubringen.

Das Telefon klingelte, das Display zeigte die Dienststelle Aurich an, die Fine mittlerweile abgespeichert hatte. Sie nahm das Gespräch an.

»Bernhard Mies hier. Ich hätte da ein paar Neuigkeiten für Sie, die Nummer betreffend, die Sie mir gestern durchgegeben haben.«

»Und?« Warum redete er nicht weiter?

»Die Nummer gehört zu einer Prepaidkarte, die das Mobilnetz von Telefonica nutzt. Beim Anbieter habe ich erfahren, dass sie von ihren Nutzern erwarten, dass sie einmal im Jahr eine SMS, eine Internetverbindung oder einen Anruf bedienen, um die Nummer und das vorhandene Guthaben nicht zu verlieren. Das Handy war bis vor etwa fünf Jahren noch sehr aktiv, seitdem war es kaum mehr im Netz. Exakt das eine Mal pro Jahr, das nötig war, um die Nummer zu erhalten. Offensichtlich wird das Handy nicht wirklich genutzt. Ich habe über Social-Media-Kanäle, die über die Nummer bedient wurden, eine Anfrage gestartet. Dort sind das letzte Mal vor fünf Jahren Nachrichten geschickt worden und eingegangen.«

Fine stutzte. Vor fünf Jahren? »Gibt es noch irgendeine Möglichkeit, an ein Rufnummernprotokoll heranzukommen?«

»Leider nein. Nach fünf Jahren ist nichts mehr gespeichert. Normalerweise wird nach zehn Wochen alles wieder gelöscht gemäß der Datenschutzverordnung.«

Fine wippte mit dem Fuß. Jeder Muskel in ihr war angespannt. Anoushka Diepholz war nicht erreichbar, sie hatte sich nicht an ihrem Wohnort abgemeldet, aber auch nirgendwo anders angemeldet. Sie würde in das Profil ihres Skeletts passen, wenn da nicht die Diskrepanz mit der Jahreszahl wäre. Anoushka hatte die Insel vor sieben Jahren verlassen, davor hatte sie noch die Ohrringe gekauft. Aber sie hatte sich bis vor fünf Jahren noch gemeldet, es hatte ein Lebenszeichen von ihr gegeben. Von wo auch immer. War sie wieder auf die Insel zurückgekommen und dann erschlagen worden? Fine presste die Lippen aufeinander. Sie hatten bei dem Skelett keine persönlichen Gegenstände gefunden, wie zum Beispiel ein Handy. Jeder hätte mit Diepholz' Handy Nachrichten schreiben können, vorausgesetzt, er oder sie kannte den PIN-Code. Damals gab es noch keinen Gesichtsscan, allenfalls den Fingerabdruckscan. Und den hätte der Mörder oder die Mörderin auch von der Toten noch abnehmen und die PIN dann ändern können.

Es gab nur eine Möglichkeit, das zu überprüfen. Fine rief noch einmal bei Mies in Aurich an.

»Können Sie bitte eine Abfrage für mich starten? Fragen Sie doch bitte in Berlin nach einer Anoushka Diepholz.« Sie nannte ihm die letzte Adresse von Diepholz. »Und ich bräuchte irgendetwas, womit wir ihre Identität abgleichen können. Zum Beispiel die Zahndaten. Schaffen Sie es, ihren Zahnarzt ausfindig zu machen? Ich bräuchte auch noch Hinweise, ob sie sich irgendwann den Arm gebrochen hat.«

»Das ist nicht ganz so einfach. Immerhin sind das persönliche Daten. Da brauchen Sie einen Beschluss, damit ein Arzt solche Daten rausrückt. Mit Beschluss schaffen die Kollegen in Berlin das bestimmt. Haben Sie denn einen Verdachtsfall, womit Sie die Vorgehensweise begründen könnten?«

»Ich habe nur eine Vermutung, dass es sich bei unserem Skelett um diese Frau handelt. Sie ist wie vom Erdboden verschluckt, ist nirgendwo gemeldet, hat sich aber auch nicht abgemeldet. Sie war im fraglichen Zeitraum auf Spiekeroog und hat hier gearbeitet. Außerdem hat sie vor sieben Jahren ein Paar der Ohrringe hier auf der Insel gekauft, von dem wir ein Exemplar im Schädel des Skeletts gefunden haben.«

»Aber wurde sie denn vermisst gemeldet?«, fragte Mies. Fine hörte im Hintergrund eine Tastatur klackern.

»Nein. Zumindest habe ich keine Vermisstenanzeige gefunden.« Sie seufzte.

»Ich auch nicht«, sagte Mies. Das Klackern hörte auf. »Hören Sie, vielleicht ist die Frau tatsächlich untergetaucht, freiwillig. Vielleicht will sie einfach nicht gefunden werden und hat deswegen alle Kontakte abgebrochen. Und wenn sie keiner vermisst, haben wir nichts in der Hand. Nur auf eine Vermutung hin wird Ihnen kein Beschluss ausgestellt werden.«

»Und wenn ich eine Fahndung nach der Frau rausgebe? Als Zeugin?« Es musste doch irgendeine Möglichkeit geben!

Es war kurz still am anderen Ende der Leitung. Nur das Klackern der Tastatur war wieder zu hören. »Das könnte funktionieren. Ich habe die bundesweite Personenfahndung gerade eben herausgegeben. Und das nicht nur als Zeugin, sondern auch zur Identitätsbestimmung. Zusätzlich können Sachen der Abgängigen beschlagnahmt werden, falls noch welche vorhanden sind. Vielleicht findet sich hier etwas mit der DNS der Vermissten, die Sie dann mit Ihrer gefundenen abgleichen können.«

Ein Lächeln breitete sich auf Fines Gesicht aus. »Und dafür muss sie nicht vermisst gemeldet sein?«

»Nein, die Fahndung nach ihr ist das Ausschlaggebende. Außerdem haben Sie sie ja gewissermaßen als vermisst gemeldet. Sie können sie nicht erreichen. Und ich habe Sie doch richtig verstanden, Sie brauchen dringend ihre Aussage zu den Ohrringen, nicht wahr?« Täuschte sie sich, oder schwang da ein Lächeln in seinen Worten mit?

Es dauerte keine drei Stunden, da meldete sich Mies schon wieder. Die Zeit bis zu seinem Anruf hatte Fine dazu genutzt, Gerdes kurz den Beschluss vorbeizubringen. Jetzt lauschte sie Mies' Worten.

»Die Kollegen aus Berlin-Mitte haben bei der Fahndung über den ehemaligen Vermieter von Diepholz einen Ex-Freund ausfindig machen können, Lorenz Krämer. Der hatte noch ein paar Sachen von ihr, die die Beamten jetzt beschlagnahmt haben. Leider wusste auch Lorenz Krämer nicht, wo Anoushka Diepholz sich aufhält. Sie habe ihm vor acht Jahren den Laufpass gegeben und sich danach nicht mehr bei ihm gemeldet.«

Fine hielt es nicht mehr auf ihrem Stuhl. Sie stand auf und lief im Büro hin und her. »Was sind das für Sachen, die beschlagnahmt wurden? Ist da irgendwas dabei, wovon man DNS abnehmen kann?«

»Warten wir es ab. Die besten Chancen haben wir bei einer Haarbürste aus dem beschlagnahmten Karton. Oder bei einer Zahnbürste. Aber ganz ehrlich, wer bewahrt schon acht Jahre lang eine gebrauchte Zahnbürste auf? Warum auch immer Krämer die aufgehoben hat. Er gab als Erklärung an, dass er einfach alle Sachen von ihr, die noch da waren, in einen Karton geschmissen und den im Keller verräumt hätte. Und dann hätte er ihn vergessen.«

Fine schluckte und hielt im Gehen inne. Auch sie hatte einiges einfach genommen und in Kisten verpackt und in die hinterste Ecke im Keller verbannt. In der Hoffnung, dass sie sie eines Tages vergessen würde. »Das kann ja gut möglich sein«, sagte sie stockend. »Wobei es natürlich schon seltsam ist, dass Anoushka Diepholz die Sachen nicht zurückwollte.«

Mies holte geräuschvoll Luft. »Vielleicht wollte sie nichts behalten von den Dingen, die sie an ihn erinnerten? Keine Ahnung. Ich bin da nicht so erfahren.«

Fine musste unwillkürlich grinsen. »Gab es sonst noch irgendetwas?«

»Kleidung, ein Teddybär, Fotos. Das Übliche, was nach einer Trennung noch so beim anderen rumliegt. Aber wie gesagt, von der Bürste und der Zahnbürste erhoffen sich die Beamten am meisten.«

Fine schüttelte den Kopf. Diepholz hatte nicht einmal ihre Kleidungsstücke und den Teddy abgeholt? Dass sie die Fotos und die alte Zahnbürste nicht wiederhaben wollte, konnte sie ja noch verstehen, aber der Rest? Aber vielleicht war der Teddy ja auch ein Geschenk an Lorenz Krämer gewesen, den er einfach nur gemeinsam mit den anderen Dingen weggepackt hatte. »Schicken die die Sachen her?«

»Die Bürsten sind direkt ans LKA Niedersachsen gegangen, die werden versuchen, die DNS aus etwaigen Zellen zu isolieren, um sie dann mit der des Skeletts abzugleichen.«

Fine stöhnte leise. Das würde bestimmt wieder Ewigkeiten dauern. Aber sie konnte es nicht ändern.

»Und ich habe noch etwas.«

Fine spitzte die Ohren.

»Krämer meinte, dass Diepholz sich tatsächlich mit vierzehn Jahren den Arm beim Skifahren gebrochen hätte. Er könne aber nicht sagen, welcher Arm das genau gewesen war. Ihm sei damals nur die Narbe aufgefallen, weswegen er sie gefragt habe, was da passiert sei.«

»Reicht das für einen Beschluss, um die Zähne abgleichen zu dürfen?«, fragte Fine und klemmte sich das Telefon zwischen Schulter und Ohr, um die Neuigkeit auf einen Block zu schreiben.

»Ich kann es versuchen. Wenn ich Erfolg habe, melde ich mich.«

»Danke, Herr Mies, Sie sind ein Schatz.« Fine richtete sich wieder auf und nahm das Telefon in die Hand.

»Bernhard. Ich bin Bernhard. Gerne auch Hardy.« Dieses Mal hörte sie eindeutig ein Lächeln.

»Hardy. In Ordnung, ich bin Serafine, gerne auch Fine.« Sie grinste. »Sie haben was gut bei mir. Wenn ich das nächste Mal aufs Festland komme, besuche ich Sie.«

»Aber nur, wenn Sie mich bis dahin duzen.«

Jetzt lachte Fine herzlich. »Das schaffe ich bestimmt.«

»Und? Gibt's was Neues?«, fragte Susa, als sie eine Stunde später in die Dienststelle schlurfte, zwei Kaffeebecher in der Hand. Einen stellte sie vor Fine ab, den anderen vor sich auf dem Schreibtisch. Dann ließ sie sich mit einem Seufzen auf ihrem Stuhl nieder.

»Und wie!« Fine berichtete ihr, was sie von Hardy erfahren hatte. Susas Gesichtszüge froren einen Moment lang ein, dann sprang sie unvermittelt auf, schnappte sich ihren Edding und wollte ihn gerade auf der Wand ansetzen, als sich eine Mail ankündigte. Fine beugte sich über den Bildschirm und klickte darauf.

»Es ist der Beschluss.« Sie jubelte. »Wir dürfen die Zähne abgleichen.« Schnell las sie, was Hardy zu der Nachricht geschrieben hatte. »Hardy hat den Beschluss gleich weitergeleitet nach Berlin-Mitte, damit die Beamten dort Diepholz' Zahnarzt ausfindig machen können und die notwendigen Daten bekommen. Die werden sie dann gleich an Frau Dr. Mattes weiterleiten.«

Susas Wangen leuchteten. »Berlin-Mitte also?« Sie kratzte sich am Kopf, drehte sich kurz zur beschriebenen Wand und wieder zurück.

»Ja, wieso? Kennst du da jemanden?«

Susa winkte ab. »Nein, ich habe nur überlegt, welche Bezirke da reingehören.« Sie drehte sich nochmals zur Wand und wieder zurück. »Meine Güte, ist das aufregend! Stell dir mal vor, vielleicht können wir gleich den Namen von unserem Opfer an die Tafel schreiben. Dann gehen die Ermittlungen erst richtig los. Ich freu mich schon.« Sie rieb sich die Hände.

»Du weißt aber schon, dass das ziemlich makaber ist, oder?« Fine grinste und legte den Kopf schief.

»Bloß weil ich Spaß an der Arbeit habe?« Susa blinzelte. »Ich weiß gar nicht, was du meinst. Kaffee?« Sie hob ihre Tasse und prostete Fine zu. Die prostete zurück und nahm einen Schluck, ließ ihn über ihre Zunge gleiten und schmeckte das schokoladenbittere Aroma am hinteren Ende des Gaumens, nachdem sie den Kaffee hinuntergeschluckt hatte. Susa hatte recht, je nachdem, was der Zahnabgleich ergäbe, würden sie vielleicht heute Abend schon ein Ergebnis haben. Im Kopf ging sie noch einmal alles durch, was sie heute erfahren hatte. Etwas in ihr sagte, nein, es schrie geradezu, dass sie mit Anoushka Diepholz ihre Jane Doe gefunden hatten.

Kurz vor achtzehn Uhr schellte das Telefon der Dienststelle. Fine hörte es nur, weil sie noch einen Spaziergang zum Strand machen wollte und auf dem Weg zur Haustür am Büro vorbeikam.

Sie hechtete ins Zimmer und schnappte sich das Telefon. »Küster.«

»Dr. Mattes hier. Vorhin kam ein Zahnnachweis einer Anoushka Diepholz bei mir hereingeflattert mit der Bitte, ihn mit den Zahndaten unseres Skeletts abzugleichen. Und da dachte ich mir, das wollen Sie sicher sofort wissen.« Sie räusperte sich geräuschvoll.

Fine hielt den Atem an.

»Die Zähne passen. Das Skelett ist Anoushka Diepholz. Zumindest aller Wahrscheinlichkeit nach.«

Fine unterdrückte einen Schrei. Sie hatte es doch gewusst!

»Vielen lieben Dank, Frau Dr. Mattes, Sie wissen gar nicht, wie glücklich Sie mich gerade gemacht haben.« Erst nachdem die Worte schon ihren Mund verlassen hatten, wurde ihr die Tragweite bewusst. »Entschuldigung, das war natürlich völlig unangemessen. Ich bin einfach nur froh, dass wir die Tote endlich identifiziert haben.«

»Nun, auch ein blindes Korn findet einen Weg. Freut mich, wenn ich helfen konnte. Gute Nacht.« Dann war die Leitung tot.

Fine runzelte die Stirn. Dieses Sprichwort war ihr in der Form bis jetzt auch unbekannt gewesen.

Sie setzte das Telefon zurück in die Ladestation und strich sich mit beiden Händen über den Kopf. Anoushka Diepholz. Ihre Jane Doe hatte endlich einen Namen.

8

Am nächsten Morgen suchte Fine, dieses Mal in Uniform, gemeinsam mit Susa den Gasthof Grüner Anker auf. Hier hatte Anoushka Diepholz vor sieben Jahren gearbeitet.

Fine zog an dem großen Türknauf in Form eines Ankers, aber die Tür war verschlossen. Das ging ja schon gut los. Der Inhaber Jens Boode war nicht da. Sie schaute zu Susa und zuckte die Schultern. »Und nun?«

Susa ging zu einem der Fenster, legte die Hände an die Augen, um besser hineinsehen zu können. »Da ist alles dunkel. Wahrscheinlich kommt Jens erst später. Der Anker macht ja erst um zwei auf. Warum sollte er dann auch schon um zehn da sein?«

»Was weiß denn ich? Lieferungen? Putzen? Vorbereitungen in der Küche für den Abend? Irgendwann muss er damit doch anfangen.« Fine ging einmal um das Gasthaus herum. Am hinteren Ende befand sich eine weitere Tür. Sie winkte Susa zu sich und klopfte mehrmals gegen das Holz. Und lauschte. Erst tat sich nichts, doch dann hörte sie schwere Schritte, die sich näherten. Sie klopfte nochmals.

»Ja doch, bin doch schon da. Mensch, Björn, ist doch nicht nötig, dass du so einen Radau machst.« Die Tür öffnete sich, und im Rahmen erschien ein hochgewachsener Mann mit braunen, verstrubbelten Haaren und so blauen Augen, dass sie einem Bergsee Konkurrenz machen konnten. In der Hand hielt er ein Geschirrtuch. Als er die beiden sah, stutzte er.

»Äh, 'tschuldigung, ihr seid wohl nicht Björn.«

»Moin, Jens. Nee, wir sind nicht Björn. Der sollte wohl was liefern?«, fragte Susa.

»Jo, ich warte schon auf ihn. Die Fähre ist doch schon gekommen, oder?«

Susa nickte. »Das hier ist übrigens Serafine Küster, meine Sommerverstärkung. Außerdem ermittelt sie in dem Fall Dünenskelett. Hast du bestimmt schon von gehört.«

Jens Boode nickte. »Ist ja Dorfgespräch. Kannste gar nicht überhören. Jeder rätselt nur noch, wer das sein soll.«

Fine räusperte sich. »Ja, da würden wir gern mit Ihnen darüber reden. Können wir kurz reinkommen?«

Boode streckte sich, riss die Augen weit auf und deutete auf sich selbst. »Mit mir? Jetzt?«

»Na, komm, Jens, ist nicht schlimm. Wir beißen nicht.« Susa trat vor und klopfte Jens Boode auf die breite Schulter.

Boode verzog das Gesicht, dann drehte er sich zur Seite und machte eine einladende Bewegung Richtung Flur. Susa ging voraus, und Fine folgte ihr mit einem Nicken in Boodes Richtung. Sie betraten die Gaststube, die mit viel Holz vertäfelt war. An den Vertäfelungen vergilbte Fotos aus Zeiten der Fischerei, über den Tischen hingen Schiffslampen, und die Wände waren dekoriert mit Ankern, Bojen und Fischernetzen. Das Prunkstück war eine alte Holztheke an der Innenwand des Raums. Darüber war ein riesiges Steuerrad an der Decke befestigt, an dem mit Hilfe von Metallvorrichtungen Gläser kopfüber hingen. Ein Geruch von schalem Bier und Feuchtigkeit stand in der Luft, vermischt mit dem von Frittierfett. Als hätte hier schon länger keiner mehr gelüftet. Trotzdem wirkte es auf eine seltsame Art vertraut, fast schon gemütlich. Breite Holzbänke mit weichen Kissen. Fine konnte sich vorstellen, dass hier abends ordentlich was los war und dass die Gäste gern mehr als nur ein Bier tranken.

Susa und sie ließen sich auf einer der Bänke nieder, Jens Boode nahm ihnen gegenüber auf einem Stuhl Platz. Seine blauen Augen huschten von einer zur anderen.

»Was wollt ihr denn wissen?«, fragte er eher in Susas als in Fines Richtung. Fine konnte sich noch nicht so ganz daran gewöhnen, dass sich hier fast alle duzten. Sie hatte bei Befragungen lieber etwas mehr Distanz, ein »Sie« forderte ihrer Ansicht nach mehr Respekt.

Doch Susa ließ sich davon nicht beirren. »Wir wissen jetzt, wer die Tote ist.«

Boode hob die Augenbrauen.

»Anoushka Diepholz. Kennst du sie?«, fragte Susa.

Boode blinzelte, seine Pupillen ruckten hin und her. Auf seiner Stirn bildeten sich feine Schweißperlen. »Anoushka?« Seine Stimme krächzte, und er räusperte sich. »Es ist Anni?«

Fine beobachtete jede seiner Regungen. »Sie kennen sie also.«

Er öffnete den Mund, schloss ihn wieder. Zog die Augenbrauen zusammen und schluckte sichtbar. »Natürlich kenne ich Anni. Ich meine …«, er stockte kurz, »ich habe sie gekannt. Oh Gott!« Er schlug die Hände über dem Kopf zusammen. »Ist das wahr? Ist das wirklich wahr?« Sein Brustkorb bebte, und seine Stimme war lauter geworden.

Susa nickte. »Sie hat hier gearbeitet, oder?«

Boode presste die Lippen zusammen und schaute Richtung Tür. Schien gar nicht da zu sein. Alles in seinem Gesicht verlor an Kontur, so als würde sich ein grauer Schleier darüberlegen, der in jede Falte kroch und sich dort festsetzte.

»Herr Boode?«, fragte Fine leise.

Er drehte sich zu ihr. »Ja, sie hat hier gearbeitet. Vor sieben Jahren. Drei Monate lang. Dann ist sie gegangen. Zumindest dachte ich, sie wäre gegangen.«

»Und das wissen Sie auf Anhieb so genau, dass das sieben Jahre her ist?«

Er schaute sie verständnislos an. »Warum nicht?«

»Hatten Sie ein Verhältnis mit ihr?«, fragte Fine weiter. Aus den Augenwinkeln nahm sie wahr, dass Susa ihr einen Blick zuwarf. Was er bedeuten sollte, konnte sie nicht ergründen.

Boode schnaubte. »Ein Verhältnis? Wie kommen Sie denn auf so was?« Er zog die Nase hoch.

»Nun, Ihre Reaktionen auf ihren Tod sind doch ziemlich heftig, oder wie sehen Sie das?«

»Was wollen Sie mir unterstellen? Dass ich ein Verhältnis mit meinem Personal anfange?« Boode sprang von seinem Stuhl auf, sodass der gefährlich wankte, aber nicht fiel. Fine zuckte zusammen.

»Setz dich wieder, Jens«, sagte Susa in einem beruhigenden Ton und wies auf den Stuhl. »Es ist alles gut, niemand unterstellt dir was.« Der Blick, den sie Fine zuwarf, war eindeutig missbilligend.

Boode schüttelte den Kopf, knetete das Geschirrtuch zwischen den Händen, sodass die Adern an seinen Unterarmen hervortraten. »Ich steh lieber.«

»Können Sie uns etwas zu Anoushka Diepholz erzählen, Herr Boode?«, fragte Fine leise.

Er schnaubte wieder, dann setzte er sich doch, schleuderte das Handtuch auf den Tisch. »Sie war doch noch viel zu jung zum Sterben.« Seine Stimme war nur mehr ein Flüstern. »Sie hatte das Leben doch noch vor sich.«

Susa wollte etwas sagen, aber Fine legte ihr eine Hand auf den Arm. Boode würde weiterreden. Er brauchte nur noch etwas Zeit. Die Zeiger der Wanduhr tickten, gaben den Takt vor.

»Anoushka ist damals Anfang März gekommen und bis Ende Mai geblieben.« Boode schnappte sich wieder das Handtuch und knüllte es zusammen. »Sie und Laura, meine jetzige Frau, damals hieß sie noch Stemper mit Nachnamen, hatten sich bei mir für einen Job beworben. Im Service. Und ich bin froh um jeden gewesen, den ich kriegen konnte. Hier auf der Insel ist Personal Mangelware.« Er legte das Handtuch glatt auf den Tisch und strich mit der flachen Hand darüber. »Die beiden sind beste Freundinnen gewesen, sind aus Berlin gekommen und so was wie Spiekeroog gar nicht gewöhnt gewesen.« Er lachte kurz auf. »Das Dorfleben, die Ruhe, kaum was los für junge Leute. Das ist den beiden echt schwergefallen. Aber dann hat das Ostergeschäft angefangen und damit die Arbeit. Den ganzen Tag Gläser und Geschirr durch die Gegend tragen ist nicht ohne, abends sind die beiden ganz schön müde gewesen. Dazu musste sich gerade Anoushka gegen ein paar Kommentare von männlichen Touristen wehren.«

»Gab es da …?«, fragte Fine.

Er verneinte sofort. »Da ist nie ernsthaft was vorgefallen. Außerdem ist Anoushka mit ihren zwanzig Jahren zwar eine junge Frau gewesen, aber sie war nicht auf den Mund gefallen. Die hat sich schon gewehrt, und das so, dass sich die Kerle ganz hinten angestellt haben. Sie hat den Ton angegeben, nicht die Kerle.« Boode schaute in Fines Richtung, aber sah sie nicht an.

Seine Augen schienen einen Punkt an der Wand hinter ihr zu fixieren.

»Haben Sie eventuell noch ein Foto aus der Zeit?«, fragte sie nach einer Weile des Schweigens.

Er zuckte, dann sammelte er sich wieder, legte das Handtuch auf dem Tisch ordentlich zusammen. »Ja, klar. Ich hole es kurz.« Er stand auf, nahm das Handtuch mit und ging hinter die Theke, öffnete dem Geräusch nach eine Schublade und kramte darin herum. Dann kam er wieder zurück, zwei Fotos in der Hand, die er vor Fine und Susa auf den Tisch legte, sodass sie sie betrachten konnten.

Das eine Bild zeigte zwei junge Frauen, eine davon hochgewachsen, kurvenreich, mit langen braunen Locken und einem ins Auge fallenden großen Mund mit vollen Lippen. Ihre braunen Augen blitzten. Ihre ganze Körperhaltung verriet, dass sie sich ihres guten Aussehens bewusst war, stolz. Die Brust vorgestreckt in einem knallroten Kleid mit tiefem Ausschnitt und kurzen Volants am Rock, ein herausforderndes Lächeln auf den Lippen, die Hand an der Hüfte. Ganz anders die zweite Frau. Die war etwas kleiner und hatte hellblonde, glatte Haare in einem Pagenschnitt. Das Lächeln wirkte gequält, und sie wusste offensichtlich nicht, wohin mit ihren Händen, hatte sie vor dem Bauch verknotet. Ein schlichtes blaues T-Shirt über einer gerade geschnittenen Jeans. Der Vamp und das Mauerblümchen.

»Das sind Anni und Laura.« Boode deutete erst auf den Vamp, dann auf das Mauerblümchen. Was hatte diese beiden Frauen verbunden?

Das andere Bild war eine Gruppenaufnahme des gesamten Teams, insgesamt zehn Leute, darunter Anoushka, Laura und Boode.

»Wer sind die anderen Leute hier? Sind die noch auf der Insel?«, fragte Fine.

Boode nahm sich kurz das Foto und zeigte auf einen kräftigen Mann mit weißer Schürze. »Also, der Koch ist noch da, das ist der Frans Mød. Und mein zweiter Barmann, der Kevin Klein. Und ja, der heißt wirklich so, was auch immer sich seine Eltern dabei gedacht haben. Die anderen waren auch nur für die Saison da, Jilian und Rosa«, er deutete auf zwei Mädchen neben Laura und Anoushka, »sind bis Ende Mai geblieben, die anderen bis Ende August.«

»Ich bräuchte bitte von allen, die damals hier bei Ihnen gearbeitet haben, die Namen, dann kann ich sie mit der Eiland-Kaart-Liste abgleichen«, sagte Fine.

»Gab's denn mal Probleme unter den Mädels oder im Team? Haben die sich gestritten, oder hat sich Anoushka irgendwie seltsam verhalten? Vor allem in der Zeit, bevor sie ge… verschwunden ist?«, fragte Susa.

Boode pfiff durch die Zähne, nahm beide Fotos und schlug sie gegen die Innenfläche seiner Hand.

»Kann ich jetzt eigentlich nicht sagen. Streit? Nicht mehr als normal. Es hat immer mal wieder Zoff gegeben, weil die vom Service sich mit denen aus der Küche angelegt haben und umgekehrt. Die in der Küche haben gemeint, der Service würde nicht schnell genug aufs Klingeln reagieren und die Speisen kalt rausbringen, der Service hat sich beschwert, dass die Küche nicht schnell genug arbeiten würde. Das Übliche eben. Aber deswegen bringt man niemanden um. Ansonsten … nein.« Er schüttelte den Kopf.

»Hatte sie hier auf der Insel einen Freund?«, fragte Fine und beobachtete ihn genau.

Er antwortete nicht gleich, sondern starrte sie für einen Moment lang an, die Pupillen geweitet. Doch sofort verkleinerten sie sich wieder, und er blinzelte, als wollte er etwas verschwinden lassen. »Woher soll ich das wissen? Ich war ihr Chef, nicht ihr Freund.« Er drehte sich von ihr weg, die Fotos immer noch in der Hand, die Finger so fest zusammengedrückt, dass sich ein Knick in den Fotos bildete. Er schien es gar nicht zu bemerken.

Fines Augen verengten sich. Er war ihr Chef gewesen, nicht ihr Freund. Der Satz war eindeutig. Wäre er gern mehr gewesen?

»Ist Ihre Frau auch zu sprechen?«, fragte Fine.

»Laura müsste zu Hause sein. Maja, unsere Tochter, hatte Fieber heute früh. Deswegen konnte sie nicht in den Kindergarten, und ich muss mich jetzt allein hier um den Laden kümmern.« Seine Stimme hatte einen bitteren Klang angenommen, und er verzog kurz den Mund. »War's das jetzt? Ich müsste mal weitermachen, sonst bin ich nicht fertig, bis die Gäste kommen.« In dem Moment klopfte es wieder an der Hintertür. Boode erhob sich, schlurfte zur Tür und öffnete sie. »Na endlich, Björn, hab schon auf dich gewartet. Kannst die Kisten gleich nach hinten durchbringen. Ich helf dir.« Er drehte sich noch einmal zu den beiden um. »Ihr findet alleine raus?« Es klang nicht wirklich wie eine Frage, eher wie ein Rausschmiss. Und irgendwie konnte Fine nachvollziehen, warum er so reagierte. Sie hatten ihn eiskalt überrascht, hatten ihn mit etwas konfrontiert, womit er nicht gerechnet hatte. Und was ihn zutiefst schockiert hatte. Das zumindest war nicht gespielt gewesen.

Draußen auf der Straße schaute Susa sie an und kratzte sich am Kopf. »Das hat uns jetzt nicht wirklich weitergebracht, was?«

Fine lächelte verhalten, griff sich einen Stock, der auf einer Bank am Wegrand lag, und zeichnete Formen in den Boden. »Findest du? Ich denke, wir haben eine ganze Menge erfahren. Vor allem auch, dass Boode mehr an Anoushka interessiert war, als er uns weismachen wollte.«

»Echt jetzt? Aber er hat doch zumindest behauptet, dass er kein Verhältnis mit ihr gehabt hat und dass er nicht wusste, ob sie mit jemandem hier auf der Insel was hatte.« Susa runzelte die Stirn und setzte sich auf die Bank.

»Stimmt, und ich glaube ihm auch, dass er kein Verhältnis mit ihr hatte. Aber nicht, weil er das nicht wollte.«

»Du meinst, sie wollte nicht?« Ein Grinsen stahl sich auf Susas Gesicht, und ihre Wangen leuchteten.

»Genau. Auch wenn das natürlich nur Vermutungen sind. Aber seine Reaktionen deuteten darauf hin, dass er eindeutig Interesse an ihr hatte. Mehr als nur Chef-Interesse. Aber wie er schon sagte, sie war eine wehrhafte Frau, da mussten sich die Kerle hinten anstellen. Was so viel heißt, dass sie bestimmt hat, wer zum Zug kam und wer nicht. Und bei ihm war das wahrscheinlich auch so. Fragt sich nur, an welcher Stelle er in der Reihe der Verehrer gestanden hat. Und ob er überhaupt eine Chance hatte.« Sie warf den Stock ins Gebüsch, als ihr klar wurde, was sie da zeichnete. Strichmännchen. Vater, Mutter, Kind. Sie blinzelte. Schnell verwischte sie die Skizze am Boden mit ihrem Fuß.

Susa strich sich über das Kinn. »Da ist was dran.« Kurz schwieg sie. »Wohin gehen wir als Nächstes? Zu Laura oder zur Touri-Info?«

»Was ist denn näher?«

Susa grinste. »Eindeutig die Touri-Info.«

Eine Viertelstunde später betraten die beiden die Kogge. Torben Gerdes kam ihnen entgegen, als er sie hereinkommen sah.

»Womit kann ich heute behilflich sein?«, fragte er. »Fehlt noch eine Liste?«

»Nein, da fehlt nichts«, sagte Fine. »Aber wir würden uns gern mit Ihnen unterhalten. Am besten irgendwo, wo es etwas ruhiger ist, privater.«

Gerdes wurde blass. »Sicher«, antwortete er und schluckte so heftig, dass sein Kehlkopf sich deutlich auf und ab bewegte. »Kommen Sie mit, wir gehen in ein Büro.« Er führte sie in einen Raum mit einem Schreibtisch, einem Computer und einem Wandregal, vollgestellt mit Ordnern. Keine Bilder an den Wänden. Vor und hinter dem Schreibtisch je zwei Stühle. Gerdes bedeutete ihnen, sich zu setzen, und nahm ihnen gegenüber an dem Tisch Platz. Dabei rutschte er auf dem Stuhl so weit nach vorn, dass er fast an der Kante saß.

»Hab ich irgendwas falsch gemacht?«, fragte er und fuhr sich über sein glatt rasiertes Kinn.

Susa lachte auf. »Meine Güte, Torben, was ist denn los mit dir? Du bist doch sonst nicht so nervös, wenn ich hier vorbeikomme.«

Fines Augen blitzten auf.

»Ich mein ja nur, Frau Küster war schon mehrmals da, und jetzt wollt ihr mich auch noch beide sprechen. Und das auch noch privat. Da kann man schon mal nervös werden. Das passiert hier nicht gerade oft.« Er knetete seine Finger und schluckte wieder.

»Gäbe es denn etwas, weswegen Sie nervös werden könnten?«, fragte Fine und zwinkerte ihm zu.

Das brachte ihn offensichtlich noch mehr aus der Fassung. Ein feiner Schweißfilm bildete sich auf seiner Stirn. »Ähm, nein?«

Fine beugte sich zu ihm vor. »Was ist los, Herr Gerdes? Sie verhalten sich etwas seltsam. Haben Sie uns etwas zu sagen?« Ihre Augen hefteten sich fest auf seine.

Gerdes atmete tief durch. »In Ordnung, ich gebe es zu.«

Fine runzelte die Stirn und richtete sich wieder auf. »Was geben Sie zu?«

»Ich war's. Ich habe das letzte Mal, als ich auf dem Festland war, mit dem Auto von der Spedition einen Mini angefahren. Und bin danach getürmt. Es war nur eine kleine Schramme an der Stoßstange des Minis; am Lieferwagen der Spedition ist es gar nicht aufgefallen, weil der schon so viele Kratzer hatte.« Sein Brustkorb hob und senkte sich deutlich sichtbar, und er verknotete die Hände so fest ineinander, dass die Knöchel weiß hervortraten.

Susa hob die Augenbrauen. »Mensch, Torben, warum haste das denn nicht gleich gesagt?« Sie schüttelte den Kopf. »Das kann dich den Führerschein kosten. Fahrerflucht. Also, weißt du …«

Gerdes' Stimme klang kleinlaut. »Ich weiß. Das war ganz großer Mist. Und ich hab mich schon gefragt, wann jemand kommt und mich verhaftet. Lange hätte ich das nicht mehr ausgehalten.«

»Deswegen wird man doch nicht gleich verhaftet. Da bekommst du eine Anzeige und musst am Festland in Aurich vor Gericht antanzen. Und wahrscheinlich eine Strafe zahlen. Und wie gesagt, das kann Punkte in Flensburg geben, eventuell sogar Fahrverbot für einige Zeit oder den Verlust des Führerscheins. Nur im schlimmsten Fall, wenn der Schaden wirklich hoch ist, kann es auch eine Freiheitsstrafe geben. Am besten rufst du noch heute in Aurich an.« Susa schüttelte immer noch den Kopf.

Gerdes nickte und schaute zu Boden. Aber seine Hände waren nicht mehr so verkrampft. Dann schaute er auf. »Ihr wusstet gar nichts davon?«

Susa schüttelte wieder den Kopf, Fine ebenso.

Gerdes schnaubte kurz und lachte hart auf. »Das kann auch nur mir passieren. Aber weswegen wolltet ihr mich dann sprechen?«

Fine beugte sich wieder vor. »Wir wissen jetzt, wer das Skelett aus den Dünen ist. Anoushka Diepholz.«

Gerdes blieb der Mund offen stehen. Er brauchte eine ganze Weile, um sich wieder zu fassen.

»Anoushka?«

»Sie kannten sie?«

»Ist das jetzt eine Fangfrage?«

»Sollte es eine sein?«, gab Fine zurück.

Er biss sich auf die Lippen. »Ja, ich kannte sie. Sie hat schließlich hier auf der Insel ein paar Monate gearbeitet. Und wir sind öfter abends mal in der Kneipe gewesen, also sie, ich und noch ein paar andere Aushilfskräfte.«

Fine nickte.

»Nicht dass ihr jetzt auf falsche Gedanken kommt. Ich war ja damals schon mit Greta verheiratet, die war schwanger mit unserem Sohn Leon. Deswegen ist sie auch oft zu Hause geblieben, wenn wir abends noch einen trinken waren.«

Fine nickte wieder. »Haben Sie sich gut gekannt, Anoushka Diepholz und Sie?«

Er zuckte mit den Schultern. »Nicht wirklich. Sie war halt mit in der Gruppe. Da redet man eben so miteinander über dies und das. Aber richtig gut habe ich sie nicht gekannt.«

Fine lehnte sich wieder nach hinten. »Hat sie sich denn irgendwie einmal geäußert, dass sie mit jemandem Streit gehabt hätte? Oder dass sie Angst vor jemandem hatte?«

Er kratzte sich am Kopf. »Sie hatte wohl Stress mit Jens. Der ist ihr wohl manchmal zu nah auf die Pelle gerückt.« Gerdes grinste. »Vor Jens war kein Mädchen sicher, das auch nur einigermaßen hübsch war. Obwohl er über zehn Jahre älter war als Anoushka.«

»Aber er ist ja jetzt mit Laura, Anoushkas bester Freundin, verheiratet, nicht wahr?«, fragte Fine weiter.

»Jo, das isser wohl. Weil er die Anoushka nicht gekriegt hat, vermute ich mal. Da hat er sich dann mit der Laura begnügt.« Gerdes wurde sichtlich lockerer.

»Sie meinen, Laura Stemper war nur zweite Wahl?«

Gerdes hielt beide Hände abwehrend von sich. »Das will ich jetzt nicht behauptet haben. Aber es war schon erstaunlich, wie schnell sich Jens Laura zugewandt hat, nachdem Anoushka weg gewesen war.«

»Wie schnell war das denn?«, fragte Fine und versuchte, es eher beiläufig klingen zu lassen. Innerlich war sie angespannt wie ein Bogen kurz vor dem Abschuss eines Pfeils.

»Na, ich würde mal sagen, das hat schon eine Woche nach Anoushkas Abreise angefangen.« Er stockte. »Oder ihrer vermeintlichen Abreise. Bis dahin hätte Laura nackt vor Jens tanzen können, und er hätte sie nicht beachtet.«

»Und hätte Laura denn nackt tanzen wollen?«

Wieder zuckte Gerdes mit den Schultern. »Ich glaube schon. Hat zumindest so gewirkt. Die Laura hat den Jens schon immer angehimmelt. Wie viele andere Frauen auch.« Er hob seine Stimme eine Oktave höher und äffte eine Frauenstimme nach. »Diese Augen, der Jens hat einfach so tolle Augen, da könnte man drin versinken.«

»Hat Laura das gesagt?«, fragte Susa.

»Nicht nur Laura, das war Standard bei mehreren Damen, vor allem bei Touristinnen mittleren Alters, die auch immer mit Jens geflirtet haben. Der hat das natürlich ausgenutzt und ihnen das Geld aus der Tasche gezogen. Die sind doch alle gerne etwas länger sitzen geblieben, haben ein Getränk nach dem anderen bestellt und haben ihm dann noch ein üppiges Trinkgeld zugesteckt. Das funktioniert doch heute noch.« Gerdes nickte langsam und grinste.

»Wie war das Verhältnis zwischen Laura und Anoushka?«, fragte Fine weiter. »Gab es da Stress zwischen den beiden, gerade weil Boode es eher auf Anoushka abgesehen hatte?«

Gerdes winkte ab. »Die beiden hingen immer zusammen. So wie ich das mitbekommen habe, haben die sich noch aus der Schulzeit gekannt. Beste Freundinnen für immer. Das hätte selbst Boode nicht ändern können.«

Susa runzelte die Stirn. »Aber wenn Laura und Anoushka doch so gute Freundinnen gewesen sind, wieso hat sie dann nicht gemerkt, dass Anoushka verschwunden ist?«

Gerdes hob abwehrend die Hände. »Keine Ahnung. Das müssen Sie sie schon selbst fragen. Ich meine, ich habe bis eben ja auch nicht gewusst, dass sie …«, er stockte, »… tot ist.« Einen Moment hing er seinen Gedanken nach. Dann kam Leben in ihn. »Aber sie hat mir doch noch Nachrichten geschrieben. Dass sie einen Job gefunden hat und dass sie bald mit der Ausbildung anfängt. Und dann hat sie sich immer seltener gemeldet, bis der Kontakt schließlich eingeschlafen ist.«

»Sie haben nach ihrem Weggang noch Kontakt mit ihr gehabt?«, fragte Fine und runzelte die Stirn. Das würde zu den Angaben von Hardy passen, dass die Nummer von Anoushka Diepholz bis vor fünf Jahren noch verwendet worden war. Hatte sie die Insel verlassen und war zwei Jahre später wiedergekommen, ohne dass sie jemand bemerkt hatte? Außer dem Mörder natürlich? Oder der Mörderin?

Gerdes zog sein Handy aus der hinteren Hosentasche und legte es auf den Tisch, entsperrte es mit einem Blick in die Kamera. Dann öffnete er eine App und scrollte sich durch die Chats. Ganz unten in der Liste war ein Chat mit dem Namen Anni verzeichnet. Er klickte auf das Icon, das das lachende Gesicht von Diepholz zeigte, und nahm das Handy wieder auf. Als Susa ihm einen fragenden Blick zuwarf, lächelte er schwach.

»Das sind private Nachrichten«, sagte er und drehte den Bildschirm von ihr weg.

Fine runzelte die Stirn, sagte aber nichts. Wenn es hier um die Nachrichten einer Toten ging, dann war es das mit dem Privatleben.

»Hier sind die letzten Nachrichten von ihr, die ich bekommen habe.« Gerdes legte das Smartphone wieder auf den Tisch und drehte es zu ihnen, sodass sie die Nachrichten lesen konnten. Es waren vielleicht fünfzehn Stück.

31. Mai 2016 Torben: Wolltest du nicht noch ins Oll Kark kommen heute? 23:14

31. Mai 2016 Anni: Sorry, zu müde, muss morgen früh raus. 23:45

31. Mai 2016 Torben: Wann geht deine Fähre? 23:48

01. Juni 2016 Torben: Bist du schon unterwegs? Gute Reise und pass auf dich auf. Ich werde dich vermissen. 10:37

08. Juni 2016 Torben: Alles klar bei dir? Du meldest dich gar nicht 08:12

10. Juni 2016 Anni: Sorry … bin ziemlich im Stress, habe einen tollen Job gefunden und kaum Zeit, außerdem startet bald meine Ausbildung 14:45

27. Juli 2016 Torben: Hey, wollte dir nur mitteilen, dass ich gestern Papa geworden bin, es ist ein Junge. Er heißt Leon. Geht's dir gut? 11:02

13. September 2016 Torben: Du hättest dich ruhig mal melden können. Ich weiß ja, dass dich mein Familienleben nicht interessiert, das hast du ja oft genug gesagt, aber so was wie herzlichen Glückwunsch wär doch wohl drin gewesen … 09:12

16. September 2016 Anni: Toll für dich. Und ganz ehrlich, du wusstest von Anfang an, dass ich keinen Bock auf diesen Small Talk habe, also beschwer dich jetzt nicht. Ich hab jetzt ein neues Leben 19:33

24. Dezember 2016 Torben: Frohe Weihnachten 09:12

24. Dezember 2016 Anni: Danke, dir auch frohe Weihnachten 13:57

27. Mai 2017 Torben: Alles Gute zum Geburtstag von der Insel! 07:23

30. Mai 2017 Anni: Danke dir! 10:09

Danach folgten noch einmal Weihnachtsgrüße und Glückwünsche zum Geburtstag, immer von Torben Gerdes ausgehend und ein, zwei Tage später von Anoushka Diepholz beantwortet. Die letzte Nachricht war am 1. Juni 2018 eingegangen, in der sich Anoushka für die Geburtstagsgrüße bedankt hatte.

Fine kratzte sich am Kopf. »Was ich nicht ganz verstehe: Wieso haben Sie sich überhaupt noch einmal bei ihr gemeldet, wenn sie Sie doch …«, sie schaute noch einmal auf das Display und klickte darauf, damit es nicht erlosch, »… am 16. September so zurückgewiesen hat?«

Gerdes' Wangen flammten auf, und er wich ihrem Blick aus. »Blöde Angewohnheit, schätze ich. Ich hatte sie in meinem Kalender stehen, da ploppte ihr Geburtstag auf, und erst nach 2018 habe ich sie letzten Endes aus dem Kalender gestrichen und sie damit für mich abgehakt.« Er schlug sich mit der Hand auf den Mund. »Das heißt jetzt nicht, dass ich sie tatsächlich … also, ich meine, ich habe sie nicht umgebracht oder so, ich habe sie nur aus meinem Kalender gestrichen, weil klar war, sie würde nicht mehr zurückkommen. Diese Freundschaft war endgültig zu Ende.« Er seufzte leise. »Wahrscheinlich war es noch nicht einmal eine Freundschaft. Sondern nur eine Bekannte, die eben gegangen ist.«

Fine nickte. »Aber Sie waren fasziniert von ihr.«

»Jeder war fasziniert von Anni. Sie hatte eine Ausstrahlung, so etwas habe ich bis dahin noch nicht erlebt. Wenn sie einen Raum betreten hat, dann hat nicht nur sie gestrahlt. Dann hat alles gestrahlt. Es war, als würdest du von einer Welle der Fröhlichkeit und Sorglosigkeit erfasst werden, die dich einfach so mitgezogen hat.«

»Können Sie mir Screenshots von den Nachrichten machen und sie mir an diese Nummer schicken?« Fine reichte ihm ihre Visitenkarte mit der Nummer ihres Diensthandys. Er nahm die Karte an sich und steckte sie ein, ohne sie anzusehen.

»Natürlich.«

Fine erhob sich, und Susa tat es ihr gleich.

»Und vergiss nicht, dich bei der Polizei auf dem Festland zu melden, Torben«, sagte Susa, bevor sie sich zum Gehen wandte.

Gerdes saß immer noch an dem Tisch, den Kopf auf die Arme gestützt. Sein Blick wirkte irgendwie leer, er schaute sie gar nicht an. Nach einigen Sekunden wandte er den Kopf zu ihr und nickte langsam.

Fine hob die Brauen, sagte aber nichts. Erst als sie das Gebäude durch die Schiebetür verlassen hatten und die Treppe hinabstiegen, schaute Fine Susa an.

»Sag mal, kam dir das auch so seltsam vor, das Gespräch eben?«, fragte sie.

Susa blinzelte. »Der war halt völlig durch den Wind wegen dem Unfall. Der ist aber auch ein Depp, wieso haut der einfach ab?« Sie hob die Arme und schüttelte den Kopf.

»Das meine ich nicht. Ich meine seine Reaktion auf Anoushka Diepholz. Und überhaupt, wenn der die angeblich aus seinem Leben gestrichen hat, warum ist der Kontakt samt Nachrichten dann immer noch auf seinem Handy gespeichert? Das hätte er doch dann einfach löschen können. Zumindest wenn er es ernst gemeint hätte.« Sie gingen links die Straße hinunter Richtung Ortskern.

Susa blieb stehen. »Was willst du damit andeuten? Dass er uns nicht die Wahrheit gesagt hat? Natürlich könnte er gelogen haben. Aber ich kann mir das nicht wirklich vorstellen, dass da was mit Anni gelaufen ist. Der ist doch schon mit Greta verheiratet gewesen, und die war schwanger. Und die beiden sind heute immer noch ein Paar.«

Fine atmete laut aus und ging weiter. Susa folgte ihr. Auf Höhe des Vinh, eines Restaurants, dessen Tische im Außenbereich unbesetzt waren, blieb sie stehen und ließ sich auf eine der Bänke fallen. Das Vinh hatte noch nicht geöffnet. Es würde wohl keinen stören, wenn sie sich kurz hierhersetzte. Susa setzte sich neben sie und schaute sie an, die Stirn gerunzelt.

Einen kurzen Moment hielt Fine inne, um sich zu konzentrieren. Dann sagte sie mit leiser Stimme: »Das meine ich gar nicht. Es könnte auch sein, dass er einfach nur ein Auge auf sie geworfen hatte, sie aber nicht auf ihn. Keine Ahnung. Nenn es Bauchgefühl. Aber so wie der sich verhalten hat, stimmt da was nicht.«

9

Nach dem Mittagessen zog Fine allein los, um Laura Boode zu befragen. Die wohnte nicht weit weg von der Dienststelle im Friederikenweg, sodass Fine das Fahrrad stehen ließ und zu Fuß ging. Vorher stattete sie Insas Café Strandmöwe noch einen Besuch ab. Ohne Kaffee nach dem Essen kam sie einfach nicht auf Touren. Außerdem wusste Fine, dass Laura Boode ein kleines Kind hatte. Und das verkraftete sie nur, wenn sie sich vorher stärkte. Bei der Gelegenheit hatte sie Insa gleich gefragt, ob sie Anoushka Diepholz gekannt hatte, aber Insa hatte gemeint, sie sei erst im darauffolgenden Jahr wieder nach Spiekeroog zurückgekehrt. Zu dem Zeitpunkt, als Anoushka Diepholz auf Spiekeroog gewesen sei, habe sie gerade ihre Abschlussprüfungen in Oldenburg gemacht. Da sei noch nicht einmal ein Besuch bei ihren Eltern möglich gewesen.

Fine klingelte an einem kleinen Einfamilienhaus aus rotem Backsteinklinker mit einem Garten, dessen Rasen ziemlich vertrocknet und braun war. Eine Schaukel vor der gepflasterten Terrasse, daneben ein Sandkasten. Neben der Eingangstür hing ein Schild »Ferienwohnung zu vermieten«, darunter ein weiteres Schild »Belegt«. Rund um das Grundstück zog sich ein hölzerner Gartenzaun, an dem entlang rotblühende Hortensien und schon verblühter Rhododendron wuchsen. Fine öffnete das hölzerne Tor und ging Richtung Haustür. Durch ein gekipptes Fenster hörte sie ein Kind weinen. Jens Boode hatte erwähnt, dass seine Frau heute ausfalle, weil sie sich um die kranke Tochter kümmern müsse. Fine drückte auf die Klingel und hörte das Wimmern eines Kindes und wie sich jemand mit raschen Schritten näherte. Dann öffnete sich die Haustür.

»Ja?« Eine Frau mit einem blonden Zopf, aus dem sich einige Strähnen gelöst hatten, stand mit einer tiefen v-förmigen Falte auf der Stirn vor ihr, auf der Hüfte ein etwa zwei Jahre altes Kind mit Lockenkopf, verschmiertem Mund und rotzender Nase, nur mit einer Windel und in einem hellblauen T-Shirt. In der Hand hielt es einen Stoffhasen, an dessen Ohr es herumkaute und dabei vor sich hin jammerte. Die Frau war den Gesichtszügen nach eindeutig Laura Stemper, die Ähnlichkeit mit dem Foto war nicht zu leugnen. Sie war nur etwas älter und trug die Haare länger.

Ihre Augen glitten über Fine hinweg, musterten sie. »Sie sind die neue Polizistin, oder? Was wollen Sie denn? Ich habe gerade nicht viel Zeit. Maja hat Fieber, sie zahnt wahrscheinlich.« Als ihr Name genannt wurde, hob das Mädchen den Kopf. Die Wangen leuchteten sattrot, und die blauen Augen glänzten. Es drückte seinen Kopf eng in die Halsgrube ihrer Mutter, die leise stöhnte.

»Den ganzen Tag geht das schon so. Dieser kleine Backofen lässt sich keine Minute absetzen, dann geht das Gequengel wieder los.«

Fine zwang sich zu einem Lächeln. »Hallo, Frau Boode. Ich bin hier wegen –«

»Sagen Sie nichts. Das Skelett in den Dünen, stimmt's?«

Fine runzelte die Stirn. »Ja, es geht tatsächlich darum. Dürfte ich einen Moment reinkommen? Ich würde das gern drinnen besprechen, ohne dass es jeder mitbekommt.«

Laura Boode stöhnte erneut und pustete sich eine Strähne aus der Stirn. Dann wechselte sie ihr Kind von einer Hüfte auf die andere, drehte sich um und winkte Fine, ihr zu folgen. In dem Bereich, wo Maja mit ihren Händen den Rücken ihrer Mutter berührt hatte, zogen sich braune Schlieren über das weiße Shirt.

In der Wohnküche räumte Laura Boode schnell mit der freien Hand einige Kleidungsstücke von einem Stuhl und bot ihn Fine an. Auf dem Boden lagen mehrere Spielsachen. Vor dem Hochstuhl waren klebrige Ränder auf dem Tisch. Fine ließ sich vorsichtig auf dem Stuhl nieder.

»Tut mir leid, es sieht schlimm aus hier, ich bin heute noch zu nichts gekommen, geschweige denn zum Duschen.«

Fine lächelte verhalten. Sie konnte sich noch gut daran erinnern. Auch wenn es schon so lange her war. Damals war sie auch manchmal genervt gewesen, weil sie zu nichts gekommen war. Nicht einmal allein auf die Toilette gehen war möglich gewesen. Zumindest für einen gewissen Zeitraum. Teilweise hatte sie sich nur noch wie ein halber Mensch gefühlt, die andere Hälfte war wie eine Maschine. Funktionierte automatisch, fast schon nebenher. Wie schnell die Zeit verflogen war. Heute gäbe sie alles dafür, diesen Moment noch einmal erleben zu dürfen. Ihr Magen rebellierte lautstark.

»Haben Sie Hunger? Ich kann Ihnen einen Keks anbieten. Ist allerdings glutenfrei. Maja hat Zöliakie. Die Kekse sind von Insas Bäckerei, haben Sie vielleicht schon gesehen. Ich bin ja froh, dass es Insa gibt. So muss ich nicht alles am Festland für Maja bestellen, sondern kann Brot, Kuchen und Kekse frisch vor Ort kaufen. Wobei der Supermarkt hier auf Spiekeroog inzwischen auch ein ganz gutes Sortiment an glutenfreien Nudeln und Mehlen hat.« Laura Boode wippte ihre Tochter auf der Hüfte auf und ab und gab ihr einen Schnuller, den das glühende Kind in den Mund steckte. Die Augen fielen der Kleinen langsam zu, und ihr Kopf sank auf Laura Boodes Brust. Fine unterdrückte ein Seufzen und schaute schnell woanders hin.

»Nein, danke«, sagte sie. »Ich habe eben erst gegessen. Aber Insas Café kenne ich tatsächlich. Da war ich auch gerade und habe einen Kaffee getrunken. Ich brauche nach dem Mittagessen immer etwas, um die Lebensgeister am Einschlafen zu hindern. Vermutlich wird das mein neues Stammcafé. Der Kaffee ist richtig gut, und Insa hat ein Händchen für ihre Kunden.« Warum erzählte sie das?

»Insa ist wirklich klasse.« Laura Boode grinste. Dann fasste sie ihre Tochter vorsichtig unter die Arme und legte sie auf dem Sofa im Wohnzimmer ab, das direkt an die Küche anschloss. »Endlich.« Sie stöhnte kurz auf und streckte die Arme über den Kopf, bewegte den Nacken, bis es knackte, und kam wieder zu Fine zurück. »Sie können sich gar nicht vorstellen, was ich für Nackenschmerzen habe. Das zieht runter bis zum Hintern. Und natürlich über den Schädel bis nach vorn zu den Schläfen.« Sie angelte eine Packung Tabletten von der Arbeitsfläche der Küche und füllte ein Glas mit Wasser. Drückte zwei Tabletten aus dem Blister heraus und spülte sie mit zwei Schlucken herunter. Dann ließ sie sich gegenüber von Fine auf einen Stuhl sinken. Das über der Rückenlehne hängende Spültuch schien sie nicht zu stören, obwohl irgendetwas daran klebte, was Fine nicht identifizieren konnte. Dafür erhaschte sie einen Blick auf den Blister. Schmerztabletten. Das hätte sie sich auch denken können.

»Wollen Sie einen Kaffee? Ist zwar nicht von Insa, aber auch aus der Inselrösterei.« Schon stand Laura Boode wieder auf.

»Wenn es nicht zu viele Umstände macht, gerne.«

»Nee, wir haben einen Vollautomaten, das macht keine Umstände.« Sie holte zwei Tassen aus einem Hängeschrank und drehte sich zu Fine um. »Milchkaffee, Cappuccino, Latte macchiato?«

»Einfach nur Kaffee, schwarz, ohne Milch und Zucker.«

Laura Boode zog eine Augenbraue hoch. »Puristin?«

Fine lächelte schwach. »So kann man es ausdrücken.«

Ein paar Minuten später standen zwei dampfende Tassen vor ihnen, und das Aroma frisch gemahlener Bohnen erfüllte den Raum. Fine wunderte sich darüber, dass Maja nicht bei dem Lärm der Kaffeemaschine aufgewacht war. Aber wahrscheinlich war das kranke Kind so erschöpft, dass es sich durch nichts aus der Ruhe bringen ließ. Laura Boode löste ihren Zopf, fasste ihre Haare und verwirbelte sie zu einem Messy Bun, um den sie ihren Zopfgummi schlang.

»Also, Sie sagten, Sie wären wegen des Skeletts hier.« Sie griff nach ihrer Tasse und pustete sacht über den Rand, sodass sich darüber eine kleine Dampfwolke bildete. Sie lehnte sich zurück und stellte ihre nackten Füße auf einen Stuhl.

»Das stimmt. Es hat sich herausgestellt, dass es sich bei dem Skelett um Anoushka Diepholz handelt. Sie hat die Insel damals wahrscheinlich nie verlassen.«

Laura Boodes Pupillen weiteten sich, sie öffnete den Mund und ließ den Henkel ihrer Tasse los. Die fiel zwar nicht um, dafür war sie schon zu nahe an der Tischplatte, aber sie schwappte über, als die Tasse mit einem Scheppern auf der Platte aufkam.

Laura Boode fluchte, griff hinter ihren Rücken nach dem Spültuch und wischte über den Tisch. Dann zerknüllte sie das Tuch in ihren Händen und ballte eine Faust darum, sodass die Sehnen hervortraten und ein Tropfen Kaffee aus dem Tuch zu Boden fiel.

»Das kann doch nicht wahr sein«, sagte sie fast tonlos. Ihre Tochter wimmerte leise auf dem Sofa und machte Anstalten, sich umzudrehen. Laura Boode sprang auf, warf das Tuch auf den Tisch und verhinderte gerade noch, dass ihre Tochter vom Sofa kullerte. Behutsam legte sie ihr Kind zwischen die Kissen und hielt dabei die Luft an. Doch Maja wachte nicht auf, sondern schlief weiter.

Laura Boode kam wieder zurück und setzte sich. Kniff die Lippen zusammen. Dann fuhr sie sich mit beiden Händen durch das Gesicht. »Sind Sie sicher?« Ihre Stimme klang dünn.

Fine nickte, sagte aber nichts. Klammerte sich stattdessen an ihrer Tasse fest und trank einen Schluck. Laura Boode hatte nicht zu viel versprochen, der Kaffee war wirklich hervorragend.

Laura Boode sah aus dem Fenster, ließ hörbar die Luft aus ihrem Mund entweichen und schluckte. Blinzelte. Waren das Tränen in ihren Augen? Sie glänzten zumindest verdächtig.

»Das kann doch gar nicht sein. Ich meine, Anni ist doch weggegangen. Sie hat mir geschrieben, ich habe sogar noch mit ihr telefoniert.« Sie atmete heftig ein. Immer noch hing ihr Blick irgendwo draußen im Garten fest.

Fine wurde hellhörig und beugte sich vor. »Sie haben mit ihr telefoniert? Nachdem sie die Insel verlassen hat? Sind Sie sicher?«

Laura Boode hob die Hände. »Was heißt hier sicher? Das ist eine Ewigkeit her. Aber ich dachte, es wäre so gewesen. Dass wir noch miteinander geredet hätten. Aber vielleicht habe ich das auch verwechselt. Das wäre ja gar nicht gegangen, so wie Sie das schildern. Tote können ja wohl schlecht telefonieren.« Sie zog lautstark die Nase hoch und griff nach einer Packung Kosmetiktücher, die auf dem Tisch stand, nahm sich eines und schnäuzte sich. Mit dem Tuch in der Hand wedelte sie in der Luft

herum. »Aber geschrieben hat sie mir eindeutig. Ganz sicher.«
Ihre Stimme erstarb. »Sie müssen sich irren. Tote können auch
nicht schreiben, oder? Das wäre mir jedenfalls neu.« Sie schniefte
wieder. »Nein, so ein Quatsch. Anni lebt. Irgendwo.«

»Und wo soll das sein? Wissen Sie etwas darüber?«, fragte
Fine leise und beobachtete sie.

Laura Boode wischte sich mit dem Tuch über die Augen.
»Keine Ahnung, ich weiß es nicht.« Auf dem Tisch lag ein Smartphone, das sie zu sich heranzog. Nach wenigem Wischen und
Lesen schob sie es zu Fine herüber. »Da, sehen Sie? Das sind
unsere Nachrichten. Aber sie hat nicht verraten, wo sie ist. Wobei ›verraten‹ ja schon wieder einen gewissen Vorsatz voraus-
setzen würde. Ich glaube, es war Anni einfach nicht wichtig
genug, um es zu erwähnen. Und ich habe sie nicht gefragt.«

Fine schaute durch die Nachrichten. Es waren wesentlich
mehr als bei Gerdes. Und ausführlicher, zumindest im ersten
halben Jahr, nachdem sie von Spiekeroog weggegangen war.
Das war 2016 gewesen. Direkt am Abfahrtstag schien Diepholz
noch Zahnschmerzen gehabt zu haben, weswegen sie früher
als geplant die Insel verlassen hatte. Angeblich um zum Arzt
zu gehen, was sie dann aber verworfen hatte. Dann wurden die
Nachrichten auch hier weniger, bis sie schließlich zwei Jahre
später ganz aufhörten. Wie bei Gerdes. »Können Sie mir die
Nachrichten bitte weiterleiten?«, fragte sie und gab auch Laura
Boode ihr Kärtchen.

Laura Boode nickte und verzog das Gesicht, schlug mit dem
Kärtchen auf ihren Handrücken. »Sie sehen, das Skelett kann
nicht Anni sein. Anni lebt.«

Fine kniff die Lippen zusammen. So sollte es wohl aussehen. Oder war Anni 2016 tatsächlich gegangen und zwei Jahre
später auf die Insel zurückgekehrt, wo sie dann ihren Mörder
getroffen hatte? Zwei bis zehn Jahre, hatte Dr. Mattes gesagt.
Also von 2021 bis 2013. Damit wären die fünf Jahre noch mit
im Ermessensspielraum. Sie musste unbedingt Gewissheit über
das Alter der Knochen haben, bevor sie weitere Schlüsse zog.

»Könnte es sein, dass Anoushka Diepholz noch einmal auf

die Insel zurückgekommen ist, zwei Jahre nachdem sie weggegangen ist?«

»Nein, absolut unmöglich.« Laura Boode legte das Kärtchen auf den Tisch.

»Wieso sind Sie sich da so sicher?«

»Anni hätte sich bei mir gemeldet. Ich war ihre beste Freundin.« Laura Boode verschränkte die Arme vor der Brust.

Da war etwas dran. Aber vielleicht auch nicht. Fine würde die Daten der Touristen von vor fünf Jahren noch einmal kontrollieren, vielleicht tauchte der Name Diepholz da auf. Unter Umständen auch nicht. Am liebsten hätte sie laut aufgestöhnt, doch sie unterdrückte es.

»Können Sie noch erfassen, ob Sie mit ihr telefoniert haben?«

Laura Boode legte den Kopf schief und schüttelte ihn, zog dabei einen Mundwinkel hoch. »Sie müssten doch selbst am besten wissen, dass diese Daten nicht so lange gespeichert werden. Mein Telefon speichert die Mitteilungen über Anrufe gerade mal einen Monat. Wenn ich über WhatsApp angerufen hätte, wäre das was anderes, aber das haben wir nie getan. Immer über das Mobilnetz.«

»Sie haben recht.« Fine trank kurz einen Schluck, und Boode tat es ihr gleich. »Warum haben Sie nie gefragt, wohin Anoushka gegangen ist? Sie war doch Ihre beste Freundin?«

Laura Boode presste die Lippen zusammen. Hob wieder kurz die Arme. »Ich weiß es nicht. Vielleicht war es mir nicht so wichtig. Ich war damals frisch verliebt, hatte andere Dinge im Kopf. Ich habe mir tatsächlich nie einen Gedanken darüber gemacht.« Sie schluckte. »Macht mich das jetzt zu einem schlechten Menschen? Ich habe nicht einmal eine Ahnung, wo meine einstige beste Freundin hingegangen ist …« Eine Träne rann über ihre Wange. Laura Boode beachtete sie gar nicht, starrte nur gegen die Wand.

Fine ertappte sich bei dem Gedanken, ob Laura Boode recht hatte. War sie eine schlechte Freundin? Fine erinnerte sich daran, wie sie gerade frisch mit Tom zusammengekommen war – die Welt um sie herum hätte versinken können, sie hätte es nicht gemerkt. Lebte in anderen Sphären. Ihre beste Freundin hatte sich damals bei ihr beschwert, dass sie gar keine Zeit mehr für sie hätte. Und sie, Fine, hatte das damals als Eifersucht abgetan und hatte ihr das auch so vorgeworfen. Ein heftiger Streit war die Folge und zwei Wochen Funkstille. Bis sie sich ausgesprochen hatten. Danach nahm sich Fine bewusst wieder mehr Zeit für ihre Freunde – mit und ohne Tom. Nein, Laura Boode war kein schlechter Mensch und auch keine schlechte Freundin, wenn sie damals vergessen hatte, Anoushka Diepholz zu fragen, wo sie war. Aber sie würde ihr nicht die Absolution erteilen, dafür war sie nicht zuständig. Sie brauchte Antworten.

»Können Sie mir etwas über Anoushka Diepholz erzählen?«

Laura Boode schniefte wieder, ihr Kopf ruckte herum. Erneut tupfte sie sich mit dem Tuch über die Augen und schnäuzte sich. Erst dann wandte sie sich Fine zu. »Wir sind vor sieben Jahren im März 2016 gemeinsam aus Berlin hierhergekommen. Wollten neu anfangen und brauchten dafür Geld. Also dachten wir, warum nicht hier einen Saisonjob annehmen und danach noch ein bisschen Urlaub machen, bevor der Ernst des Lebens losgeht.« Sie lachte heiser auf.

»Der Ernst des Lebens?«

»Ja, Ausbildung, Studium. Anni wollte ihre Ausbildung zur Hotelfachfrau fertig machen, ich wollte eigentlich mal studieren. Psychologie. Und ja, Pläne ändern sich.« Sie verzog den Mund und deutete auf Maja.

»Hatte Anoushka schon einmal eine Ausbildung begonnen?«

Laura Boode verknotete ihre Finger und hielt kurz inne. »Anni hat in Berlin schon einmal mit der Ausbildung angefangen, die dann aber abgebrochen. Sie hatte … einige Probleme.«

»Probleme?«

Laura Boode fuchtelte mit den Händen in der Luft herum. »Was wollen Sie denn eigentlich von mir hören?«

»Ich will mir einfach einen Überblick über Anoushka Diepholz verschaffen. Was sie für ein Mensch war, was für Freunde sie hatte, was für Feinde. Familie und so weiter.« Fines Pupillen ließen Laura Boode nicht aus dem Fokus.

Diese vergrub für einen Moment den Kopf in den Armen, bevor sie ihn wieder hob und fortfuhr, die Stimme brüchig. »Anni hat in Berlin zusammen mit mir die Mittlere Reife gemacht, wir waren in einer Klasse, schon seit der Grundschule. Anni hat immer viel Zeit bei mir verbracht, weil ihre Eltern beide berufstätig waren. Ihre Mutter und meine Mutter waren befreundet. Wir waren wie Zwillinge, obwohl wir so unterschiedlich waren. Aber ich denke, irgendwie haben wir uns ergänzt. Wir haben alles zusammen gemacht, Hausaufgaben, Kinderturnen, Schwimmkurs bis hin zur Tanzschule. Ich hab dann auf die Fachoberschule gewechselt, weil ich Abitur machen wollte, Anni hatte da keinen Bock drauf. Sie hat sich lieber eine Ausbildungsstelle in einem Berliner Hotel gesucht. Das war das erste Mal, dass wir etwas nicht gemeinsam gemacht haben.« Sie presste die Lippen zusammen. »Als Anni achtzehn war, sind ihre Eltern bei einem Autounfall ums Leben gekommen. Das hat sie komplett aus der Bahn geworfen. Plötzlich war sie ganz alleine. Ihre Eltern hatten keine Geschwister, sie selbst auch nicht, die Großeltern waren auch schon tot. Sie hat angefangen zu trinken und ist dann über einen Typen an Koks gekommen. Das war der Anfang vom Ende. Sie hat die Ausbildung abgebrochen, hätte fast ihr komplettes Erbe für Drogen rausgehauen. Oder eher einer Dealerin in den Rachen geschoben. Sie war überhaupt nicht mehr sie selbst.«

»Und wie hat sie die Kurve gekriegt?«

»Ich habe ihr die ganze Zeit über beigestanden, auch wenn es schwer war. Anni war in der Zeit nicht gerade leicht zu ertragen. Und sie hat sich auch standhaft geweigert einzusehen, dass sie ein Problem hat. Im Gegenteil; beschimpft hat sie mich. Und ich habe sie angeschrien, dass sie nichts weiter wäre als eine Heroinschlampe, die keinen eigenen Willen mehr hätte, außer den nächsten Schuss zu setzen. Ich hab versucht, sie fallen zu lassen, aber ich konnte es nicht. Sie war doch wie meine Schwester. Und sie hatte niemanden mehr außer mir. Und dann ist sie eines Tages zusammengebrochen. Vor meinen Augen!« Laura Boode untermalte den Satz mit einer ausholenden Geste. »Ich hab so eine Panik bekommen, dass sie tot wäre, ich hab sofort den Notarzt gerufen. Die haben sie in die Klinik gebracht. Dort hat sie dann quasi zwangsweise einen Entzug begonnen, den sie nach dem Klinikaufenthalt weitergemacht hat.«

Fine nickte. Anoushka Diepholz hatte eine bewegte Vergangenheit, ohne Zweifel. Die Frage war, ob es in dieser Vergangenheit auch Menschen gab, die sie sich zu Feinden gemacht hatte, wie besagte Dealerin. In der Drogenszene wäre das nicht ungewöhnlich.

»Nach dem Entzug ist sie dann noch auf Reha gegangen. Das war die Zeit, in der sie mit dem Fotografieren begonnen hat. Sie hat dort einen Kurs gemacht und war sofort fasziniert. Das hat sie entspannt. Und danach wollte sie nur noch weg aus Berlin. Weg von allem, was ihr nicht gutgetan hat. Und ich bin mit ihr weg.« Laura Boode stopfte das Tuch in ihre Hosentasche.

»Hatte sie da noch Kontakt zu jemandem aus der Drogenszene? Oder hat sie Namen erwähnt, wie zum Beispiel den der Dealerin? Hatte sie Schulden? Irgendwelche offenen Rechnungen?«

Laura Boode schüttelte den Kopf. »Nein, sie hatte das Glück, genug Geld von ihren Eltern geerbt zu haben. Sie hat alles bar bezahlt. Ich denke, irgendwo war ihr schon klar, wenn sie Schulden in der Szene macht, dann kommt sie da so leicht nicht mehr raus. Wenn überhaupt. Diese Dealerin hat sie ganz schön ausgenommen. Aber ich glaube nicht, dass Anni ihren Namen kannte. Von ihrem Geld ist praktisch kaum was übrig geblieben. Daher wollte sie nach der Reha unbedingt arbeiten. Und so sind wir beide auf Spiekeroog gelandet. Anni hat hier noch ihren zwanzigsten Geburtstag gefeiert.«

»Aber Sie wollten doch studieren, hatten Sie das damals schon aufgegeben?«

»Nein. Ich wollte nur sichergehen, dass Anni nicht wieder ins Drogenmilieu abrutschen würde. Ich konnte sie doch nicht alleinlassen. Sie hatte schließlich niemanden mehr außer mir. Ich fühlte mich ihr irgendwie verpflichtet. Um der alten Zeiten willen. Die Zeit am Abgrund hatte Anni verändert. Manchmal hatte ich den Eindruck, die Drogen hätten sie abgestumpft. Als wäre ein Stück von ihr dort in Berlin geblieben, hätte sich mit dem Heroin zusammen aufgelöst und wäre in der Spritze zurückgeblieben.« Sie hielt kurz inne und starrte auf ihre Finger. »Mein Studium hätte im September angefangen, ich musste zu dem Zeitpunkt noch ein Jahr warten, bis ich den Platz bekommen hätte.« Sie lächelte abfällig. »Numerus clausus. Mein Durchschnitt war nicht gut genug.«

Fine schwenkte den Rest Kaffee in ihrer Tasse, bevor sie ihn in einem Schluck austrank. »Wissen Sie, ob Anni einen Freund hatte?«

Laura Boode stieß ein Lachen aus. »Oh ja, den schönen Lorenzo. Ein Macho vor dem Herrn. Allerdings war das damals schon eine Weile her. Was sie von dem gewollt hat, war mir schon immer schleierhaft.«

Lorenzo? Der Name war Fine bisher noch nicht untergekommen. Meinte Laura Boode Lorenz Krämer, der ihnen die Habseligkeiten von Anoushka Diepholz aus Berlin zur Verfügung gestellt hatte? »Lorenz Krämer?«

»Genau den. Ein Idiot. Er war mit Anni in der Schulzeit zusammen. Sie war gerade fünfzehn, er achtzehn, als das angefangen hat. Aber als Anni tatsächlich seine Hilfe gebraucht hätte, Sie wissen schon, nach dem Unfalltod ihrer Eltern, da hat er sie einfach so abserviert. Im Stich gelassen!«

»Er hat uns bei der Identifizierung geholfen«, sagte Fine, ohne genauer zu erklären, wie.

Laura Boode runzelte die Stirn. »Das wundert mich.«

»Warum?«

»Weil Lorenzo sich immer aus allem rausgehalten hat. Im Grunde genommen war Anni dem egal, Hauptsache, er war der tolle Macker, zu dem alle aufgeschaut haben. Und Anni war ein hübsches Ding, um das ihn alle beneidet haben. Von der Warte aus konnte er sich in aller Ruhe nach anderen umsehen.« Sie schnaubte. »Und ich wette, es ist nicht nur beim Umsehen geblieben. Wie gesagt: Ich konnte nicht nachvollziehen, was Anni von dem wollte.« Sie stand auf, hielt ihre Tasse hoch, bevor sie

sie unter den Ausguss des Kaffeeautomaten stellte. »Aber gut, er war ihr erster richtiger Freund. Da kann man vielleicht auch noch nicht so viel erwarten an Logik oder Vernunft.«

Fine nickte. Wenn sie daran dachte, wie sie mit fünfzehn gewesen war, dann wollte sie ganz bestimmt nicht mehr in diese Zeit zurück. Nicht freiwillig. Ein einziges Chaos der Hormone. Damals war sie auch in einen Typen verknallt gewesen, den ihre Freunde für absolut untragbar gehalten hatten. Aber sie war vom ersten Tag an hin und weg gewesen. Hatte ihm sogar verziehen, dass er nebenbei noch einigen anderen schöne Augen gemacht hatte. Hatte sich selbst die Schuld dafür gegeben, weil sie angeblich nicht attraktiv genug gewesen wäre. Was ein Unsinn. Heute undenkbar. Sie schüttelte sich.

»Ist Ihnen kalt?«, fragte Laura Boode. »Wollen Sie noch einen Kaffee?«

Fine winkte ab. »Ich war gerade selbst kurz in der Vergangenheit.« Sie lächelte.

Laura Boode lehnte sich mit ihrer wieder gefüllten Tasse gegen die Arbeitsplatte und schmunzelte. »Schon bescheuert, was man da manchmal angestellt hat, oder?« Sie trank einen Schluck. Von der Couch ertönte ein Schnauben, und Laura Boode ging ein paar Schritte in die Richtung, warf einen Blick auf Maja, aber offenbar schlief sie immer noch. Laura Boode atmete auf.

»Hat Anoushka denn ein intensives Verhältnis zu Lorenz Krämer gehabt? War das was Ernstes? Oder nur eine Schwärmerei?«, fragte Fine. Lorenz Krämer hatte sogar eine Zahnbürste von Anoushka Diepholz besessen, ihrer Meinung nach war die Beziehung doch zumindest so weit, dass sie dort übernachtet hatte, Kleidung und Hygieneartikel bei ihm hinterlegt hatte. Das machte man doch nicht, wenn es nur eine Schwärmerei war. Abgesehen davon, dass die Beziehung der beiden drei Jahre angehalten hatte.

Laura Boode setzte sich wieder auf ihren Stuhl. Zuckte mit den Schultern. »Für Anni war's die große Liebe. Für Lorenzo ein netter Zeitvertreib. Aber wenn Sie das wirklich interessiert, dann werden Sie ihn wohl selbst fragen müssen. Vielleicht irre ich mich ja und tue ihm unrecht.« Sie betrachtete kurz ihre Fingernägel und spitzte die Lippen. Dann wandte sie sich wieder Fine zu. »Aber warum interessiert Sie das eigentlich? Als ich mit Anni hierhergekommen bin, waren die beiden schon lange auseinander.«

»Ich versuche mir ein Bild des Opfers zu machen. Dazu muss ich wissen, wie sie aufgewachsen ist, wie sie gelebt hat, wer zu ihrem persönlichen Umfeld gehört hat.«

»Hm.« Laura Boode stellte wieder ihre Füße auf den anderen Stuhl. »Und was hilft Ihnen das dann, wenn ich mal so neugierig fragen darf?«

Fine wischte mit der Hand über die Tischplatte. »Es hilft mir vor allem, herauszufinden, wer Probleme mit ihr hatte, mit wem sie Probleme hatte.«

»Sie suchen nach einem Motiv.«

Fine lächelte und strich sich eine Haarsträhne zurück. »Natürlich. Das ist meine Aufgabe als Ermittlerin. Irgendjemand muss einen Grund gehabt haben, sie zu töten. Egal, welchen. Einen Grund gibt es immer.«

Laura Boode antwortete nicht, schaute wieder aus dem Fenster und hielt ihre Tasse fest in beiden Händen. Sie schwiegen eine ganze Weile, bis Boode weitersprach. »Was, wenn es keinen Grund gibt?«

»Wie bitte?«

Laura Boode wedelte mit einer Hand in der Luft herum. »Na ja, es kann doch auch ein … was weiß ich, ein Serienmörder gewesen sein, und Anni war nur zur falschen Zeit am falschen Ort.«

Fine unterdrückte ein Augenrollen. »Dann wäre der Grund die Lust am Töten. Es gibt immer einen Grund, auch wenn er uns im ersten Moment nicht schlüssig erscheint. Manches erklärt sich erst im Nachhinein, aber das ändert nichts daran, dass es immer einen Grund gibt.« Regel Nummer XY im kleinen Ermittler-Handbuch, murmelte es in ihrem Kopf.

Laura Boode nickte. Majas Schnuller ploppte aus ihrem Mund

und landete auf dem Boden. Ihre Lippen nuckelten trotzdem fleißig weiter.

»Wie war das Verhältnis zwischen Ihnen beiden hier auf der Insel?«, fragte Fine.

Laura Boode starrte sie unverwandt an. Dann fing sie an zu zittern. Tränen liefen ihr über die Wangen, und sie schien nach Luft zu ringen.

Fine sprang auf und eilte zu ihr hin. »Alles in Ordnung, Frau Boode? Kann ich Ihnen helfen? Ein Glas Wasser?« Blödsinn, schalt sie sich. Die musste nichts trinken, die hyperventilierte. Eine Tüte! Sie brauchte eine Tüte. Fieberhaft schaute sich Fine in der Küche um, dann fiel ihr Blick auf die Bäckertüte von Insas Café. Sie drückte Laura Boode die Tüte über Mund und Nase, sodass sie in sie hineinatmete. Die Tüte zog sich zusammen und blähte sich wieder auf. Nach kurzer Zeit regulierte sich ihr Atem, und das Zittern hörte auf. Boode griff nach der Tüte und schob sie mitsamt Fines Hand beiseite.

»Danke, geht schon wieder«, sagte sie und wischte sich mit einer Hand über die Wange.

Fine hörte das Klacken der Haustür.

»Laura, das funktioniert so nicht. Ich brauch dich in der Kneipe. Kann Maja nicht bei der Nachbarin bleiben? Oder sonst irgendwo?« Jens Boode polterte in die Küche. Als er Fine sah, blieb er unvermittelt stehen, seine Augen flackerten, wanderten zwischen seiner Frau und ihr hin und her. Laura Boodes Augen weiteten sich, und sie hob die Hände in seine Richtung.

»Jens …« Weiter kam Laura Boode nicht.

»Was zum Teufel haben Sie mit meiner Frau angestellt? Wieso weint Laura?« Jens Boode näherte sich Fine so schnell, dass die gar nicht reagieren konnte.

Unwillkürlich griff Fine nach ihrer Waffe. »Treten Sie zurück, Herr Boode«, sagte sie leise und streckte die andere Hand in seine Richtung, um sich wieder mehr Raum zu verschaffen. »Und beruhigen Sie sich. Ich habe Ihrer Frau nichts getan.«

»Ach ja? Und warum weint sie dann? Was haben Sie ihr gesagt? Haben Sie ihr gedroht?«, bellte er sie an.

Laura Boode eilte um den Tisch herum und fasste ihn an den Schultern. Im Hintergrund fing Maja an zu weinen.

»Jens! Hör auf!«, schrie Laura Boode, doch er schob sie unsanft weg, sodass sie das Gleichgewicht verlor und fast über einen Stuhl gefallen wäre.

»Niemand greift meine Familie an, hören Sie? Auch keine Polizistin. Sie haben nicht das Recht, hier einfach so in mein Haus einzudringen und meine Familie zu belästigen.« Er kam immer näher auf Fine zu, schien völlig unbeeindruckt von ihrer Waffe in den Händen.

»Herr Boode, ich sage es Ihnen jetzt zum letzten Mal, treten Sie zurück, oder ich muss Sie festnehmen.«

10

»Schau mal, hab ich irgendwas vergessen?«, fragte Susa, als Fine wieder in die Dienststelle kam. Susa stand mit einem schwarzen Edding an der Wand. Mittlerweile hatte sich die ehemals weiße Wand rund um den Zeitstrahl gefüllt. Anoushka Diepholz' Name stand unter dem Punkt »Skelettfund«. Darunter hingen ein Foto des Skeletts und eines von dem Ohrring. Davor der Zeitpunkt, als Diepholz die Insel verlassen wollte und mit Sicherheit lebend gesehen wurde. Wieder davor die Zeit im Grünen Anker zusammen mit Laura Stemper, die heute mit Jens Boode verheiratet war.

»Diepholz hat vor ihrer Zeit auf Spiekeroog in Berlin gelebt, war dort bis vor acht Jahren mit Lorenz Krämer liiert, der sie angeblich verlassen hat, nachdem ihre Eltern umgekommen waren und bevor sie in die Drogenszene abgerutscht ist. Danach folgten Entzug und Reha«, ergänzte Fine, und Susa schrieb eilig mit. »Ach ja, und sie wurde mit einer Weinflasche erschlagen.«

Susas Finger flitzten über die Wand. Ihre Wangen leuchteten, und ihre Zunge spitzte ein Stück zwischen ihren Zähnen hervor.

»Sag mal, hast du damals nicht schon auf der Insel gearbeitet?«, fragte Fine.

»Nein.« Susa räusperte sich, den Rücken zu ihr gewandt. »Da irrst du dich, ich kam erst im Jahr drauf hierher.« Sie schrieb weiter. »Woher weißt du das mit den Drogen?«, fragte sie, als sie fertig war.

Fine erzählte ihr von dem Gespräch mit Laura Boode.

Susa nickte. »Das könnte doch ein Motiv sein. Vielleicht ist ihr jemand aus Berlin nachgereist und hat sie bedroht. Und dann umgebracht. Vielleicht ein Dealer, jemand von diesen Rockerclubs, du weißt schon, die Hells Angels oder Bandidos. Wenn die noch eine Rechnung mit jemandem offen haben, kann das ganz schön Stress geben.« Sie rieb sich die Hände.

Fine zog die Augenbrauen hoch. »Hier auf Spiekeroog? Hells

Angels oder Bandidos? Getarnt als normale Touristen, damit sie nicht so auffallen, oder wie? Mensch, Susa, du kommst vielleicht auf Ideen.« Sie seufzte.

»Was denn? Ich hab erst vor Kurzem einen Podcast gehört, da ging es um …«

Fine hielt sich beide Ohren zu. »Nein, ich will es gar nicht wissen. Bevor ich mich damit befasse, dass möglicherweise Rockerclubs an diesem Mord beteiligt sind, gehe ich lieber alle anderen Wege durch und hoffe, dass einer davon der richtige ist.«

Susa grinste, sagte aber nichts. Manchmal fragte sich Fine, ob Susa absichtlich solche Vermutungen äußerte, um dem Fall mehr Bedeutung zu geben. Damit er ihren Podcasts näher käme. Denn das konnte sie unmöglich ernst meinen. Auch wenn sie keine Erfahrungen im Bereich Ermittlung hatte, so naiv konnte sie doch nicht sein. Hells Angels! Fine schnaubte leise. Dann runzelte sie die Stirn. Was, wenn Susa auf die Idee käme, selbst einen Podcast aufzunehmen, und diesen Fall als Vorlage dazu nähme? Nein, darüber wollte sie gar nicht erst nachdenken.

Sie fokussierte sich wieder. »Was viel wichtiger ist, Jens Boode ist vorhin bei der Befragung seiner Frau heimgekommen und hat mich angegriffen.«

»Was?« Susa trat an den Schreibtisch und ließ sich auf den Stuhl sinken, eine Hand auf den Mund gepresst.

»Ja, und als Laura Boode ihn beruhigen wollte, hat er sie so heftig weggestoßen, dass sie fast über einen Stuhl gefallen wäre. Danach hat mich Boode praktisch hinausgeworfen. Der ist völlig außer sich gewesen. Ich hätte ihn fast festgenommen.« In der Wiederholung klang das irgendwie bedrohlicher, als sie es erlebt hatte. Vielleicht hatte sie in diesem Moment die Gefahr auch gar nicht so richtig wahrgenommen. Sie hatte einfach nur reagiert.

Susa schüttelte den Kopf. »Das kann doch gar nicht sein. Warum hat er sich denn so verhalten?«

Fine zuckte mit den Schultern. »Keine Ahnung. Er hat wohl gedacht, dass ich seine Familie bedrohen würde, weil Laura Boode geweint hat. Davor hatte sie hyperventiliert, ich habe ihr mit einer Tüte geholfen, aber danach war sie völlig fertig mit den Nerven. Wahrscheinlich weil sie gerade erfahren hatte, dass ihre beste Freundin tot ist. Außerdem schien sie mir ziemlich müde und überlastet mit ihrem Kind zu sein. Die Kleine hat gefiebert und war quengelig.« Fine kratzte sich am Kopf und setzte sich Susa gegenüber auf den Bürostuhl. »Weißt du irgendwas von Gewalt in der Familie? Gab es da mal eine Anzeige oder auch nur Gerüchte? Oder ist dir selbst was aufgefallen, blaue Flecken, Verletzungen an ungewöhnlichen Stellen oder so?«

Jetzt kam Leben in Susa. Sie streckte sich und beugte sich über den Schreibtisch in Fines Richtung. »Nein, das hätte ich doch gemerkt. Du weißt doch, Spiekeroog ist ein Dorf. Irgendjemand hätte sicherlich was gesagt, Freunde von Laura und Jens. Nein, das kann ich nicht glauben. Das will ich nicht glauben.«

»Kannst du dich trotzdem mal umhören? Auch im Kindergarten?«

Susa lehnte sich auf ihrem Stuhl zurück. »Wie stellst du dir das vor? Wie soll ich da denn unauffällig fragen, ohne schlafende Hunde zu wecken? Das ist doch gleich im Dorffunk unterwegs.«

Fine wollte gerade antworten, als es klingelte. Susa erhob sich und öffnete die Tür.

»Hier möchte jemand mit dir reden«, sagte sie, als sie zurückkam, Jens Boode im Schlepptau. Er wirkte wie ein Schuljunge, der dabei erwischt worden war, wie er ein Fenster beim Spielen mit einem Ball eingeworfen hatte.

»Darf ich mich setzen?«, fragte er und senkte den Blick.

Susa bot ihm ihren Stuhl an, holte sich einen anderen heran und setzte sich darauf. Boode ließ sich auf dem Stuhl nieder und knetete seine Finger. Immer noch schaute er Fine nicht an, die ihm am Schreibtisch gegenübersaß und einfach nur wartete.

Er räusperte sich. »Ich wollte mich bei Ihnen entschuldigen. Ich habe völlig überreagiert, aber ich wollte niemandem wehtun. Ich erkenne mich selbst nicht wieder.« Er seufzte schwer, hob jetzt aber den Kopf. »Das war alles ein bisschen viel heute. Erst Maja und das Fieber, ich allein in der Kneipe, und dann kommen Sie noch und erzählen mir, dass Anni nicht einfach nur tot ist, sondern dass sie ermordet worden ist.« Er schluckte und presste kurz die Lippen aufeinander. »Ich habe nur noch rotgesehen, wie Sie neben Laura gestanden haben und die völlig aufgelöst war. Ich wollte sie nur beschützen, das müssen Sie mir glauben. So was ist vorher noch nie passiert. Wirklich.«

Sein Blick hatte etwas Undurchschaubares. Fine wusste nicht, ob sie ihm seine Entschuldigung abnehmen sollte. Vielleicht wollte er sich nur schützen, weil ihm jetzt, mit etwas Abstand, klar geworden war, dass sein Verhalten zu einer Anzeige führen konnte. Oder seine Frau hatte ihn dazu gedrängt.

Sie nickte langsam. »Danke, Herr Boode, für Ihre Worte. Aber ganz ehrlich, damit sind Sie noch nicht aus dem Schneider. Und ob ich Ihnen glauben soll oder nicht, das lassen Sie mal meine Sorge sein. Aber sollte ich jemals erfahren, dass Sie Ihrer Frau oder Ihrem Kind auch nur ein Haar krümmen, dann bekommen Sie es mit mir zu tun. Und das lässt sich dann nicht mehr mit einer Entschuldigung bereinigen. Haben wir uns verstanden?«

Boode nickte, stand auf und verließ ohne ein weiteres Wort die Dienststelle.

»Er hat sich entschuldigt, Fine«, sagte Susa leise und setzte sich auf den Stuhl, auf dem Boode gerade noch gesessen hatte.

»Aber das heißt doch nichts. Wer weiß denn, ob das nicht schon öfter passiert ist? Und danach hat er seiner Frau vielleicht das Blaue vom Himmel versprochen, damit sie nicht zu dir kommt und ihn anzeigt. So läuft das doch immer. Und weil wir nie auch nur eine Scheißanzeige bekommen, müssen wir diese Kerle immer wieder laufen lassen!« Fine sprang auf und fuhr sich durch die Haare.

»Hey, beruhig dich mal.« Susa erhob sich und legte Fine beide Hände auf die Schultern, doch die schüttelte sie ab und baute sich vor Susa auf, die Hände von ihrem Körper weggestreckt.

»Was, wenn Anoushka Diepholz damals Boode abgewiesen hat und er das nicht ertragen konnte? Was, wenn er damals auch ausgeflippt ist? Sie im Affekt erschlagen hat? Und dann versucht hat, das Ganze zu vertuschen, indem er sie draußen in den Dünen vergraben hat?«

»Nein, Fine, das kann nicht sein. Jeder hier auf der Insel kennt Jens, der war noch nie so. Es gab auch noch nie Stress wegen ihm, auch nicht in der Kneipe mit besoffenen Gästen oder so. Du musst dich irren.« Wieder versuchte sie, Fine die Hände auf die Schultern zu legen, aber Fine wich ihr aus. Immer hörte sie nur, dass sie sich irren musste. Verdammt! Wieso nahm sie hier eigentlich keiner ernst? Was war, wenn sie sich nicht irrte? Wollte hier jeder nur das sehen, was die friedliche Dorfgemeinschaft nicht in Frage stellte?

Ihr Handy klingelte, und Fine warf einen Blick auf das Display. Frau Dr. Mattes. Sie hatte die Nummer der Rechtsmedizinerin das letzte Mal gleich abgespeichert. Fine nahm das Gespräch an und aktivierte den Lautsprecher.

»Mattes hier, ich habe die Knochen jetzt einmal einer Anthropologin übergeben, um die Liegezeit einzugrenzen. Sie hat sich noch einmal die UV-Fluoreszenz eines Oberschenkelquerschnitts angesehen, die positiv ausgefallen ist. Was so viel heißt wie, dass der Querschnitt richtig schön blau geleuchtet hat, was auf eine kurze Liegedauer schließen lässt. Dafür spricht auch das noch vorhandene Fettwachs in den Markhöhlen der Röhrenknochen. Eine Radiocarbondatierung macht bei der kurzen Liegezeit laut ihr keinen Sinn.«

»Und was heißt das jetzt für uns?«, fragte Fine und setzte sich wieder.

»Dass wir keine genauere Eingrenzung machen können als die, die wir schon haben. Mit Vorsicht vermutet die Anthropologin, dass wir uns statt von zwei auf fünf bis zehn Jahre festlegen können. Eine genauere Datierung ist leider nicht möglich. Da beißt die Maus keinen Käse ab.«

11

Früh am Morgen des nächsten Tages stand Fine unter der Dusche und ließ das heiße Wasser über sich laufen. Es tat so gut, einfach nur die Wärme zu spüren, die ihre angespannten Nackenmuskeln lockerte. Dieser Fall machte sie mürbe. Sie wusste nicht, wo sie weitermachen sollte. Wer war für den Tod von Anoushka Diepholz verantwortlich? Sie glaubte nicht daran, dass sie die Insel vor sieben Jahren verlassen hatte, nur um zwei Jahre später von allen unbemerkt wieder zurückzukehren – um dann ebenso unbemerkt in den Dünen erschlagen zu werden. Das passte einfach nicht. Was viel eher passte, war, dass sich jemand Diepholz' Handy geschnappt hatte, um vorzutäuschen, dass sie an einem anderen Ort ein neues Leben begonnen hätte. Dabei hatte sie Spiekeroog vermutlich nie verlassen. Sie stellte das Wasser ab, drückte etwas Duschgel in ihre Hand und seifte sich ein. Wenn wirklich jemand ihr Handy weiterverwendet hatte, dann musste er sie gut gekannt haben. Gut genug, um ihren PIN-Code zu kennen. Fine stellte das Wasser wieder an. Außer das Handy ließ sich über Fingerscan entsperren. Den Fingerabdruck hätte man auch noch im toten Zustand von ihr abnehmen können. Aber selbst dann hätte der Täter oder die Täterin den PIN-Code gebraucht, sonst hätten sich weder der noch der Fingerscan ändern lassen.

Fine stellte den Wasserhahn auf eiskalt und prustete, als der Wasserstrahl über ihren Kopf lief. Verdammt, war das kalt. Das reichte jetzt aber auch wieder an Immunstimulation. Sie drückte den Hebel der Mischbatterie nach unten und öffnete die Glastür, angelte nach dem Handtuch am Haken. Sie musste unbedingt noch einmal mit Laura Boode reden, überlegte sie und rubbelte ihre Arme und Beine ab, danach den Körper. Dann schlang sie das Handtuch wie einen Turban um ihren Kopf und stieg aus der Dusche auf den Badvorleger. Vielleicht wusste Laura ja, wie der PIN-Code lautete. Und wer ihn vielleicht noch kennen könnte.

Aber vorher musste sie sich einen genaueren Überblick verschaffen. Irgendwelche Ermittlungsansätze gab es immer.

Doch wie so oft wollte das Schicksal es anders. Eine ältere Dame war auf der Fähre gestürzt, und sie war der festen Überzeugung, jemand hätte sie mit Absicht gestoßen, um an ihre Handtasche zu kommen. Gleichzeitig wurde in einem Ferienhaus der Diebstahl eines Fahrrads gemeldet. Notgedrungen mussten sich Susa und Fine aufteilen. Susa übernahm den Diebstahl, Fine die alte Dame. Sie befragte die anderen Passagiere, aber alle kamen überein, dass die Dame gestolpert sei, als ein kleiner Junge an ihr vorbeigerannt sei. Der Ehemann der Dame redete seiner Frau gut zu, dass doch alles in Ordnung sei, niemand sei dafür verantwortlich, dass sie gestürzt sei, ihre Handtasche wäre schließlich auch noch da. Der herbeigerufene Sanitäter untersuchte sie, stellte keine Brüche oder Verletzungen fest, sodass schließlich alle die Fähre verlassen konnten.

Jetzt war es schon Mittag durch, und Fine brauchte dringend einen Kaffee. Sie radelte zu Insas Café Strandmöwe und suchte gar nicht erst nach einem Tisch draußen, sondern ging gleich hinein. Ruhe. Sie atmete tief durch und ließ sich in einen der bequemen Korbsessel plumpsen. Ohne sie nach ihren Wünschen zu fragen, brachte ihr Insa mit einem Schmunzeln auf den Lippen eine große Tasse schwarzen Kaffee.

»Schwarz wie die Nacht – oder vielleicht doch besser wie deine Seele?«, sagte sie und stellte die Tasse vor Fine ab.

»Woher weißt du das bloß?« Fine grinste.

»Was? Das mit deiner Seele?« Insa grinste zurück. »Du weißt doch, ich bin Hellseherin. Aber zur Not sehe ich auch das Dunkle.«

Fine lächelte, aber es ging ihr nicht mehr ganz so leicht über die Lippen. Wenn Insa wüsste, wie viel Dunkelheit in ihr herrschte.

»Moin, Insa«, hörte sie eine Stimme und schaute sich um. Wenn das nicht eine glückliche Fügung war: Laura Boode mit Maja im Schlepptau. Laura Boodes Gesicht verfinsterte sich, als sie Fine erkannte.

»Das hätte ich mir ja denken können, dass Sie hier rumsitzen. Ist ja kurz nach dem Mittagessen, da schreit das Koffeinmonster.« Sie zog die Nase hoch.

»Kommen Sie, setzen Sie sich zu mir, ich spendiere Ihnen einen Kaffee«, sagte Fine und winkte sie zu sich.

Maja riss sich von der Hand ihrer Mutter los und rannte zum Fenster. »Mama, schau! Ein Hund!« Sie klatschte mit den Händen gegen die Scheibe, die Abdrücke waren deutlich zu sehen.

»Maja, lass das! Du machst doch alles schmutzig. Tut mir leid, Insa, das wollte ich nicht.« Laura Boode eilte zu ihr und nahm ihre Tochter auf den Arm, was diese mit einem Aufschrei und wildem Aufbäumen quittierte.

Insa, die gerade wieder von draußen mit einem Tablett voll benutztem Geschirr hereingekommen war, winkte ab und lächelte. »Halb so wild, wird heute Abend sowieso geputzt.« Sie stellte das Tablett auf einem Nebentisch ab und kitzelte Maja unter dem Kinn »Na, min Deern, wer wird denn hier so rumkrakeelen?« Maja lachte und patschte beide Hände auf Insas Wangen.

»Ich fürchte, das wird nichts mit dem Kaffee«, sagte Laura Boode zu Fine und deutete auf ihre Tochter. »Sie sehen ja, die Kleine ist nicht still zu halten.«

»Ach was«, sagte Insa. »Willst 'nen Keks, Maja?«

Maja klatschte in die Hände. »Au ja!«

»Na, dann setz dich mal mit deiner Mama brav an den Tisch da, dann hol ich dir einen.« Insa zwinkerte Fine zu, Laura hob nur die Brauen, sagte aber nichts, sondern setzte sich mit Maja zusammen an Fines Tisch. Maja sang fröhlich vor sich hin, irgendein Lied auf Plattdeutsch, das Fine nicht verstand, in das Insa aber lachend einfiel, als sie mit dem Keks und einem Milchkaffee für Laura Boode aus der Küche zurückkam. Mit einem verschmitzten Grinsen zog sie ein kleines Malbuch mit ein paar Buntstiften aus der Tasche ihrer Servierschürze und gab sie Maja, die sich sofort daraufstürzte. »So, die wär jetzt erst mal beschäftigt.« Insa stemmte die Hände in die Hüften und stellte sich an den Tisch der beiden Frauen.

»Ich hab gehört, dass Jens sich bei Ihnen entschuldigt hat«, sagte Laura Boode und rührte mit einem Löffel in ihrem Milchschaum. »Er war ja ziemlich aufgeregt.«

»Kommt das öfter vor?«, fragte Fine und trank einen Schluck.

»Nein, das ist das erste Mal gewesen, dass ich Jens so erlebt habe. Der ist sonst nie so.« Laura Boode hob ein Stück Keks vom Boden auf, das Maja fallen gelassen hatte.

Fines Blick fiel auf Insa, auf deren Stirn sich eine tiefe v-förmige Falte bildete. Fine glaubte ein Kopfschütteln zu entdecken. War Insa anderer Meinung als Laura Boode? Oder galt das Kopfschütteln ihr selbst?

»Kannten Sie eigentlich den PIN-Code von Anoushkas Handy?«, fragte Fine. Besser, sie kam endlich mal zum Thema. Laura würde ihr sowieso nichts anderes über ihren Mann erzählen. Insa bewegte sich Richtung Terrasse, die Kundschaft rief.

»Natürlich kannte ich den. Das war ihr Geburtstag. Warum?«

»Und kannte den auch noch jemand anderes?«

Laura Boode lachte. »Klar, das wussten alle. Anni hat da auch kein Geheimnis draus gemacht. Sie meinte immer, sie sei zu doof, sich irgendwas zu merken, deswegen müsste der PIN-Code so einfach wie möglich sein, sonst käme sie nie wieder in ihr Handy rein.« Dann verdunkelte sich ihr Gesicht. »Warum fragen Sie das eigentlich? Verdächtigen Sie etwa mich oder jemand anderen, mit ihrem Handy diese Nachrichten geschrieben zu haben?«

Dumm war Laura Boode nicht. Aber das hatte Fine auch nicht erwartet. »Es wäre denkbar, finden Sie nicht? Der perfekte Weg, um Anoushka Diepholz' Tod zu vertuschen.« Fine beobachtete Laura Boode genau.

Die lachte laut auf und deutete mit dem Finger in Fines Richtung. »Gut kombiniert. Stimmt, das wäre eine Möglichkeit. Sogar eine verdammt gute.«

»Wer war denn da so alles mit Ihnen in dieser Zeit unterwegs?«

Maja hob die Arme, in jeder Hand einen Stift. »Schau mal, Mama, ich hab fertig malt!«

Laura Boode lobte ihre Tochter ausgiebig, und Fine spürte ein leichtes Ziehen in ihrem Bauch, als sie sah, wie Maja begeistert juchzte.

»Lassen Sie mich mal nachdenken.« Laura Boode strich sich eine Strähne aus der Stirn. »Da waren Anni und ich, Torben, manchmal war auch seine Frau Greta dabei. Dann noch Jilian, Kevin, die beide auch im Anker gearbeitet haben, und Cosmo. Der hat damals in der Inselbäckerei gearbeitet. Kevin ist ja heute noch im Anker, aber Jilian ist am gleichen Tag wie Anni und ich fertig gewesen und Cosmo ein paar Wochen später. Und falls Sie fragen, nein, ich habe keine Adressen mehr von Jilian und Cosmo.«

Fine notierte sich die Namen auf einen Block, den sie aus ihrer Hosentasche zog. Laura Boode beobachtete sie dabei. »Wissen Sie noch, ob Anoushka etwas mit einem auf der Insel gehabt hat?«

Laura Boode seufzte, schnappte sich einen der Stifte ihrer Tochter und kritzelte am Rand des Malbuches herum. Fine wartete.

»Hören Sie, ich will da keine schlafenden Hunde wecken und am Ende was kaputtmachen«, sagte Laura Boode leise und schaute wieder auf, den Stift immer noch in der Hand.

»Es gab da also tatsächlich jemanden?«

»Na ja, schon …« Sie schwieg, malte eine Blume an den Rand, die ihre Tochter sofort mit dicken Strichen ausmalte.

»Frau Boode, Anoushka ist tot. Ich versuche herauszufinden, was passiert ist. Dafür brauche ich alle Informationen, die ich kriegen kann. Jeder Tod hat ein Recht auf Aufklärung. Wollen Sie nicht wissen, was geschehen ist?«

Laura Boode seufzte wieder, klopfte mit dem blinden Ende des Stifts auf den Tisch. »Doch, natürlich.« Sie presste die Lippen aufeinander. »Also gut, es war Torben. Anni hatte was mit Torben.«

»Wer is Toben?«, fragte Maja und strahlte ihre Mutter mit großen Augen an.

»Ein Freund, mein Schatz. Mal weiter, schau, da ist ein ganz tolles Pferd.«

Maja giggelte, griff nach einem roten Stift und fuhr mit festem Griff über die Konturen des Pferds.

»Torben Gerdes? Der aus der Kogge?«, fragte Fine.

Laura Boode nickte und schwenkte den Rest Milchkaffee in ihrer Tasse.

»Aber war der nicht damals schon verheiratet? Und war seine Frau nicht schwanger?« Fine trank hastig einen Schluck Kaffee und verschluckte sich fast.

»Ich hab doch gesagt, dass ich da nichts kaputtmachen will. Greta hatte einfach gar keine Lust mehr auf irgendwas während der Schwangerschaft, am wenigsten auf Sex. Zumindest hat Torben uns das immer vorgejammert, wenn er ein paar Bierchen zu viel hatte.«

»Das kann passieren.«

»Tja, und dann kam Anni. Torben hat sich sofort in sie verguckt, und Anni fand ihn auch ganz nett.«

Nett, dachte Fine. Das klang nicht unbedingt positiv. Es rangierte auf der Skala der Begeisterung auf den unteren Rängen.

»Anni hat mit ihm geschlafen, wollte aber nicht mehr von ihm. Torben ist ihr die ganze Zeit hinterhergerannt wie so ein kleines Hündchen. Das war so auffällig, dass sogar Greta geschnallt hat, dass da was nicht stimmte.« Laura Boode lachte kurz auf, was ihre Tochter ebenfalls mit einem Lachen kommentierte.

»Greta hat Anni dann zur Rede gestellt. Sie wollte, dass Anni die Finger von Torben lässt. So hat es mir Anni erzählt. Doch Anni hat sich nicht darum geschert, die fand Gretas Verhalten einfach nur lächerlich. Greta hat Anni angeblich als Nutte bezeichnet und als Hexe, dass sie einfach nur widerlich sei und kein Benehmen habe.« Das Wort »Nutte« flüsterte sie ganz leise hinter vorgehaltener Hand in Fines Richtung.

»Und wie hat Anni, ähm, Anoushka darauf reagiert?«

»Anni kannte da nix. Sie hat zu Greta gesagt, dass dazu immer zwei gehören und dass Greta sich vielleicht eher mal überlegen sollte, ob sie wirklich mit so jemandem wie Torben ein Kind großziehen will. Sie selbst wäre zumindest bald weg und hätte ganz bestimmt kein Interesse an so einem Kerl wie Torben, der bei der nächstbesten Gelegenheit seine schwangere Frau betrügt. Torben wäre mal ganz nett für zwischendurch gewesen, aber nix für die Ewigkeit.«

»Harter Tobak.« Fine spitzte die Lippen.

»Ja, das fand Greta wohl auch. Sie ist richtig ausgerastet und auf Anni losgegangen, hat sie sogar bedroht.«

»Und das hat die nicht ernst genommen?« Fine trank den letzten Schluck Kaffee, er war kalt.

Laura Boode lachte auf. »Ach was, ganz im Gegenteil: Anni hat sich noch darüber lustig gemacht und gemeint, die fette Kuh sei doch keine ernst zu nehmende Bedrohung. Die würde ja bei der kleinsten Anstrengung vornüberkippen.«

Fine saß immer noch im Café, als Laura Boode schon längst gegangen war. Das Malbuch und die Stifte lagen über den Tisch verstreut. Geistesabwesend nahm Fine einen Stift in die Hand und ließ ihn zwischen ihren Fingern wippen.

»Na, so in Gedanken versunken?« Insa legte ihr eine Hand auf die Schulter.

»Das ist alles so verworren.« Fine schaute sie an. »Weißt du, ich habe das Gefühl, dass mir hier kaum einer die Wahrheit erzählt. Oder wenn, dann nur einen klitzekleinen Teil davon, sodass es im Gesamtbild aber nicht zur vollständigen Wahrheit kommt, sondern zu einem verzerrten Bild, das alles Mögliche zeigt, aber nicht das, was wirklich passiert ist.«

Insa hob abwehrend beide Hände.

»Anwesende natürlich ausgeschlossen.« Fine kicherte, und Insa setzte sich neben sie, strich ihre Servierschürze mit beiden Händen glatt.

»Weißt du, vorhin hat doch Laura so rumgetönt, dass Jens so ein Lieber sei, der noch nie in seinem Leben irgendwie ausgerastet wäre, und so. Blabla, weißt schon«, sagte Insa. »Aber das stimmt nicht. Ich kenn den Jens ja schon länger, schließlich bin ich hier aufgewachsen wie Jens auch.« Sie beugte sich etwas näher zu Fine, und ihre Stimme wurde leiser. »Jens ist schon in der Schule aufgefallen, weil er sich immer gerne mit anderen geprügelt hat, einfach nur so zum Spaß. Er hat sie geradezu herausgefordert, wollte immer wissen, wer der Stärkere ist. Hat mir meine Mutter jedenfalls erzählt. Sie hat Jens und einen anderen Jungen mal vor dem Café getrennt. Jens muss den anderen ganz schön übel zugerichtet haben. Die Nase war angeblich gebrochen. Aber das ist nie an die große Glocke gehängt worden, nicht einmal von dem Opfer selbst. Warum auch immer. Allerdings gab es nie gewaltsame Vorfälle mit Mädchen oder Frauen.«

12

»Dein Nudelsalat ist köstlich!« Fine schob eine weitere Gabel davon in den Mund. Wie auch immer Susa die Soße gemacht hatte, sie wollte auf jeden Fall das Rezept.

Susa und Desmond sahen sich an und grinsten. Dann stand Susa vom Tisch auf, ging zum Kühlschrank und öffnete ihn. Griff nach einer Glasflasche im Seitenfach und zeigte sie Fine.

»Is nich wahr, 'ne Fertigsoße? Susa! Jetzt bin ich echt enttäuscht«, sagte Fine mit einem gespielt empörten Ausdruck im Gesicht.

»Solange es so gute Fertigprodukte gibt, strenge ich mich doch nicht extra an«, sagte Susa. »Außerdem bekomm ich meine Zeit auch nicht geschenkt. Warst du heute eigentlich noch bei Laura?« Zu ihrem Mann gewandt sagte sie: »Kannst du bitte mal das Rollo runtermachen, Desmond? Es ist schon so dämmerig, da kann ja jeder reinschauen.«

Während Desmond das Rollo vor dem Fenster herunterließ, erzählte Fine von ihrem Gespräch mit Laura Boode im Café.

»Und Torben hatte wirklich was mit Anoushka?« Susa schüttelte den Kopf. »Die arme Greta.«

Desmond nickte und setzte sich wieder. »Aber wer hat denn Anoushka jetzt umgebracht? Ich meine, wer hat ein Motiv? Darum geht es doch immer: um das Motiv.« Er legte beide Hände mit den Handflächen nach oben auf die Tischplatte.

Susa sah ihn an, knetete ihre Unterlippe zwischen den Fingern. »Torben könnte ein Motiv haben, weil er sich vielleicht mehr erhofft hat, aber Anoushka wollte nur ein paar One-Night-Stands, sonst nichts.« Sie hielt kurz inne und neigte den Kopf zur Seite. »Sagt man das so? Ich meine, heißt das noch One-Night-Stand, wenn es sich um mehrere Nächte handelt?«

Fine verdrehte die Augen. »Ich glaube, das ist momentan das kleinste Problem. Torben war doch damals schon mit Greta verheiratet. Und wenn er wirklich was Ernstes mit Anoushka

Diepholz vorhatte, dann hätte er doch mit Greta Schluss gemacht. Hat er aber nicht. Was mich eher vermuten lässt, dass er Greta nicht verlieren wollte. Oder zumindest nicht gleich. Da fehlt mir das Motiv für einen Mord.«

Desmond spitzte den Mund und kniff die Augen zusammen. »Was, wenn es gar nicht darum ging, dass er Greta verlässt oder nicht? Was, wenn Anoushka ihn in Wahrheit bedrängt hat? Wenn er Angst hatte, dass sie seiner Frau etwas erzählen könnte? Dann hätten wir ein Motiv.« Er schaute aufmerksam in die Runde.

Fine wiegte den Kopf hin und her. »Da könnte was dran sein. Aber Greta hat ja was mitgekriegt, sie hat Anoushka sogar zur Rede gestellt. In der Hinsicht fällt das Motiv wieder weg.«

»Aber Laura könnte gelogen haben, was Greta angeht. Oder sie wusste gar nicht alles, sondern hat das nur so erzählt bekommen«, sagte Susa. Dann erhob sie sich. »Jemand einen Tee?«

Fine und Desmond nickten, und Susa setzte den Teekessel auf den Herd, holte drei Tassen aus dem Schrank und hängte jeweils einen Teebeutel hinein. Fine grinste in sich hinein. Soweit sie es bisher gelernt hatte, würde eine echte Insulanerin wohl nie Teebeutel benutzen, sondern losen Tee verwenden. Aber Susa kam aus Berlin.

Fine schluckte ihre Nudeln herunter. »Das kann natürlich auch sein. Die Frage ist ja auch, wie gut sind sie damals befreundet gewesen? Was haben sie sich alles erzählt? Und was wurde dazugedichtet?«

Desmond nickte wieder. »Abgesehen davon sollten wir Greta als Frau nicht unterschätzen. Auch Frauen morden. Und das meistens geplanter und umsichtiger als Männer.«

Susa verzog das Gesicht zu einer Grimasse. »Spinnst du?« Sie blinzelte und legte die Stirn in Falten.

Desmond neigte den Kopf zur Seite und seufzte. »Lass mich doch mal ausreden. Da haben wir doch erst vor Kurzem einen Podcast dazu gehört, Killerfrauen unter uns«, sagte er zu Susa. »Da gab es unter anderem den Fall einer Frau, die hat ihre Männer umgebracht, weil die sie nicht ernst genommen hatten, nicht wertgeschätzt, obwohl sie immer alles für sie getan hat. Und nachdem sie sie erschossen hat, hat sie die mit einer Kettensäge zerteilt und in großen Metallbehältern einbetoniert. Ziemlich kaltblütig. Erwischt wurde sie nur durch einen Zufall.«

Fine schnaubte und verdrehte die Augen. »So ein Unsinn. Also nicht die Morde, aber der Vergleich. Nach dieser Geschichte hätte Greta nicht Anoushka, sondern Torben umbringen müssen. Außerdem war Anoushka doch gar keine ernst zu nehmende Gefahr für sie, schließlich wollte die doch die Insel verlassen.«

Das Teewasser kochte. Susa goss es in die drei Tassen und stellte vor jeden eine auf den Tisch. Dann setzte sie sich wieder hin.

»Aber was, wenn Torben Greta gesagt hätte, dass er mit Anoushka die Insel verlässt? Wenn sie mit dem Kind alleine dagesessen wäre?«, fragte Susa und schwenkte den Teebeutel in ihrer Tasse.

Fine hob die Augenbrauen. »Das würde die Lage natürlich ändern. Dann hätte Greta einen Grund gehabt. Aber mal unter uns: Wenn mich jemand verlassen will, dann bringe ich doch nicht meine Konkurrentin um, in der Hoffnung, dass sich mein Mann dann wieder für mich entscheidet. Also ganz ehrlich, wenn, dann würde ich auch in diesem Fall eher den Mann umbringen. Das wäre logischer.«

»Aber auch nur, weil du jetzt hier ganz entspannt am Tisch sitzt und nicht schwanger bist und nur wenig Zeit bleibt für eine Entscheidung«, warf Desmond ein.

»Punkt für dich«, sagte Fine. »Schwangere Frauen soll man nicht unterschätzen. Aber trotzdem: Das ergibt keinen richtigen Sinn. Selbst schwangere Frauen wollen keine Männer, die nicht zu ihnen stehen. Auch nicht zwangsverpflichtet. Da wäre Greta doch ohne Torben besser dran gewesen. Vor allem hier auf der Insel, wo sie alle Hilfe hatte und wo ihre Eltern waren.«

»Stimmt auch wieder«, sagte Desmond.

Fine strich sich mit beiden Händen durch die Haare und verharrte so, die Hände an den Kopf gelegt. »Es hilft alles nichts, wir müssen unbedingt noch einmal mit Torben reden. Und mit Greta. Und am besten getrennt voneinander.«

»Damit sie sich nicht absprechen können?«, fragte Desmond.

»Nein, mir geht es hauptsächlich darum, dass sie vermutlich eher die Wahrheit sagen, wenn sie nicht nebeneinandersitzen. Wer redet denn offen von einer Affäre, wenn die Ehefrau danebensitzt? Oder andersrum: Wer redet gern darüber, dass sie eifersüchtig auf die Affäre ist oder am liebsten ihren Mann hätte umbringen oder zumindest schlagen wollen, wenn der Ehemann danebensitzt?« Fine verzog den Mund. »Und außerdem würde mich interessieren, welche Nachrichten Torben Gerdes mit Anoushka geschrieben hat. Das letzte Mal hat er uns ja gezielt nur die letzten gezeigt und mir ja auch geschickt, aber da gibt es bestimmt noch mehr.« Sie zog den Teebeutel aus ihrer Tasse und legte ihn auf ihren Teller.

»Die Nachrichten wird er dir nicht freiwillig zeigen«, sagte Susa und grinste.

»Das würde ich auch nicht tun«, meinte Desmond.

Susa knuffte ihn in die Seite. »Sag mal, gibt es da was, was ich wissen sollte?«

Desmond lachte heiser, beugte sich vor und gab seiner Frau einen Kuss. »Schatz, du kannst mein Handy jederzeit durchsehen, wenn du willst. Ich hab nichts zu verbergen. Und wenn doch, bist du wahrscheinlich die Erste, die mich durchschaut.«

Susa lächelte und errötete, sagte aber nichts, sondern gab ihrem Mann auch einen Kuss.

Fine beobachtete die beiden und schluckte unwillkürlich. In ihrem Hals bildete sich ein dicker Kloß, der sich nicht wegschlucken ließ. Die beiden waren so vertraut miteinander, immer wieder tauschten sie wie nebenbei Zärtlichkeiten aus, da einen Kuss, hier eine Berührung, dort eine Umarmung. Irgendwie blindes Verstehen, und selbst wenn sie einmal nicht einer Meinung waren, kehrten sie schnell wieder auf einen Nenner zurück. Das wünschte sich Fine auch. Es gab eine Zeit, da war das zum Greifen nah gewesen. Aber diese Zeit lag lange zurück. Wieder schluckte sie und räusperte sich. Desmond und Susa fuhren auseinander.

»Soll ich lieber gehen?« Fine grinste schief, doch ihre Stimme zitterte.

Susa winkte ab. »Alles gut, sorry, manchmal vergessen wir einfach, dass wir nicht allein sind … Also, wie willst du das anstellen, dass Torben dir die Nachrichten zeigt?«

Fine zuckte mit den Schultern und trank einen Schluck Tee. Allmählich löste sich der Kloß in ihrem Hals auf. »Er ist ein Verdächtiger in einem Mordfall. Ich werde versuchen, einen Beschluss zu bekommen. Dann muss er mir das Handy zeigen. Und am besten telefoniere ich gleich noch mit dem Staatsanwalt, damit ich den Beschluss habe, bevor ich mit ihm oder Greta rede. Sonst ist er nämlich gewarnt und löscht die Nachrichten womöglich.«

Am nächsten Morgen verließ Fine zusammen mit Susa die Dienststelle. Sie wollten zuerst zu Greta, in der Hoffnung, dass Fine bis Mittag den Beschluss per Mail zugeschickt bekam. Staatsanwalt Wiese hatte ihr am gestrigen Abend ziemlich deutlich gesagt, was er von der späten Störung hielt. Sie sollte ihm eine Mail schreiben, er würde sich dann am nächsten Morgen damit befassen. Und der Beschluss käme per Mail bis zum Mittag, wenn er die Voraussetzungen für gegeben erachten würde. Als ob dieser Verdacht nicht ausreichen würde für einen Beschluss. Fine war sich sicher, dass sie ihn bekommen würde. Punkt.

Fine und Susa gingen zu Fuß zum Haus der Familie Gerdes, das in der Wittdün lag. Susa wollte die Zeit nutzen, um im Dorf Präsenz zu zeigen. Daher fuhren sie nicht mit dem Rad. Vom Tranpad über Bi d'Utkiek, den Noorderpad entlang an der Kogge und am Backdeck vorbei, dann links den Weg durch die Dünen Richtung Wittdün. Die hügelige Struktur der hier mittlerweile bewachsenen Sandaufhäufungen zog Fine jedes Mal von Neuem in ihren Bann. Momentan war Sommer. Die Sonne strahlte ihr ins Gesicht, und der Wind wehte ihr die Haare nach hinten, als sie Richtung Osten sah. Dünengräser mit weißlichem, fast wollartigem Blütenstand wiegten sich im Luftstrom, darunter wuchsen Flechten und Moose in allen Grüntönen, manche sogar gelb oder so silbrig grün, dass sie fast weiß wirkten. Die Krähenbeerensträucher leuchteten in einem satten Grün hervor, dazwischen Sanddornsträucher und die überall wuchernden Heckenrosen, die ihre rosafarbenen und weißen Blüten der Sonne entgegenreckten. Ein Farbenmeer, das sich wellenförmig über die Insel zog und sie immer wieder in neuem Licht erscheinen ließ. In ein paar Monaten würde sich der Herbst über die Dünen legen, alles mit bunten Blättern zudecken, zumindest dort, wo Laubbäume standen. Sturm würde durch die Täler fegen, Regentropfen im Gepäck. Dann würde sich nur noch selten ein Sonnenstrahl durch die Wolken wagen, und wenn doch, für einen kurzen Moment ein unwirkliches Bild zeichnen. Strahlend hell wie eine Überbelichtung. In Fines Gedanken überschlugen sich die Bilder wie in einem Film. Die farbenfrohen Dünen entwickelten sich in ihrem Kopf zu einem düsteren Ort, der einem schaurigen Szenario Raum bot: dem Mord an Anoushka Diepholz. Über allem ein dunkelblauer, fast schwarzer Himmel mit sich auftürmenden Wolkenbergen. Einen Moment lang blieb sie stehen, um den Film vor ihrem inneren Auge Revue passieren zu lassen, dann schüttelte sie sich. Die Realität kehrte in ihr Blickfeld zurück, die Dünen gewannen wieder ihr unschuldiges Aussehen. Was sollte hier schon geschehen?

»Kommst du jetzt, oder willst du Wurzeln schlagen?«, fragte Susa, und Fine zuckte zusammen. Als sie vor Gerdes' Haustür standen, fiel ihr etwas ein.

»Hoffentlich ist Greta Gerdes überhaupt zu Hause.«

Susa lachte. »Das fällt dir aber früh ein. Keine Sorge, ich habe mich erkundigt. Greta ist Kassiererin beim Frischemarkt, und sie fängt heute erst mittags an. Das Einzige, was uns passieren kann, ist, dass sie irgendwo auf der Insel unterwegs ist, beim Sport oder in einem Café. Dann haben wir Pech gehabt. Doch du wolltest ja nicht vorher anrufen.«

»Das wäre doch völlig kontraproduktiv gewesen. Dann wären

beide vorgewarnt. So haben wir das Überraschungsmoment auf unserer Seite.«

»Da hast du wohl recht.« Susa drückte auf die Klingel.

Schritte näherten sich, und eine schlanke, hochgewachsene Frau mit dunklem Kurzhaarschnitt öffnete die Tür. Sie trug dunkelblaue Sportleggings und ein farblich dazu passendes Top. Unter den Arm hatte sie eine zusammengerollte Matte geklemmt.

»Moin, Susa, was macht ihr denn hier? Ich wollte gerade zum Yoga. Ist es dringend?«

Susa legte den Kopf schief und lächelte. »Leider ja. Wir müssten etwas mit dir besprechen, Greta. Und es kann leider nicht aufgeschoben werden. Meinst du, du kannst ausnahmsweise mal auf die Yogastunde verzichten?«

Greta Gerdes schnaubte und zog die Matte unter dem Arm hervor, stellte sie innen neben die Haustür. »Es geht um Anni, oder? Torben hat mir schon erzählt, dass sie das Skelett ist.«

Fine und Susa nickten.

»Wenn's unbedingt sein muss. Kommt rein.« Sie winkte die beiden über einen kurzen Flur in ein geräumiges Wohnzimmer und zeigte auf ein hellbraunes Ledersofa. »Setzt euch. Wollt ihr was zu trinken?«

Susa sah Fine an, die ihr zunickte. »Zwei Kaffee, wenn du hast, Greta. Meinen mit Milch, Fine nur schwarz.«

Fine und Susa setzten sich. Das Sofa war weicher, als es wirkte. Von hier aus hatte man einen perfekten Blick auf einen wandfüllenden Flatscreen mit passender Soundbar, die auf einem mit Brettspielen und Puzzles vollgestellten niedrigen Regal stand.

»So, einmal Kaffee schwarz, einmal mit Milch, bitte.« Greta Gerdes stellte die Tassen vor ihnen ab und setzte sich in einen Sessel neben dem Sofa. Sie beugte sich vor, stützte die Ellenbogen auf die Oberschenkel und musterte die beiden.

Fine räusperte sich. »Frau Gerdes, ich bin Serafine Küster und momentan die ermittelnde Kriminalkommissarin in dem Fall Anoushka Diepholz. Weswegen wir da sind …« Sie holte tief Luft. »Ich gehe davon aus, Sie wissen von der Affäre Ihres

Mannes mit der Toten?« Besser, sie fiel gleich mit der Tür ins Haus und machte kein großes Geheimnis daraus.

»Sie sind ja ganz schön direkt.« Greta Gerdes setzte sich gerade hin. Sie wirkte angespannt, die Lippen schmal wie ein Strich. Nur die Pupillen tanzten hin und her. »Aber gut. Ja, ich weiß von der Affäre. Und wahrscheinlich war ich die Letzte hier auf Spiekeroog, die davon erfahren hat. Aber so läuft es ja immer, die Ehefrau erfährt es als Letzte.« Sie lachte kurz auf, aber es klang wie bei einem Hund, dem man auf die Pfote getreten war.

»Hast du denn wirklich nichts bemerkt?«, fragte Susa, die direkt neben Gretas Sessel auf dem Sofa saß, und legte eine Hand auf die ihre. Fine seufzte innerlich. Dass sich hier alle so gut kannten, war nicht unbedingt förderlich für die Distanz, die sie gern gewahrt hätte. Aber es war Susa nicht auszutreiben, auch bei einer Befragung die persönliche Note mitzubringen.

Greta Gerdes schnaubte wieder. »Was heißt hier bemerkt? Klar habe ich mitbekommen, dass Torben öfter weg war als sonst, dass er abends häufiger in der Kneipe war als zu Hause. Aber ich habe mir eingeredet, dass das schon alles in Ordnung ist. Dass er einfach noch ein bisschen die Freiheit genießen will, abends weggehen mit Freunden und so, bevor das Baby kommt.«

»Und warum bist du nicht dabei gewesen?«, fragte Susa, die mittlerweile ihre Hand wieder von Greta Gerdes' weggenommen hatte.

Fine hielt ihre Tasse in beiden Händen und lehnte sich auf dem Sofa zurück.

»Ich war müde. Ich war ja schon im siebten oder achten Monat und wollte abends nur noch ins Bett. Und ja, ich hatte auch nicht mehr wirklich viel Lust auf irgendwas.« Greta Gerdes druckste etwas herum. »Auch nicht auf Torben. Vielleicht war es ja auch irgendwo meine Schuld. Dass es so gekommen ist, meine ich. Also, die Affäre.«

»Glauben Sie das wirklich?«, fragte Fine und stellte ihre Tasse ab.

Greta Gerdes schaute sie an. »Ich weiß es nicht. Ehrlich, ich habe keine Ahnung, was ich glauben soll und was nicht. Was hätten Sie denn gemacht, wenn Ihr Mann dauernd was von Ihnen will und Sie aber schon beim leisesten Gedanken an Berührung die Krise kriegen? Wenn er sich das dann woanders sucht …«

»Das ist doch wohl nicht dein Ernst, Greta!« Susa schüttelte heftig den Kopf. »Du wirst dir jetzt nicht die Schuld dafür geben, dass dein Mann fremdgegangen ist. So weit kommt's noch. Der hat dich doch gar nicht verdient. Ein Mann, der dich wirklich liebt, hält das auch ein paar Wochen aus, ohne dass er gleich zur Nächsten rennt. Im Gegenteil, der zeigt Verständnis. Is schließlich keine leichte Sache, so ein Kind auf die Welt zu bringen. Und es is ja auch seins.« Sie hielt kurz inne und erstarrte. »Isses doch, oder?«

Greta schaute sie blinzelnd an. »Natürlich ist Leon sein Sohn, was glaubst du denn?«

Susas Gesichtsfarbe rötete sich. »Entschuldigung. War nicht so gemeint.«

Fine biss sich auf die Unterlippe. Das Gespräch lief ja völlig aus dem Ruder. Sie warf Susa einen Blick mit zusammengezogenen Augenbrauen zu und hoffte, dass diese verstand, dass es jetzt Zeit war, zu schweigen.

»Wie sind Sie denn letzten Endes darauf gekommen, dass Ihr Mann Sie betrogen hat?«, fragte Fine.

Greta Gerdes leckte sich über die Lippen. »Das war mehr so ein Gefühl, wie ein Magengrummeln. Und dann habe ich in sein Handy geschaut und die Nachrichten entdeckt.«

Susa schnappte nach Luft, den Mund schon geöffnet, aber Fine hielt sie mit einer Hand an ihrem Unterarm zurück.

»Ab dem Zeitpunkt ist mir klar gewesen, dass er mich die ganze Zeit angelogen hat. Die Nachrichten waren eindeutig, fast schon obszön. Das war nicht falsch zu deuten.«

Es gab also Nachrichten. Und Fine hatte es aus erster Hand, von der Ehefrau selbst. Damit konnte sie Torben Gerdes unter Druck setzen. In letzter Sekunde unterdrückte sie ein Lächeln.

Das wäre in Anbetracht der Tatsachen, die gerade auf den Tisch kamen, nicht ganz passend gewesen.

»Was haben Sie dann gemacht? Haben Sie mit Ihrem Mann geredet?«

Greta Gerdes räusperte sich und schlug kurz die Augen nieder. »Nein, das habe ich nicht. Ich habe mir Anni vorgeknöpft. Habe ihr deutlich gesagt, was ich von ihr halte und dass sie die Finger von Torben lassen soll.«

»Genau mit diesen Worten?«

Greta Gerdes warf Fine einen langen Blick zu. »Nein, natürlich nicht. Ich habe sie beschimpft, habe sie eine Hure, ein billiges Flittchen genannt, das nichts Besseres zu tun hat, als sich an vergebene Männer ranzumachen. Und ja, ich habe sie auch geschubst. Aber ich habe sie nicht getötet, falls Sie das jetzt fragen wollen. Das wäre sie mir auch nicht wert gewesen.«

»Und wie hat Anoushka Diepholz reagiert?«, fragte Fine.

»Die blöde Kuh hat mich gar nicht ernst genommen. Die hat mir voll ins Gesicht gelacht und gemeint, ich sollte mich lieber mal an meinen Mann wenden. Zu so was würden nämlich immer zwei gehören. Und sie hätte Torben bestimmt nicht gezwungen, mit ihr zu schlafen, im Gegenteil. Der wäre ja so scharf auf sie gewesen, dass sie von Glück sagen konnte, dass er nicht zu schnell gekommen wäre.« Sie schnaubte laut und schluckte so heftig, dass es an ihrem Kehlkopf zu sehen war. »Ich hätte sie umbringen können.« Im selben Moment schlug sie die Hand vor den Mund. »Das war jetzt nicht so gemeint, wie ich es gesagt habe. Das ist einfach nur eine Redensart, das sagt man halt so, ohne es wirklich zu meinen. Sie wissen schon, wie ich das gemeint habe, oder?«

Susa blickte zwischen Greta Gerdes und Fine hin und her.

Fine presste kurz die Lippen aufeinander. Klar, diesen Satz sagte oder dachte man öfter mal im Affekt, aber kaum jemand bedachte in so einem Moment, was er, oder in diesem Fall sie, da wirklich von sich gab. »Ich weiß«, sagte sie knapp, und Susa atmete hörbar aus.

»Außerdem wollte Anni die Insel ja wieder verlassen, dann

wäre sie sowieso weg gewesen. Und ganz ehrlich, ich war damals so sauer auf Torben, ich hätte ihn am liebsten gleich hinterhergeschickt.«

»Wie sieht es denn mit Ihrem Mann aus? Wie hat der denn reagiert?«, fragte Fine.

»Wir haben lange geredet, es war auch erst mal unklar, ob wir das schaffen würden. Dann haben wir uns auf dem Festland Hilfe gesucht und einige Therapiesitzungen besucht, um uns als Paar wieder vertrauen zu können. Das hat jedem von uns einiges abverlangt. Aber letzten Endes haben wir es geschafft. Und wie Sie sehen, sind wir immer noch zusammen und haben mittlerweile drei Kinder.«

Drei Kinder. Fine kratzte sich unwillkürlich am Hals. Wusste nicht, was sie sagen sollte.

»Meinst du, dass Torben …?«, fragte Susa leise in Greta Gerdes' Richtung.

Die winkte sofort ab. »Nein, niemals. Torben kann keiner Fliege was zuleide tun, der kann noch nicht einmal mit seinen Kindern sauer sein. Der hat noch nie in seinem Leben irgendjemandem was getan. Der hat so was von null Aggressionspotenzial, da bin ich wahrscheinlich schlimmer.« Wieder schlug sie die Hand vor den Mund. »Also, nicht in der Art schlimm. Ich bin nur diejenige, die auch mal laut wird.«

13

»Das kann doch nicht wahr sein!« Susa raufte sich die Haare. Fine und sie waren auf dem Weg durch die Dünen zurück zur Kogge, um Torben Gerdes aufzusuchen. Keine Chance, noch einmal die Stille der Dünen zu genießen. Erstens kamen ihnen zu viele Menschen entgegen, die entweder Richtung Strand unterwegs waren oder die mit Fotoapparaten bewaffnet Serien von Landschaftsbildern aufnahmen. Zweitens regte sich Susa viel zu sehr auf. Gerade dass sie noch die Lautstärke dämpfte, wenn ihnen jemand entgegenkam.

»Was hier alles vor sich geht auf dieser Insel, ohne dass ich es mitbekommen habe, ich fasse es nicht.« Susa schüttelte den Kopf.

»Du kannst dich doch damit trösten, dass es vor deiner Zeit gewesen ist«, sagte Fine und zog einen Mundwinkel nach oben.

Susa zuckte zusammen. »Was? Ja … stimmt.«

Fine sah sie an und runzelte die Stirn. »Alles klar?«

Susa erwiderte ihren Blick. »Alles klar. Oder nein: Wie kommt Greta nur darauf, dass sie selbst schuld daran ist, dass Torben sie betrogen hat?«, schimpfte sie, nachdem ein Paar an ihnen vorbeigestapft war.

Fine ließ hörbar die Luft aus ihrem Mund entweichen. »Erziehung?«

Susa blieb stehen. »Was soll das denn heißen?«

Fine drehte sich zu ihr um. »Frauen haben seltsamerweise öfter das Gefühl, dass sie am Verhalten ihrer Partner mit schuld sind, weil sie sich nicht genug um sie gekümmert hätten. Eine mögliche Erklärung ist, es hängt mit der Erziehung zusammen. Was heißt, Mütter geben diese seltsame Denkweise an ihre Töchter weiter. Frauen sollen funktionieren und ihren Männern gefallen. Was meinst du, wie oft ich schon gehört habe, wie Frauen sich gegenseitig an den Kopf geworfen haben, dass die andere doch selbst schuld sei, wenn ihr Partner sich einer anderen zuwendet? Der würde sich dort nur holen, was er bei ihr ja nicht bekommen hätte.« Fine schnaubte. »Und das in der heutigen, doch durchaus aufgeklärten Zeit. Das muss man sich mal vorstellen. Und dann wundern sich wieder alle, dass manche Frauen auch heute noch kein gesundes Selbstbewusstsein haben, sondern die Fehler immer nur bei sich suchen.« So wie sie es bei einer ihrer besten Freundinnen erlebt hatte, deren Mann immer wieder mit der Nachbarin im Bett landete. Am liebsten hätte sie ihre Freundin damals geschüttelt, weil sie diesem Kerl jedes Mal erneut ihre Tür öffnete. War sie denn nicht mehr wert als nur ein Trostpreis? Sie bekam den Alltag; die Nachbarin bekam die Sahnestückchen. Und dann erklärte ihre Freundin ihr doch tatsächlich, dass ihre Mutter ihr genau das gesagt habe: Sie sei selbst schuld daran. In dem Moment war Fine die Spucke weggeblieben. Und als sie merkte, dass sie nichts am Verhalten ihrer Freundin ändern konnte, nur zusehen, wie die sich immer mehr erniedrigte, um sich der Gunst ihres Partners zu versichern, hatte sie den Kontakt schließlich abgebrochen. Sie hatte es einfach nicht mehr ertragen können. Und sich gleichzeitig geschämt, dass sie nicht mehr getan hatte. Bis ihr klar geworden war, dass sie in genau dasselbe Muster verfallen war. Sie hatte sich die Schuld gegeben am Verhalten ihrer Freundin, weil sie nicht genug getan hätte, um es zu verhindern. Sie hatte lange gebraucht, um sich von diesem Gedanken zu befreien. Doch seitdem entdeckte sie das Phänomen umso öfter bei anderen, als wäre sie dafür sensibilisiert worden. Jetzt war es in ihr hochgekocht wie in einem Geysir, der lange vor sich hin gesimmert hatte.

Fine lief weiter, bis sie merkte, dass Susa ihr nicht folgte. Susa stand immer noch dort, wo sie vorher stehen geblieben war, und sah sie mit einem Blick an, den Fine nicht recht deuten konnte. Fine hob fragend beide Arme hoch. »Was?«

Susa ging langsam auf sie zu. »Das hört sich ganz so an, als hättest du Erfahrung damit.«

»Und wenn?«, sagte Fine patziger, als sie beabsichtigt hatte. »Das geht dich auch nicht wirklich etwas an.«

»Oh, Verzeihung, ich wollte dir nicht zu nahe treten.« Susa wirkte, als wollte sie Fine nachäffen.

Fine runzelte die Stirn.

»Weißt du, Fine, mir ist schon klar, dass du auch dein Päckchen mit dir herumträgst, wie jeder andere Mensch auch. Mag sein, dass deines vielleicht sogar etwas größer ist als das der meisten. Aber ich habe dir nichts getan. Wenn dir etwas nicht passt, dann sag es, aber lass es nicht an mir aus.«

Fine schluckte schwer. Dann ging sie auf Susa zu und schloss sie in die Arme. »Es tut mir leid. Und ja, du hast recht, ich habe Erfahrungen damit. Ich war sauer und ungerecht. Dieser Zorn war nicht gegen dich gerichtet, aber du hast ihn abbekommen.«

Susa drückte sie fest an sich, bevor sie sie wieder losließ. »Willst du darüber reden?«

Fine schüttelte den Kopf. »Nichts gegen dich, Susa, aber das möchte ich jetzt wirklich nicht. Da hängt so vieles dran, an was ich mich selbst nur ungern erinnere. Das will ich jetzt nicht wieder aufwärmen. Ist das in Ordnung für dich?«

Susa nickte und klopfte ihr auf die Schulter. »Klar doch. Aber wenn du mal jemanden zum Reden brauchst, ich bin da.« Sie grinste, und Fines Mundwinkel zogen sich automatisch auch nach oben.

»Lass uns zu Torben Gerdes gehen«, sagte Fine. »Mal sehen, was der uns noch zu beichten hat.«

Auf Höhe des Hallenbads blieb Fine stehen. »Warte mal, ich wollte doch noch nachsehen, ob der Beschluss gekommen ist.« Sie kramte ihr Handy aus der Hosentasche und tippte darauf herum. Ihre Gesichtszüge verfinsterten sich. »Er ist noch nicht da.« Kurzerhand wählte sie Staatsanwalt Wieses Nummer.

»Wiese.«

»Küster hier. Ich wollte fragen, was mit dem Beschluss für das Handy von Torben Gerdes ist?«

»Habe ich den noch nicht losgeschickt?«

Fine verdrehte die Augen. »Ich war gerade bei Gerdes’ Ehefrau. Die hat erzählt, dass sie damals die Nachrichten auf dem Handy ihres Mannes heimlich gelesen hat, weil sie die Vermutung hatte, dass ihr Mann sie betrogen hat. Das heißt, wir haben den Hinweis auf die Nachrichten aus erster Hand, was ein eindeutiges Indiz ist. Ich brauche diese Nachrichten, um festzustellen, wie ernst die Affäre zwischen unserem Opfer und dem Verdächtigen war und ob Torben Gerdes ein Motiv hatte, Anoushka Diepholz zu töten. Und ich muss das Handy von Gerdes bekommen, bevor der von seiner Frau erfährt, dass wir da waren. Sonst könnte er die Nachrichten löschen, dann wären sie für uns nicht mehr verwertbar.« Fine hörte Wiese stöhnen.

»Sie sind eine echte Nervensäge, Frau Küster, wissen Sie das?«

Eine halbe Stunde später saßen sie gemeinsam mit Torben Gerdes in der Dienststelle, nachdem sie ihn unter dem Vorwand, ihn als wichtigen Zeugen zu brauchen, aus der Kogge mitgenommen hatten. Gerdes war mitgekommen, widerstrebend zwar, aber freiwillig.

»Was wollen Sie eigentlich von mir?«, fragte er, sobald sie alle im Büro saßen. Gerdes vor dem Schreibtisch, Fine dahinter. Susa in seinem Rücken. Fine hatte mit ihr ausgemacht, dass sie das Verhör führen würde, während Susa alles protokollierte.

»Wie standen Sie denn zu Anoushka Diepholz?«, fragte Fine und drehte ihren Bleistift in der Hand.

Gerdes wich ihrem Blick aus. »Das habe ich Ihnen doch alles schon erzählt. Ich dachte, ich bin hier als Zeuge. Was soll das alles?«

»Ich hätte das gerne noch einmal gehört, einfach nur, um Ihre Aussage ordnungsgemäß aufzunehmen, damit Sie sie dann unterschreiben können.«

»Ich habe mich damals mit Anoushka und einigen anderen Freunden und Kollegen nach der Arbeit in der Kneipe getroffen. Öfters. Das war alles.« Er verschränkte beide Arme vor der Brust.

»Sie hatten nicht zufälligerweise ein Verhältnis mit Anoushka Diepholz?«

Gerdes wurde zusehends blasser. »Wie ... wie kommen Sie denn darauf?«

Fine legte den Kopf schräg. »Sagen wir, ich hätte eine Eingebung bekommen.«

Gerdes' Gesichtsfarbe wechselte ins Rötliche. »Eine Eingebung. Klar. Lassen Sie mich raten, Sie haben mit Laura Boode geredet.«

»Auch.«

Gerdes blinzelte. »Auch?« Auf seiner Stirn bildete sich ein feiner Schweißfilm.

»Wir kommen gerade von Ihrer Frau.« Die Bombe war geplatzt. Mal sehen, wie er darauf reagierte.

Er schloss kurz die Augen, ließ dabei langsam die Luft aus seinen Lungen entweichen, die Hände fest auf den Oberschenkeln. Dann schluckte er. »Was hat sie Ihnen erzählt?«, fragte er fast tonlos.

»Was soll sie uns denn erzählt haben?«

Er biss sich auf die Lippen und blickte zum Fenster. Irrte sich Fine, oder glänzten seine Augen feucht? Die Nase hochziehend wandte er sich ihr wieder zu.

»Ja, ich hatte eine Affäre mit Anni. Ich bin nicht stolz darauf. Ich habe meine Frau betrogen, während sie mit unserem Sohn schwanger war.«

»Warum haben Sie uns das nicht schon früher gesagt?«, fragte Fine. In Torbens Rücken runzelte Susa die Stirn.

»Wieso hätte ich das tun sollen? Ist doch klar, was Sie dann denken.«

»Was denke ich denn Ihrer Meinung nach?«

»Dass ich ein Motiv gehabt haben könnte, Anni zu töten. Weil ich eine Affäre mit ihr hatte. Weil vielleicht einer von uns mehr gewollt haben könnte und der andere nicht. Ich weiß doch, wie so was funktioniert.«

Fine zog die Augenbrauen hoch. »Wir sind hier nicht beim Fernsehen, Herr Gerdes. Aber interessieren täte es mich schon. Wollte jemand von Ihnen mehr und der oder die andere nicht?«

Gerdes vergrub seinen Kopf zwischen den Händen und stöhnte. Dann sah er wieder auf. »Ja, ich war fasziniert von Anni. Ihre Leichtigkeit, ihre Fröhlichkeit, alles war so unkompliziert mit ihr. Und sie wollte mich. Und wenn Sie es unbedingt hören wollen, der Sex war nie wieder so aufregend wie mit ihr. So leidenschaftlich und … ich will mal sagen: kreativ.« Er machte eine kurze Pause, schaute aus dem Fenster. »Ich meine, ich hätte Greta nie verlassen, ich liebe Greta. Ich kenne sie seit meiner Kindheit. Wir haben alles gemeinsam durchlebt, gute und schlechte Zeiten. Wir kennen uns so gut, dass wir manchmal gar nichts sagen müssen, um zu wissen, was der andere denkt. Verstehen Sie?« Er schaute Fine lange an. Dann schüttelte er mit verzerrtem Gesicht den Kopf. »Aber mit Anni habe ich mich so unbeschwert gefühlt wie noch nie. Alles war neu, unbekannt, wie eine Fahrt ins Ungewisse, in ein Abenteuer. Als könnte die ganze Welt um uns herum versinken.« Seine Gesichtszüge hatten einen bitteren Ausdruck angenommen, die Mundwinkel zitterten.

Das klang irgendwie alles ganz anders als die Schilderungen, die Fine bisher von Anoushka Diepholz bekommen hatte. Sie fragte sich, wie es Diepholz gelungen war, so viele Menschen für sich einzunehmen. Charisma? Das gute Aussehen allein konnte es doch nicht sein. Und wenn sie an Greta Gerdes' Aussagen zurückdachte, erschien ihr Diepholz wie eine Person, bei der man sich gut überlegen sollte, ob man sich mit ihr anlegte. Wie ein getretener Hund, der gelernt hatte, ohne Vorwarnung bei der geringsten Andeutung zu beißen. Egal, ob es sich wirklich um eine Gefahr handelte oder nicht.

Fine räusperte sich. »Und wie sah Anoushka Diepholz das?«

»Ach …« Gerdes stöhnte auf. »Für Anni war ich ein netter Zeitvertreib, sonst nichts. Ein Flirt, vielleicht auch der Pausenclown. Sie wollte nichts Festes, war nur auf der Durchreise, und das hat sie mich deutlich spüren lassen. Vielleicht war es deshalb auch so aufregend, sie hatte ja nichts zu verlieren. Für sie war klar, sie würde gehen und nie wieder zurückkommen.« Er schloss kurz die Augen und schnaubte. »Und das Makabre ist, sie hat in allem recht behalten.«

»Was ist an diesem letzten Tag von Anoushka Diepholz passiert?«

Er zuckte mit den Schultern. »Nichts. Absolut gar nichts.

Ich habe sie nicht einmal gesehen. Wir hatten uns schon ein paar Tage zuvor verabschiedet, an ihrem Geburtstag. Anni hasste Abschiedsszenen. Also hat sie nach unserem letzten Mal einfach gesagt, das war's jetzt. Ehrlicherweise kam ich mir ein bisschen vor wie ein Callboy, den man für seine Leistung bezahlt und der nach getaner Arbeit gehen darf. Oder soll.« Er presste die Lippen zusammen, bevor er weitersprach. »Deswegen habe ich mich auch nicht gewundert, dass sie an ihrem letzten Abend auf der Insel nicht in der Kneipe erschienen ist. Warum hätte sie das auch tun sollen? Genau das wollte sie ja nicht, Abschied feiern.«

Fine nickte langsam. Es ergab alles einen Sinn, was Gerdes da erzählte. Es war logisch, schlüssig. Und seine Gefühle schienen echt zu sein. Trotzdem wollte sie etwas ausprobieren.

»Und wenn es doch ganz anders war?«, fragte sie. »Was, wenn Sie beide sich an diesem Abend doch noch getroffen haben, in den Dünen, um ein letztes Mal miteinander zu schlafen? Vielleicht hatten Sie das geplant, ein Picknick vorbereitet, eine Flasche Wein mitgebracht, in der Hoffnung, sie würde sich Ihnen noch einmal hingeben, weil Sie süchtig waren nach dieser Lebendigkeit, die Sie noch einmal spüren wollten …«

»Nein! Nein, nein, nein, so war das nicht!«, schrie Gerdes auf und riss die Arme hoch, blieb aber sitzen. Seine Augen waren weit aufgerissen.

»Und als Anoushka Diepholz sich weigerte, mit Ihnen zu schlafen, ist bei Ihnen die Sicherung durchgebrannt, und Sie haben nach dem Nächstbesten gegriffen, was da war, und haben ihr die Weinflasche über den Schädel gezogen«, sagte Fine, ohne sich um seine Zwischenrufe zu kümmern.

Gerdes fuhr sich mit beiden Händen in die Haare, beugte sich tief auf seine Oberschenkel und kam wieder hoch. »Nein, so war das nicht! Ich hätte ihr nie etwas getan. Ich war in der Kneipe, ich habe ihr doch sogar eine Nachricht von dort geschrieben. Die haben Sie doch gesehen.«

»Apropos Nachrichten, dürfte ich mal Ihr Smartphone haben?«

»Was?« Gerdes zuckte zusammen.

»Ihr Smartphone.« Fine streckte ihm ihre Hand entgegen.

»Nein, das ist privat. Das können Sie nicht haben.« Er hielt sein Smartphone so fest, dass sie seine Hand deutlich zittern sah, als er die Arme wieder vor der Brust verschränkte.

Fine seufzte. Warum machten es einem die Verdächtigen nur immer so schwer? »Ich habe einen Beschluss, der mich dazu ermächtigt, Ihr Smartphone zu durchsuchen.« Sie drehte den Bildschirm des Computers mit dem geöffneten Dokument in seine Richtung.

Gerdes schluckte, sein Adamsapfel bewegte sich deutlich. Wieder presste er die Lippen zusammen, dann löste er die Arme und reichte ihr langsam das Handy, das er zuvor mittels Augenkontakt entsperrte. Dabei sah er Fine nicht an, sondern schaute zu Boden.

Fine nahm das Telefon, klickte auf die App und suchte nach dem Kontakt von Anoushka Diepholz. Dann scrollte sie sich durch den Chatverlauf. Ihr wurde heiß. Allmählich verstand sie, was Torben Gerdes mit »leidenschaftlich« und »unkompliziert« gemeint hatte. Die beiden hatten es offenbar ordentlich krachen lassen – in jeder Beziehung. Auch schriftlich. Kein Wunder, dass Gerdes diese Nachrichten nicht gelöscht hatte. Sie wollte sich gar nicht vorstellen, was er daraus alles ziehen konnte, in einer stillen Stunde, wenn er allein war. Oder bevor er mit seiner Frau schlief. Sie bewegte den Kopf einmal um den Nacken, um die Bilder wieder loszuwerden. Es gelang ihr nicht ganz. Sie scrollte weiter bis zu Diepholz' letzter Woche. Fand das Datum, an dem sie das letzte Mal miteinander geschlafen hatten. Zumindest schien es zu stimmen, was Gerdes über diesen gemeinsamen Abend erzählt hatte. Was er verschwiegen hatte, war, dass er bei Weitem nicht so harmonisch darauf reagiert hatte, als sie ihn hatte sitzen lassen, wie er es ihr hatte weismachen wollen.

27. Mai 2016 Torben: Warum bist du heute Abend einfach so weggelaufen? 22:37
27. Mai 2016 Anni: Ich bin nicht weggelaufen. Ich bin nur gegangen. 22:38

27. Mai 2016 Torben: Gegangen? Geflüchtet trifft es wohl eher. Ich dachte, wir genießen unseren letzten gemeinsamen Abend. 22:40

27. Mai 2016 Anni: Du weißt genau, dass ich das nicht will. Keine Abschiedsszenen. Das war eine Affäre, sonst nichts. Nicht die große Liebe. 22:45

27. Mai 2016 Torben: Ich war also nur eine Affäre, ja? Du hast mich also nur benutzt? Und dir ist es scheißegal, wie ich mich dabei fühle? 22:46

27. Mai 2016 Torben: Bin ich jetzt nicht einmal mehr eine Antwort wert? Das lässt ja tief blicken ... 22:55

27. Mai 2016 Anni: Weißt du, da gehören immer zwei dazu: Eine, die benutzt, und einer, der sich benutzen lässt. 22:57

27. Mai 2016 Torben: Sag mal, hast du sie noch alle? Ist das tatsächlich, was du glaubst? Dass du das Recht hättest, mich zu benutzen, weil ich mich auf dich eingelassen habe? Du bist so eine Bitch ... 23:00

27. Mai 2016 Anni: Jetzt tu bloß nicht so, als hättest du nicht deinen Spaß gehabt. Du durftest mich ficken, das ist mehr, als andere durften. Also jammer hier nicht so rum. 23:02

27. Mai 2016 Torben: Du kannst mich hier nicht einfach so hängen lassen. 23:04

27. Mai 2016 Anni: Junge, da steht doch grad eh nichts mehr, was willst du? Da würde selbst Nachhelfen nichts nützen. Aber du kannst ja mal Greta fragen, ob sie Lust auf Handarbeit hat. 23:07

Fine biss sich auf die Lippen. Ihr Magen krampfte sich zusammen. Anoushka war offensichtlich ziemlich verletzend gewesen. Wie an einem Lotusblatt perlten die Gefühle anderer an ihr ab. Zumindest schien es Fine so. Sie las weiter.

27. Mai 2016 Torben: So funktioniert das nicht. 23:08

27. Mai 2016 Anni: Siehst doch, dass das funktioniert. 23:10

27. Mai 2016 Torben: Das wird dir noch leidtun. 23:11

Das war sein letzter Satz in diesem Streit – ein paar Tage vor ihrem Tod. Wenn Fine annahm, dass Anoushka Diepholz die Insel am 31. Mai tatsächlich nicht mehr lebend verlassen hatte. Diepholz hatte ihm einen Kussmund auf seine letzte Nachricht geschickt. Hatte seine Drohung offenbar nicht ernst genommen.

Fine atmete tief durch. Gerdes hatte in Büßerhaltung wieder den Kopf gesenkt. Er wusste wahrscheinlich ganz genau, was ihn jetzt erwartete.

»Sie haben Anoushka Diepholz bedroht, Herr Gerdes.« Fines Stimme war ruhig, sie hatte sich wieder völlig im Griff.

Gerdes hob langsam den Kopf. »Ich weiß. Aber ich habe sie nicht umgebracht. Ich war erst bei Greta und dann in der Kneipe. Das schwöre ich.«

»Ich werde das überprüfen. Wer war denn noch mit Ihnen dort?«

»Kevin, Jilian und Cosmo. Laura ist dann auch noch dazu-gekommen.«

Das waren die Namen, die Laura ihr auch schon genannt hatte. Da fiel ihr noch etwas ein. »Kannten Sie eigentlich Anoushka Diepholz' PIN-Code?«

»Den kannten wir alle. Ihr Geburtstag, 2705. Daraus hat sie kein Geheimnis gemacht.«

Auch das hatte sie schon einmal gehört. »Ich werde Sie hier-behalten müssen, Herr Gerdes. Zumindest so lange, bis ich Ihr Alibi überprüft habe.« Auch wenn sie den genauen Zeitpunkt von Diepholz' Tod nicht kannte, lief alles darauf hinaus, dass sie vermutlich an diesem letzten Abend getötet worden war. Und Gerdes war der Verdächtige mit dem bisher besten Motiv.

»Was? Aber das geht nicht. Meine Familie … die brauchen mich doch. Und was erzähle ich bei der Arbeit?«

Fine zuckte mit den Schultern. »Ich kann es nicht ändern. Sie haben ein Verhältnis mit der Toten gehabt, haben Sie noch dazu bedroht. Ich kann Sie nicht gehen lassen, bevor das geklärt ist. Außer Sie gestehen gleich, dann gibt das sicher mildernde Umstände beim Staatsanwalt.«

Er schüttelte heftig den Kopf. »Aber wieso haben Sie sich

jetzt so auf mich eingeschossen? Ich meine, wieso ich? Warum fragen Sie eigentlich nicht Jens?«

Fine horchte auf, Susa bekam im Hintergrund große Augen. »Warum sollte ich?«

»Weil der der Anni bei jeder Gelegenheit nachgestellt hat. Der war richtiggehend besessen von ihr. Hat ihr sogar vor der Kneipe aufgelauert. Aber sie hat ihn immer wieder abgewiesen. Einmal ist sie deswegen sogar zu spät zu unserem Treffpunkt gekommen, weil Jens sie nicht hat gehen lassen. Erst als sie ihm eine gescheuert hat. Er muss dann getobt haben wie ein Irrer, was sie sich eigentlich einbilden würde, er sei schließlich ihr Chef.«

Fine zog die Augenbrauen hoch. Das hörte sich tatsächlich so an, wie sie sich Jens vorstellte. Und passte zu dem, was sie sich bereits gedacht hatte. Dass Jens Boode mehr von Anoushka Diepholz gewollt hatte als sie von ihm. Susa spitzte den Mund, sagte aber nichts. »Und wie ging es dann weiter?«

»Anni hat sich das nicht bieten lassen und zurückgefragt, was er sich denn einbilden würde. Er sei zwar ihr Chef, aber sie wäre nicht seine Sklavin. Aber Jens hat einfach nicht lockergelassen. Der hat es nicht kapiert, dass es eine Frau gegeben hat, die er nicht haben konnte, obwohl ihm doch sonst immer alle zu Füßen gelegen sind. Laura war stinksauer deswegen.«

»Laura Boode?«

»Damals ist sie ja noch nicht mit Jens verheiratet gewesen. Aber sie war total in ihn verschossen, das war auch schon grenzwertig. Die hat sich ihm regelrecht an den Hals geworfen. Aber der hat sie nicht einmal angeschaut, hatte nur Augen für Anni. Und erst als Anni weg gewesen ist, hat er sie wahrgenommen. Von da an hat ihn Laura nicht mehr losgelassen, hat sichergestellt, dass ihr niemand mehr in die Quere kommt.«

14

Am nächsten Morgen schaute sich Fine noch einmal in aller Ruhe die Nachrichten zwischen Anoushka Diepholz und Torben Gerdes durch. Und tatsächlich fand sie eine Konversation zwischen den beiden, in der sich Diepholz über Jens Boode beschwert hatte. Dass der so aufdringlich sei und dass sie sich verspäten würde. Später schrieb sie, dass sie jetzt auf dem Weg sei, dass Jens total ausgetickt sei und dass sie ihm eine geklatscht hätte. Ob das für einen Beschluss für Jens Boodes Handy reichte? Vielleicht fanden sich darauf noch weitere Nachrichten von Diepholz, die den Konflikt zwischen den beiden nachwiesen.

Aber zuerst musste sie Torben Gerdes' Alibi überprüfen. Gestern Abend war sie noch zusammen mit Insa in der Kneipe gewesen, da sie nachmittags schon auf ihren Kaffee bei ihr in der Strandmöwe hatte verzichten müssen wegen der Vernehmung von Gerdes. Dabei hatte sie den Wirt gefragt, ob er sich an diesen Abend vor sieben Jahren erinnern könne. Doch der hatte nur mit den Schultern gezuckt und gemeint, er habe den Laden erst vor drei Jahren übernommen, und der ehemalige Pächter habe im letzten Jahr die Insel verlassen. Auch vom restlichen Personal sei seit damals keiner mehr auf der Insel. Das hatte schon einmal nicht geklappt. Blieben noch Kevin Klein, Jilian Roth und Cosmo Gonzales. Die Telefonnummern von Roth und Gonzales hatte sie über die Einträge der EilandKaart-Liste herausgefunden, Klein lebte noch auf der Insel und arbeitete im Grünen Anker. Zuerst rief Fine bei Jilian Roth an, die sich tatsächlich an den Abend erinnern konnte.

»Das ist ja auch mein letzter Abend auf der Insel gewesen. Da war ich schon ein bisschen wehmütig. Mir hat es sehr gut dort gefallen, ich bin auch schon wieder ein paarmal da gewesen seitdem. Mittlerweile sogar mit Mann und Kind. Aber das interessiert Sie vermutlich nicht. Was genau wollen Sie denn wissen?« Ihre Stimme klang hell und offen.

»Was haben Sie an Ihrem letzten Abend denn gemacht, welche Leute haben Sie gesehen?«

»Ich bin abends in die Kneipe gegangen, gegen neun ist Torben dazugekommen, nach dem Abendessen mit Greta. Er meinte, Greta wäre zu müde gewesen, sie wollte ins Bett, aber er sollte liebe Grüße ausrichten. Cosmo war noch da, der war sogar noch früher da als ich, weil die Bäckerei ja schon früher Schluss macht. Ich bin gegen acht gekommen. Kevin ist ausnahmsweise auch schon um neun da gewesen, weil der Grüne Anker ja Ruhetag hatte. Laura ist als Letzte gekommen, so um halb elf rum.«

»Und Anoushka Diepholz?«

»Die war nicht da. Torben hat Laura sofort gefragt, als sie gekommen ist, ob sie wüsste, wo Anni sei. Aber Laura hatte auch keine Ahnung. Torben hat Anni dann eine Nachricht geschrieben, Laura auch. Und Anni hat kurz vor zwölf auch geantwortet, das haben Torben und ich gesehen, weil Laura ihr Handy auf dem Tresen hat liegen lassen, als sie zur Toilette gegangen ist. Da ist die Benachrichtigung auf dem Sperrbildschirm aufgeploppt, dass Anni geantwortet hat. Als Laura dann wieder von der Toilette gekommen ist, hat sie uns die Nachricht laut vorgelesen.«

»Und was hat sie geantwortet?«

»Sie sei müde und würde nicht mehr kommen. Außerdem sei ihr nicht nach Feiern zumute, wir sollten ein Bier auf sie mittrinken.«

Der Anruf bei Cosmo Gonzales war weniger ergiebig. Er sagte nur, dass er sich beim besten Willen nicht mehr an den Abend erinnern könne. Und bei Kevin Klein war es fast das Gleiche. Das sei schon so lange her, und er sei so oft in der Kneipe, das könne er leider nicht mehr zuordnen. Aber Jilian Roths Alibi für Torben Gerdes klang glaubwürdig. Fine rief bei Greta Gerdes an.

»Torben war an dem Tag zum Abendessen zu Hause.«

Fine runzelte die Stirn. »Und das wissen Sie so genau, ohne darüber nachzudenken? Das ist immerhin schon über sieben Jahre her.«

»Ich kann mich da noch sehr gut daran erinnern, weil ich am Tag zuvor doch Anni zur Rede gestellt habe. Sie wissen schon, das Gespräch, wo sie mir versichert hat, dass der nächste Tag sowieso ihr letzter auf der Insel sei.«

»Den Zusammenhang verstehe ich jetzt nicht.« Fine klopfte mit einem Kugelschreiber auf ihren Block auf dem Schreibtisch.

Greta Gerdes seufzte. »Ich wollte Torben so wenig Gelegenheit wie möglich geben, noch Zeit mit Anni zu verbringen. Alleine. Also habe ich ihn gezwungen, mit mir gemeinsam zu Abend zu essen. Dementsprechend spät ist er dann in die Kneipe gekommen. Er wusste da ja noch nicht, dass ich mit Anni geredet hatte. Das habe ich ihm erst erzählt, als Anni schon weg gewesen ist.«

Damit war Torben Gerdes vorerst entlastet, und Fine ließ ihn gehen. Das Alibi seiner Frau war nicht ausschlaggebend, es konnte aus naheliegenden Gründen gelogen sein, um ihre Familie zu schützen. Aber Jilians Aussage machte es glaubhafter. Gerdes sagte kein Wort, schaute sie nicht einmal an, sondern verließ die Dienststelle, ohne die Tür hinter sich zu schließen. Fine konnte es ihm nicht verübeln. Eine Nacht in der behelfsmäßigen gekachelten Zelle hier war nicht wirklich bequem. Aber sie hatte keine andere Wahl gehabt. Vielleicht würde er das irgendwann verstehen. Vielleicht auch nicht. Das war das Los einer Kriminalbeamtin.

Blieb noch Jens Boode. Fine griff zum Telefon und rief ihn an, bat ihn, auf die Dienststelle zu kommen.

»Ist das Ihr Ernst? Ich soll jetzt auf die Dienststelle kommen? Ich hab viel zu tun, der Grüne Anker erledigt sich nicht von alleine.«

»Soweit ich informiert bin, haben Sie heute Ruhetag. Da wird wohl ein bisschen Zeit für mich übrig sein. Oder soll ich Sie lieber offiziell vorladen?«

Er motzte noch ein bisschen, fügte sich dann aber.

Susa empfing Jens Boode kurz darauf, ihre Wangen leuchteten verdächtig. Fine und sie hatten abgesprochen, dass sie sich genauso setzen würden wie am gestrigen Tag bei Gerdes. So konnte Susa in Ruhe mitschreiben, ohne dass Boode die Chance hatte mitzulesen.

Boode setzte sich ihr gegenüber auf den Stuhl, das eine Bein angewinkelt über das andere gelegt, die Arme vor der Brust verschränkt, den Blick bewölkt. Nur die Augen waren aktiv und verfolgten jede ihrer Regungen.

Nachdem Fine einige belanglose Fragen zur Clique rund um Anoushka Diepholz gestellt hatte – wobei die Antworten sie nicht wirklich interessierten, die sollten nur Boode beruhigen –, pirschte sie sich an den Kern der Vernehmung heran.

»Wussten Sie eigentlich, dass Torben Gerdes und Anoushka Diepholz eine Affäre hatten?«

Boode schnaubte, bejahte aber. »Ich habe sie zusammen gesehen.«

»Glauben Sie, dass Torben Gerdes fähig gewesen wäre, Diepholz zu töten?« Suggestivfrage, scholl es in Fines Hirn, aber sie wollte seine Einschätzung hören. Würde er die Gelegenheit nutzen und die Schuld auf Gerdes schieben?

Boode breitete die Arme aus. »Das kann ich nicht beurteilen. Hat er es getan?«

Eine Gegenfrage. Gut pariert. »Dazu kann ich Ihnen nichts sagen, das wissen Sie sicherlich. Aber wo sind Sie eigentlich an diesem Abend gewesen?«

»Im Anker, wo sonst?« Er lächelte selbstgefällig.

»Kann das jemand bezeugen?«

Er zuckte mit den Schultern. »Vielleicht. Vielleicht auch nicht. Ist eine ganze Zeit her.«

Fine blätterte betont langsam in ihren Unterlagen. Dann hielt sie inne, tat so, als wäre sie genau in diesem Moment auf etwas gestoßen. »So was.« Sie schnalzte mit der Zunge. »Das ist seltsam.«

Sie beobachtete Boode aus den Augenwinkeln. Der runzelte die Stirn und versuchte, in die Unterlagen zu spähen.

»Das war damals der gleiche Wochentag wie heute. Also ein Ruhetag.« Sie schaute Boode fragend an.

Boode drehte den Kopf so ruckartig, dass ein lautes Knacken

ertönte. »Dann war eben Ruhetag. Meine Güte, woher soll ich denn wissen, welcher Wochentag damals war? Das ist sieben Jahre her. Und überhaupt, was soll das eigentlich hier? Ich habe mit der Sache nichts zu tun.«

Statt einer Antwort legte Fine ihm die ausgedruckten Nachrichten von Diepholz vor, in denen sie sich über ihn beschwert hatte.

Boode sprang auf und ballte die Hände zu Fäusten. »Woher haben Sie denn den Dreck? Das ist ja wohl üble Nachrede, ich hab der Anni nie was getan! Schon gar nicht sie bedrängt, die hat sie wohl nicht mehr alle! Ich wollte gar nichts von der, ich hab schließlich Laura geheiratet und nicht sie.«

Fine verzog das Gesicht. »Setzen Sie sich, Herr Boode.« Sie wartete, bis er wieder Platz genommen hatte. »Sie haben Laura doch erst ernst genommen, als Diepholz weg war.«

Erneut ballte Boode die Fäuste, blieb aber sitzen. »So ein Quatsch, wer behauptet denn so was? Ich hab nur gewartet, bis Laura nicht mehr bei mir angestellt war, das ist alles. Das läuft einfach nicht, eine Beziehung zwischen Chef und Angestellten. Also habe ich sie erst danach gefragt, ob wir mal miteinander ausgehen sollen. Mit Anni hatte das nichts zu tun.«

Wieder antwortete Fine nicht, sondern legte ihm den Beschluss vor, der es ihr erlaubte, sein Handy zu untersuchen. Den hatte sie heute Morgen Wiese noch entlockt. Natürlich mit dem Fakt, dass sie nachweisen konnte, dass Diepholz sich von Jens Boode bedroht gefühlt hatte.

Boode las das Dokument durch, dann sprang er wieder auf, umklammerte mit beiden Händen ihre Schreibtischkanten, sodass der Tisch sich deutlich in ihre Richtung bewegte. »Den Teufel werden Sie tun! Sie kriegen mein Handy nicht, da stehen private Dinge drin, die gehen Sie gar nichts an.« Er stürmte Richtung Ausgang, aber Susa stellte sich ihm in den Weg. Boode wollte sie zur Seite stoßen, aber ehe er sich's versah, rang Susa ihn mit einem geübten Griff nieder. Fine blieb der Mund offen stehen.

»Karate, schwarzer Gürtel. Mache ich schon seit meinem fünfzehnten Lebensjahr.« Susa grinste breit.

Boode lag am Boden und stöhnte. Fine half ihm auf und legte ihm Handschellen an. Dann griff sie in seine Hosentasche und zog sein Handy heraus.

»Nehm di in Acht, sünst hest du glieks een Satz Ohren weniger!«

»Auch wenn Sie mich auf Plattdeutsch beleidigen, ist es trotzdem eine Beamtenbeleidigung, Herr Boode. Ich würde an Ihrer Stelle vorsichtig sein.« An Susa gewandt fragte sie: »Was hat er denn gesagt? Irgendwas mit Ohren weniger, wenn ich mich nicht in Acht nehme?«

Susa winkte ab. »Da bist du schon ziemlich nah dran.«

Boode knurrte undeutlich vor sich hin, sagte aber nichts mehr.

Fine hielt Boode das Smartphone vor die Nase, bevor er den Kopf abwenden konnte, um es mit seinem Augenkontakt zu entsperren. Dann tippte sie auf eine App, suchte nach dem Buchstaben A und fand darauf unter dem Kontakt Anni mehrere Nachrichten. Die meisten gingen von Boode an sie; Anoushka Diepholz hatte nur selten geantwortet, und wenn, dann abweisend. In den Nachrichten hagelte es Drohungen von Boode, von »Das wirst du bereuen« bis zu »Eines Tages wirst du dich schon fügen«. Der Mann hatte eindeutig ein Aggressionsproblem. Und ein Problem damit, ein Nein einer Frau zu akzeptieren. Aber wäre er fähig gewesen, Anoushka Diepholz zu töten? Nach dem Motto: Wenn ich dich nicht haben kann, soll dich auch kein anderer haben? So etwas nannte man einen Femizid. Laut Statistik wurde in Deutschland jeden dritten Tag eine Frau durch die Gewalt eines Mannes getötet. Und Gewaltbereitschaft hatten sie bei Boode gesehen. Mehr als einmal.

»Sie haben Diepholz öfters bedroht. Was ist an Diepholz' letztem Tag auf der Insel passiert? Haben Sie ihr wieder aufgelauert? Wollten Sie, dass sie sich Ihnen endlich hingibt? Sozusagen als letzte Gelegenheit? War es Ihnen vielleicht sogar egal, ob sie wollte oder nicht? Hat sie Sie wieder zurückgewiesen, und Sie haben sie daraufhin aus Wut getötet?« Während sie redete, wanderte sie langsam um ihn herum. Ihre Stimme wurde immer lauter.

Er schloss die Augen und starrte zu Boden. »Zum letzten Mal: Ich habe nichts mit der Sache zu tun. Und ich sage jetzt gar nichts mehr ohne einen Anwalt.«

Nachdem Susa Boode ein Telefon gegeben hatte, damit er einen Anwalt anrufen konnte, sperrte sie ihn in die Zelle. Währenddessen arbeitete sich Fine weiter durch Boodes Handy. Sie öffnete die Foto-App. Vielleicht war hier noch etwas Interessantes zu finden. Boode schien nichts von Ordnern zu halten, er hatte alle Fotos einfach nur in der Reihenfolge, wie sie aufgenommen worden waren, abgespeichert. Fine scrollte zu den Fotos von 2016, Diepholz' Todesjahr. Doch dann stutzte sie. Ihre Augen weiteten sich, und die Härchen in ihrem Nacken stellten sich auf. Da war sie: Anoushka Diepholz. Im Bikini am Strand, unter der Dusche, beim Anziehen. Einige der Bilder waren unscharf, auf manchen war ein langer dunkler Schatten zu sehen. Ein Fensterrahmen oder ein Türrahmen? Dass diese Bilder nicht mit Anoushka Diepholz' Erlaubnis aufgenommen worden waren, war klar. Boode hatte sie offenbar bei jeder Gelegenheit verfolgt und fotografiert. Fine entdeckte ein Video und klickte es an. Und verschluckte sich prompt an ihrem Kaffee, der schon seit dem Morgen auf ihrem Schreibtisch stand und der mittlerweile kalt geworden war. Sie hustete so laut, dass Susa in das Büro eilte.

»Alles klar bei dir?«, fragte sie.

Fine räusperte sich und klopfte sich mit einer Faust auf die obere Brust. »Geht schon wieder, danke. Das musst du dir ansehen.« Sie winkte Susa neben sich und zeigte ihr das Video. Susas Mund klappte auf. Auf dem Video waren Diepholz und Gerdes zu sehen, wie sie miteinander Sex hatten. An manchen Stellen wackelte es, und auch von dem Blickwinkel der Aufnahme her vermutete Fine, dass es durch ein Fenster aufgenommen worden war. Ein hell gestrichener Raum mit einem Doppelbett, die Kleidung achtlos im Raum verstreut, der Slip hing über der Nachttischlampe. Fine vergrößerte einen Ausschnitt. Eine aufgerissene Kondomverpackung. Der Film dauerte über fünf Minuten. Fine stoppte das Video. Sie brauchten nicht alles zu sehen, um zu wissen, worum es ging. Sie schaute auf das Datum der Aufnahme, der 24. Mai 2016. Eine Woche vor Diepholz' vermeintlichem Todestag.

»Das kann ja wohl nicht wahr sein«, sagte Susa und blinzelte.

Fine schnaubte. »Boode scheint ein Spanner zu sein, ein Stalker, wenn man so will. Er hat unser Opfer auf Schritt und Tritt verfolgt. Das macht es nur umso wahrscheinlicher, dass er es nicht ertragen konnte, dass sie ihn ständig abgewiesen hat, aber sich dafür auf Gerdes eingelassen hat.«

»Du meinst, wir haben den Richtigen?«

Fine atmete tief durch. »Ich kann es nicht mit Sicherheit sagen. Es ist das eine, etwas zu vermuten, das andere, es auch zu beweisen. Wir haben Boodes Aggressivität, die Bilder, das Video, Zeugenaussagen, dass er Anoushka Diepholz belästigt hat – aber wir haben kein Geständnis und keinen klaren Beweis dafür, dass er einen Mord begangen hat. Ja, er hat ein Motiv, aber das allein reicht nicht. Wir brauchen mehr, um ihn festnageln zu können.«

»Noch mehr? Aber was denn? Es gibt keine Fingerabdrücke am Tatort, keine DNS, kein Blut, keine Gegenstände, nichts. Nicht einmal das Handy haben wir gefunden. Reichen diese Indizien nicht schon aus für eine Anklage?«

»Wir müssen noch mehr Hinweise sammeln. Und ihn damit unter Druck setzen. Wenn er schon hier so ausflippt, dann gehe ich davon aus, dass er das zu Hause auch macht. Vielleicht bringe ich Laura Boode dazu, mit mir zu reden. Dass sie mir sagt, was wirklich hinter verschlossenen Türen passiert, und nicht bloß immer, dass ihr Mann ein ach so braves Lämmchen ist und dass er niemandem was zuleide tun kann.«

»Dann mal viel Erfolg«, sagte Susa. »Was ich so gehört habe, schützen Frauen ihre Männer, und wenn sie noch so sehr von ihnen gequält werden. Die Angst ist größer als die Aussicht auf ein Ende der Qual.«

»Da hast du leider recht.« Fine und Susa schwiegen kurz.

»Kaffee?«, fragte Fine dann.

Susa winkte ab. »Für mich nicht. Ich muss jetzt los zur Fähre.« Sie verabschiedete sich und ging.

Fine nahm ihre Tasse mit in die Küche, schüttete den letzten Rest in die Spüle und schenkte sich aus der Thermoskanne frischen Kaffee ein. Die Hände um den Becher, lehnte sie sich mit dem Rücken an die Arbeitsplatte. Roch das Aroma von dunkler Schokolade und reifen Beeren und, wenn sie sich genau konzentrierte und die Augen schloss, auch einen Hauch von Vanille. Sie nahm einen Schluck und ließ ihn langsam durch ihre Mundhöhle gleiten. Eindeutig Vanille. Ein Lächeln breitete sich auf ihren Lippen aus. Sie liebte diese kurzen Auszeiten. In der Reha hatte sie gelernt, sich in solchen Momenten nur auf das Wesentliche zu konzentrieren, auf ihre Sinne. Was roch sie, was sah sie, was hörte sie, was fühlte sie, was schmeckte sie? Momentan genoss sie einfach nur, dass nichts zu hören war. Keine Musik, kein Telefon, keine Menschen. Die Fenster waren alle geschlossen, sodass noch nicht einmal die Geräusche von draußen ihre Gedanken verwirrten. Sie schloss die Augen und spürte wieder dem Geruch und dem Geschmack ihres Kaffees nach. Einatmen, ausatmen. Es war so einfach. Und doch so schwer.

Kurz darauf saß sie wieder an ihrem Schreibtisch, neben sich die halb volle Tasse, auf dem besten Weg, abzukühlen. Aber das war ihr im Moment völlig egal, sie hatte etwas ganz anderes entdeckt.

An Anoushka Diepholz' letztem Tag auf der Insel hatte Boode sie auch fotografiert. Und eine Serie von Bildern weckte Fines Interesse. Sie zeigten Anoushka Diepholz in einem heftigen Streit mit einem fremden Mann. Kurze schwarze Haare, Vollbart, in Shirt und Leinenhose, etwa im gleichen Alter wie sie. Er redete mit ausholenden Gesten auf sie ein, sie wehrte ihn mit beiden Händen ab, das Gesicht verzerrt. Sie schienen sich zu kennen. Fine hatte ihn noch nicht auf der Insel gesehen. Wer war der Mann?

15

»Wer ist dieser Mann?«, fragte Fine als Erstes, nachdem sie Boodes Zellentür geöffnet hatte. Boode saß auf der Pritsche, die Beine angezogen, die Arme auf die Knie gestützt, das Gesicht von ihr abgewandt. Sie hielt ihm sein Handy mit einem der Fotos aus der Reihe entgegen.

»Keine Ahnung«, sagte Boode. Er hatte sich das Bild nicht einmal angeschaut.

»Hören Sie, Sie haben diese Aufnahme gemacht, neben vielen anderen. Sie haben Anoushka Diepholz nicht nur bedrängt, sondern regelrecht verfolgt. Das ist eine Straftat. Darüber hinaus werden Sie des Mordes an ihr verdächtigt. Wenn Sie noch irgendetwas an Ihrer Lage verbessern wollen, dann erzählen Sie mir jetzt lieber etwas zu diesem Foto. Sie haben es an Anoushkas Todestag aufgenommen. Wer ist dieser Mann, mit dem sie sich da streitet?«

Boode schaute weder sie noch das Foto an, er starrte gegen die Fliesen der Wand. »Ich kenne die Fotos. Aber ich weiß nicht, wer der Mann ist.« Er drehte sich langsam zu ihr um, setzte die Füße auf dem Boden auf. »Der Kerl ist an dem Tag erstmals aufgetaucht, ich habe ihn vorher noch nie gesehen. Er und Anni haben sich mächtig gezofft, wie Sie unschwer erkennen können. Worum es ging, keine Ahnung. Was er von ihr wollte, keine Ahnung. Woher er sie kannte, keine Ahnung. Das ist Ihr Job.« Er zog die Beine wieder hoch auf die Pritsche, streckte sie dieses Mal lang aus, den Oberkörper gegen die Wand gelehnt.

»Was ist nach dem Streit passiert?«

Boode stöhnte. »Der Kerl ist abgezogen.«

»Wohin?« Der Ton in Fines Stimme nahm einen scharfen Klang an.

Boode stöhnte wieder. »Keine Ahnung. Ich war doch nicht sein Aufpasser.«

Fine rollte mit den Augen. »Was hat Anoushka danach gemacht?«

»Sie haben die Bilder doch gesehen, sagen Sie es mir.«

»Verdammt, Boode, ich will wissen, wie lange Sie sie an dem Tag noch beobachtet haben!«, rief Fine. Am liebsten hätte sie Boode geschüttelt, aber das durfte sie nicht.

Boode schloss die Augen, sagte nichts. Doch Fine rührte sich nicht vom Fleck. Kurze Zeit später öffnete Boode ein Auge, nahm wahr, dass Fine immer noch da war, und stöhnte erneut. Öffnete beide Augen und fuhr sich mit einer Hand durch die Haare.

»Sie sind 'ne ganz schöne Nervensäge.«

»Danke für das Kompliment. Das höre ich nicht zum ersten Mal. Ich will eine Antwort. Und ich geh hier nicht weg, bis ich sie habe.«

»Na, Sie müssen ja Zeit haben«, antwortete Boode trocken.

»Das ist ein ganz tolles Spiel, Herr Boode, und wir können das auch noch den ganzen Tag spielen, aber das macht die Sache nicht einfacher für Sie. Am Ende werden Sie doch reden.«

Er zog die Augenbrauen hoch. »Wo ist mein Anwalt?«

Jetzt stöhnte Fine. »Unterwegs. Kommt wahrscheinlich jetzt mit der Fähre.«

»Dann können Sie ja ruhig noch 'nen Kaffee trinken. Ohne meinen Anwalt sag ich nix mehr.« Er drehte sich wieder von ihr weg.

Fine biss sich auf die Unterlippe und ballte die Fäuste. Dann verließ sie die Zelle, das Handy in der Hand, und knallte die Tür so fest ins Schloss, dass es krachte.

»Hey! Das ist Ruhestörung!«, hörte sie Boode aus der Zelle rufen. Er lachte. Fine sperrte die Tür ab, schloss die Augen und zählte bis zehn. Dann öffnete sie die Augen wieder und ging zurück an ihren Schreibtisch. Trank den inzwischen nur noch lauwarmen Kaffee aus und schaute sich die restlichen Bilder des Todestages an. Wanderte im Zimmer auf und ab. Das letzte Bild war um vierzehn Uhr vierundfünfzig aufgenommen worden. So wie es aussah, war Anoushka Diepholz zu dem Zeitpunkt in den Wattwiesen unterwegs gewesen. Fine glaubte im Hintergrund des Fotos die Windräder vom Festland auszumachen. Anoushka selbst fotografierte mit einer teuer wirkenden Kamera. Was sie aufnahm, konnte Fine nicht erkennen. Hatte Laura Boode nicht erwähnt, dass Diepholz in ihrer Freizeit gern fotografiert hatte? Sie stöhnte leise. So kam sie nicht weiter.

Zehn Minuten später stand Fine vor Boodes Haustür und klingelte. Laura Boode öffnete ihr und ließ sie, ohne Fragen zu stellen, ein. Sie trug die Haare offen, dazu ein geblümtes Kleid mit halblangen Ärmeln, die Füße nackt. Sie verursachten patschende Geräusche am Boden, als Laura Boode gemeinsam mit Fine in die Küche ging.

»Wo ist denn Maja?«, fragte Fine und setzte sich auf einen der Küchenstühle. Heute wirkte es deutlich sauberer als das letzte Mal. Und es roch nach Putzmittel, der klassische Duft von Zitronenfrische.

»Im Kindergarten«, lautete die knappe Antwort. »Ich muss sie in einer Stunde dort abholen. Was wollen Sie wissen?« Laura Boode räumte zwei Gläser vom Tisch in die Spülmaschine.

Fine kramte Jens Boodes Handy hervor und zeigte ihr eines der Fotos von Anoushka Diepholz und dem fremden Mann. »Kennen Sie den Mann?«

Laura Boode drehte sich zu ihr um, warf nur einen kurzen Blick auf das Foto, dann weiteten sich ihre Augen. »Wie kommen Sie an das Handy meines Mannes? Was haben Sie mit ihm gemacht?« Sie baute sich vor Fine auf, die Hände in die Hüften gestemmt.

Fine blieb ruhig sitzen und fixierte sie. »Wir haben ihn festgenommen. Heute früh.«

Laura Boode blinzelte. »Warum?«

»Er hat kein Alibi für den Tag, an dem Anoushka Diepholz getötet wurde.«

»Ach, seit wann wissen Sie denn, wann der Todeszeitpunkt war? Wann soll der denn gewesen sein?« Hohn troff aus ihrer Stimme.

»Wir gehen davon aus, dass Anoushka die Insel nie verlassen hat. Sie wurde mit an Sicherheit grenzender Wahrscheinlichkeit an ihrem letzten Tag oder Abend, dem 31. Mai im Jahr 2016, auf Spiekeroog getötet.«

»Und woher kommen dann die Nachrichten? Soweit ich weiß, können Tote keine Nachrichten schreiben. Zumindest wäre das der erste mir bekannte Fall.«

Immer noch stand Laura Boode direkt vor Fine. Die musste deutlich an sich halten, um nicht vor ihr auf dem Stuhl zurückzuweichen. Doch diese Blöße wollte Fine sich nicht geben. »Sie wissen genauso gut wie ich, dass jeder, der im Besitz ihres Handys war, diese Nachrichten schreiben konnte. Sie selbst haben mir erzählt, dass alle aus der Clique den PIN-Code kannten, ihren Geburtstag. Damit war es ein Leichtes für den Mörder oder auch die Mörderin«, sie betonte das letzte Wort, »in ihrem Namen weiterhin Nachrichten zu versenden. Das könnten sogar Sie gewesen sein.«

Laura Boode schnalzte mit der Zunge. »War ich aber nicht. Was soll das jetzt mit Jens' Handy?«

Fine zeigte ihr wieder das Foto. »Kennen Sie diesen Mann?«

Laura Boode löste die Hände von der Hüfte und beugte sich zu dem Display. Dann streckte sie sich und schaute ungläubig. »Das ist Lorenzo.« Sie wirkte ehrlich überrascht. »Hier auf der Insel, hinten am Kurpark, bei dem Entenweiher. Da kommt kaum jemand hin, da hat man meistens seine Ruhe. Wann war Lorenzo denn auf Spiekeroog? Ich hab ihn gar nicht gesehen.« Sie kratzte sich am Kopf. »Und wieso hat Jens ein Bild von den beiden gemacht? Darf ich mal sehen?« Sie wollte nach dem Handy greifen, aber Fine zog es weg.

Lorenzo. Oder besser: Lorenz Krämer. Und er war am vermeintlichen Todestag auf der Insel gewesen. Und hatte sich mit dem Opfer gestritten.

»Und Anoushka Diepholz hat Ihnen gar nichts von dem Streit erzählt?«

Jetzt setzte sich Laura Boode doch. »Nein, gar nichts. Ich habe, wie gesagt, nicht einmal gewusst, dass er auf der Insel war. Außerdem habe ich sie an dem Tag das letzte Mal morgens beim Frühstück und Packen gesehen. Da habe ich sie noch einmal in ihrem Appartement besucht. Danach bin ich zu Jens in den Anker gegangen. Anni meinte, dass sie danach noch ein paar Fotos von Spiekeroog machen wollte, irgendwelche Seevögel. Ihr Plan war, ein Fotobuch davon zu erstellen, vielleicht sogar einen Kalender, den sie verkaufen wollte. Und abends wollte sie in die Kneipe kommen. Danach habe ich sie nicht mehr gesehen. Das war irgendwann kurz vor elf.« Sie schluckte deutlich sichtbar, und ihre Augen glänzten feucht, ihr Blick schweifte ab. Dann ging ein Ruck durch ihren Körper. »Aber Sie glauben jetzt nicht ernsthaft, dass Jens …?«

Fine hob beschwichtigend die Arme. »Ich glaube gar nichts. Ich gehe einfach nur den Spuren nach und suche Hinweise und Beweise.«

»Und welche Hinweise oder Beweise haben Sie gegen meinen Mann?« Ihr Blick war der eines Raubvogels, als wollte sie Fine durchbohren.

»Sie wissen doch, dass ich Ihnen über laufende Ermittlungen nichts sagen kann. Auch nicht, wenn es sich dabei um Ihren Mann handelt.«

»Kann ich ihn sehen?«

Fine schüttelte den Kopf. »Aber Sie können mir noch etwas über Ihr Verhältnis zu Ihrer besten Freundin erzählen. Waren Sie nicht eifersüchtig auf sie, weil Jens ihr ständig nachgelaufen ist?«

Es dauerte eine Weile, bis Laura Boode antwortete. »Nein, Anni wollte ja nichts von ihm. Das hat sie mir auch mehrmals gesagt.«

»Aber von Torben wollte sie was?«

Laura Boode öffnete den Mund, sagte aber nichts. Stattdessen musterte sie Fine genau. Ihre Pupillen huschten hin und her.

»Ich weiß, dass Sie Anoushkas beste Freundin waren, und sie hat Ihnen bestimmt einiges im Vertrauen erzählt. Aber in einem Mordfall ist nichts mehr vertraulich, was mit dem Opfer zu tun hat.« Fine schaute ihr direkt in die Augen.

Laura Boode hielt ihrem Blick stand. Verzog den Mund. Dann wich sie ihr doch aus. Untersuchte ihre Fingernägel. Doch ihre

Augen waren nicht bei der Sache. Im Hintergrund hörte Fine durch ein geöffnetes Fenster eine Katze miauen und einen Hund bellen. Jemand rief einen Namen, den sie nicht verstand. Kinder lachten.

»Anni fand Torben ganz nett. Aber das habe ich Ihnen ja schon gesagt.«

Fine zuckte zusammen. Was hatte sie da gesagt? Irgendwas mit »ganz nett«. Schon wieder »ganz nett«. In Fines Kopf schoss der Gedanke, dass Nett die kleine Schwester von Scheiße war. Sie schüttelte sich unwillkürlich.

»Aber mehr war da auch nicht«, fuhr Laura Boode fort. »Ein Zeitvertreib, was für zwischendurch. Anni fand Torben viel zu langweilig. Außerdem hat sie ihn auch irgendwie verachtet, weil er seine Frau betrogen hat. Selbst wenn sie an dem Betrug beteiligt gewesen ist. Ihrer Meinung nach hat sie keine Schuld getroffen, weil es doch seine Entscheidung gewesen wäre, mit ihr ins Bett zu steigen. Er hätte das mit seiner Frau klären müssen, nicht sie. Sie ist ja solo gewesen zu der Zeit.«

»Waren Sie der gleichen Meinung wie sie?«

Wieder seufzte Laura Boode, und ihr Blick flog von rechts nach links und zurück. »Nein, war ich nicht. Ich hab Anni ganz klar und deutlich gesagt, dass sie ebenso ein Teil des Problems wäre. Denn wenn sie schon so auf die heilige Ehe«, Laura Boode malte Gänsefüßchen in die Luft, »pochte, dann hätte sie sich auch nicht so dazwischendrängen dürfen. Und überhaupt, man spielt doch nicht so ein Spiel mit Menschen, die sich in einen verliebt haben.«

»Was hat sie darauf geantwortet?«

Laura Boode lachte kurz auf. »Das war das Beste. Sie hat mich doch tatsächlich ausgelacht. Meinte, ich wäre eine Träumerin und sollte mal erwachsen werden. Zu mir!« Sie schnaubte. »Dabei habe ich sie aus der Gosse geholt. Ich habe sie gehalten, als sie sich die Seele aus dem Leib gekotzt hat. Als sie nicht mehr wusste, wo oben und unten war.« Kurz schien sie in ihren Erinnerungen gefangen zu sein, schaute an Fine vorbei an die Wand.

»Sie sind also sauer gewesen?«

Laura Boode warf Fine einen fast mitleidigen Blick zu. »Natürlich. Wären Sie das nicht gewesen?«

Fine zog es vor, darauf nicht zu antworten.

»Ich hab ihr das auch so gesagt. Dass mich das verletzt hat und dass ich das nicht in Ordnung gefunden habe, wie sie mit mir geredet hat. Wir haben uns dann ausgesprochen, und es war wieder gut.« Sie holte Luft. »Und falls Sie jetzt gleich wieder fragen, nein, deswegen bringt man niemanden um. Oder bringen Sie Ihre Freunde immer gleich um, wenn die anderer Meinung sind als Sie?«

Fine lächelte. »Natürlich nicht. Warum sind Sie eigentlich nicht wieder zurück nach Berlin gegangen? Sie sind doch auch fertig gewesen mit Ihrem Job?«

»Stimmt. Ich wollte noch ein paar Tage auf der Insel bleiben, Urlaub machen. Ich hatte ja noch Zeit bis zum Semesterbeginn. Nur Anni wollte weg, etwas Geld verdienen, bevor sie ihre Ausbildung zur Hotelfachfrau, die sie damals in Berlin abgebrochen hatte, wieder aufnehmen wollte oder eine neue Ausbildung anfangen wollte. Hatte ich Ihnen doch schon erzählt. Aber was sie genau anfangen wollte – keine Ahnung.«

Fine streckte ihre Beine aus. »Aber sie hätte doch auch auf Spiekeroog bleiben und dort Geld verdienen können? Arbeitskräfte wurden doch damals genau wie heute händeringend gesucht?«

Laura Boode schüttelte den Kopf. »Anni hatte genug von der Insel. Oder eher von Torben. Der wurde ihr zu anhänglich.«

»Hatte sie auch genug von Jens?« Fine war sich bewusst, dass das ein Reizthema für Laura Boode war. Aber genau deswegen stellte sie die Frage.

Laura Boode riss die Arme hoch. »Was weiß denn ich? Was wollen Sie eigentlich hören? Dass ich meinen Mann beschuldige? Daraus wird nichts, der hat nämlich nichts getan. Suchen Sie doch lieber Lorenzo. Der ist ja offensichtlich auch auf Spiekeroog gewesen.« Ihre Wangen glänzten rötlich.

»Das werde ich auch noch tun. Aber vorher hätte ich gern gewusst, wo Sie an dem Tag überall waren.«

»Echt jetzt? Ich war im Anker, bei Jens.«

»Die ganze Zeit?«

»Was heißt hier ›die ganze Zeit‹? Das ist doch ewig her. Wenn ich gewusst hätte, dass das jetzt so wichtig ist, hätte ich damals besser aufgepasst und mir Notizen gemacht. Jens hat immer Hilfe im Gasthaus gebraucht.«

Fine nickte langsam. »Hat Sie dort jemand gesehen? Um wie viel Uhr war das denn?«

Boode schloss kurz die Augen. »Sie fragen Sachen. Was weiß denn ich? Mit Sicherheit hat mich da jemand gesehen, aber Sie glauben ja wohl nicht, dass sich da nach sieben Jahren noch jemand dran erinnert? Und ganz ehrlich: Die genaue Uhrzeit weiß ich nicht mehr.«

»Was ich mich gefragt habe: Wenn Anoushka am nächsten Morgen abgereist ist, haben Sie sie dann nicht an der Fähre verabschiedet?«

Laura Boode schaute zur Seite. »Sie meinen, am Hafen stehen und mit dem Taschentuch winken?« Sie schaute wieder zu Fine. »Das wollte Anni nicht, sie hasste Abschiedsszenen, seit ihre Eltern ums Leben gekommen waren.« Sie schluckte und strich sich eine Strähne hinter das Ohr. »Aber ich war trotzdem da. Morgens um neun Uhr zwanzig. Um neun Uhr vierzig sollte die Fähre gehen. Hab sie gesucht. Aber nicht gefunden. Dann hab ich ihr eine Nachricht geschrieben, wo sie denn sei, ob sie etwa verschlafen habe.« Sie lachte trocken auf.

»Hat sie geantwortet?«

Laura Boode nickte. »Haben Sie die Nachricht nicht gelesen?«

Fine konnte sich nicht mehr erinnern. Es waren so viele Nachrichten in der letzten Zeit gewesen. Laura Boode aktivierte ihr Smartphone, tippte ein paarmal darauf herum und zeigte Fine die Nachrichten.

01. Juni 2016 Anni: Ich habe das erste Wassertaxi genommen, hatte Zahnschmerzen. Wollte noch zum Zahnarzt, bevor ich den Zug nehme. War gestern schon so, bin deshalb auch nicht in die Kneipe gekommen. 09:27

Doch, an die Nachricht konnte sich Fine erinnern, aber sie hatte sie nicht in den richtigen Zusammenhang gebracht. Sie war da schon davon ausgegangen, dass jemand anderes in Anoushkas Namen die Nachrichten geschrieben hatte. Im Endeffekt war es auch egal. Es zeugte nur noch mehr davon, dass sich jemand viel Mühe gegeben hatte, Anoushkas Verschwinden genau zu planen. Sie sollte nicht vermisst werden. Niemals. Sie schaute auf Laura Boodes Antwort und die folgenden Nachrichten.

01. Juni 2016 Laura: Du Arme! Geht's wieder besser? 09:28
01. Juni 2016 Anni: Alles gut, ist von alleine wieder besser geworden. Gehe jetzt zum Bahnhof. 09:30

Laura Boode hatte ihr noch eine gute Reise gewünscht.

»Aber in Neuharlingersiel gibt es doch gar keinen Bahnhof?« Fine runzelte die Stirn.

»Nein, aber in Esens. Ich dachte, sie wäre mit dem Bus von Neuharlingersiel nach Esens gefahren, um dort zum Zahnarzt zu gehen, und von dort aus mit dem Zug weiter. Wohin auch immer.« Boode zuckte mit den Schultern. »Ehrlich, ich war dann mit anderen Dingen beschäftigt.« Sie grinste anzüglich.

Fine konnte sich schon denken, worum es dabei gegangen war: um Jens Boode.

Eine Viertelstunde später war Fine wieder zurück in der Dienststelle und rief bei Hardy in Aurich an. Sie erzählte ihm von dem Foto auf Jens Boodes Handy, auf dem Anoushka Diepholz sich mit Lorenz Krämer stritt. Lorenz Krämer war zwar im Moment nicht der Letzte, der das Opfer lebend gesehen hatte, immerhin gab es weitere Fotos von Boode, die Diepholz lebend zeigten, aber er war auf der Insel gewesen. Fragte sich nur, warum? Sie musste unbedingt mit Lorenz Krämer reden.

»Kannst du bitte bei der zuständigen Dienststelle in Berlin-Mitte anrufen, damit die Lorenz Krämer befragen?«, fragte sie Hardy. »Die wissen doch seit der Inbeschlagnahme von Anoushka Diepholz' Sachen schon, wo er wohnt. Und frag sie auch bitte gleich, ob ich vielleicht per Videoschaltung dabei sein kann, wenn sie ihn befragen. Danke dir.« Hardy versprach, sich darum zu kümmern.

Susa steckte den Kopf ins Büro. »Der Anwalt von Jens Boode ist gekommen. Ich habe ihn zu Boode in die Zelle gelassen. Bist du jetzt da, oder soll ich mich darum kümmern, dass er da später wieder rauskommt?«

Doch bevor Fine antworten konnte, klingelte das Telefon. Ein Polizeibeamter aus Berlin war am Apparat.

»Frau Küster? Mein Name ist Emil Beck, ich bin Kriminalhauptkommissar in der Polizeidirektion 5 City und im Bereich Berlin-Mitte, wo Ihr Verdächtiger Lorenz Krämer aktuell seinen Wohnsitz hat. Sie hatten ja um Amtshilfe gefragt. Wir können den Verdächtigen heute Nachmittag vernehmen. Wollen Sie dabei sein?«

»Das schaffe ich leider nicht, ich komme so schnell nicht von Spiekeroog weg. Ich bräuchte allein über fünf Stunden mit dem Auto von Neuharlingersiel aus, mit dem Zug noch zwei Stunden länger. Gibt es nicht eine Möglichkeit, dass Sie mich per Videocall zuschalten?«

Beck schnaubte. »Jo, das können wir machen. Ist zwar ein bisschen Aufwand und nicht unbedingt üblich, aber das kriegen wir schon hin. Wir würden uns dann bei Ihnen telefonisch melden, reicht Ihnen eine halbe Stunde vorher?«

»Hervorragend, das passt. Ich schicke Ihnen gleich noch ein paar Aufnahmen per Mail, die Krämer mit unserem Opfer zeigen. Ich muss wissen, warum er auf der Insel war, und vor allem, worum es bei dem Streit ging. Und ich brauche ein Alibi von ihm für den restlichen Tag. Wo er überall war und wann er die Insel wieder verlassen hat.«

»Schreiben Sie einfach alle Fragen mit in die Mail. Das sollte kein Problem sein. Wir behalten den Verdächtigen auch in Gewahrsam, bis Sie sein Alibi überprüft haben.« Er hielt kurz inne, es kratzte an Fines Ohr, so als würde etwas über das Mikrofon von Beck gehalten werden. Sie hörte undeutliches Gemurmel, konnte aber nicht verstehen, was er sagte. Offenbar war es auch nicht für sie bestimmt, vielleicht war jemand in Becks Büro gekommen. Sie fragte sich gerade, wie lange sie noch warten sollte, da wurde der Ton wieder klar. »Tut mir leid, dass wir unterbrochen wurden, ein Kollege ist gerade hereingekommen. Haben Sie noch irgendwelche Fragen oder sonst etwas?«

Fine verneinte.

»Gut, dann hören und sehen wir uns heute Nachmittag. Ach ja, und grüßen Sie mir Susa, ich hab gesehen, dass sie schon seit acht Jahren Leiterin der Dienststelle Spiekeroog ist, wie ich nach der Telefonnummer gesucht habe. Wusste gar nicht, dass sie jetzt dort ist. Habe nur mitbekommen, dass sie versetzt worden ist. War vielleicht die beste Lösung nach all den Vorkommnissen.«

Er legte auf, und Fine atmete auf. Ein Punkt abgehakt. In knappen Worten erzählte sie Susa von dem Foto, von Lorenz Krämer und von dem Gespräch mit Laura Boode. Susa holte einen Stift, um die Ergebnisse an der Wand festzuhalten.

»Ich soll dich übrigens von einem Emil Beck grüßen, dem Kriminalhauptkommissar, mit dem ich gerade telefoniert habe. Er schaltet mich später bei der Vernehmung zu. Er war ganz überrascht, dass du auf Spiekeroog bist. Und er hat noch gemeint, dass es wohl das Beste gewesen sei, dass du hierher versetzt worden seist nach all den Vorkommnissen. Was war denn da? Und woher kennst du Beck denn?«

Susa lachte auf, aber es erreichte nicht ihre Augen. Sie stöhnte und drehte sich kurz weg, fasste sich an den Kopf und drehte sich wieder zurück. »Oh mein Gott. Den habe ich fast vergessen. Wär auch besser gewesen. Ich bin mit ihm auf der Polizeischule in Berlin gewesen. Du weißt ja, es gibt immer Typen, die wollen was von einem, aber kapieren nicht, dass man selbst nichts von ihnen will. So einer war der Emil. Es hat einigen Ärger gegeben damals, weil ich eine Dienstaufsichtsbeschwerde gegen ihn eingereicht habe. Weil er mir nachgestellt hatte. Ziemlich übel. Dem brauche ich ganz bestimmt nicht mehr begegnen.« Sie atmete tief durch.

In Fines Gesicht spannte sich alles an. »Musst du ja auch gar nicht. Es reicht, wenn ich dazugeschaltet werde. Du musst diesen

Kerl nicht mehr sehen. Obwohl das schon seltsam ist, dass der dich dann auch noch grüßt. Aber jetzt bist du ja weit weg von ihm, und außerdem hast du Desmond. Und ich glaube kaum, dass dieser Emil hierher auf die Insel kommt.«

»Das sagst du so einfach. Das ist genau der Punkt. Dieser Emil hat nie kapiert, dass er nicht bei mir landen kann, nicht einmal, als ich ihn angezeigt habe. Der denkt sich gar nichts dabei, wenn der mich grüßt. Für den lag ich falsch. Ihm ist ja auch nichts passiert damals, weil er alle vom Gegenteil überzeugen konnte. Dass ich überreagiert hätte. Also habe ich mich versetzen lassen. Trotzdem – was, wenn der hier mal Urlaub macht, jetzt, wo er weiß, wo ich bin?«

»Dann sieht der, dass du glücklich mit Desmond verheiratet bist, und aus. Das ist jetzt ja auch schon einige Zeit her, dass ihr gemeinsam auf der Polizeischule wart. Wie alt bist du noch mal?«

Susa schnalzte mit der Zunge. »Das fragt man eine Dame doch nicht. Aber weil du es bist: neunundfünfzig. Sozusagen kurz vor der Rente. Die paar Jahre schaff ich noch.« Sie schmunzelte, doch ihre Schultern sprachen eine andere Sprache. Sie hatte sie fest nach oben gezogen, der Nacken starr. Dann drehte sie sich von Fine weg und schrieb Lorenz Krämer als Verdächtigen an die Wand.

Dabei kam Fine ein Gedanke. »Hast du irgendwo die Liste mit den Touristen, die damals auf Spiekeroog übernachtet haben?«

Susa schob einige Ordner auf dem Schreibtisch beiseite und runzelte die Stirn. Dann hellte sich ihr Gesicht auf, und sie reichte Fine die zusammengeheftete Liste.

Fine setzte sich und fuhr mit dem Finger die Nachnamen mit K ab. Da war er ja: Krämer, Lorenz. Eine Nacht in der Linde. Wie hatte sie das nur übersehen können?

»Ich war so fixiert auf Anoushka Diepholz, da habe ich gar nicht mehr nachgeschaut, ob noch ein weiterer Name auf der Liste bekannt ist«, sagte sie zu Susa.

»Das ist doch kein Beinbruch. Immerhin weißt du es jetzt. Ist ja noch keiner endgültig verhaftet und verurteilt worden.«

Fine vergrub den Kopf zwischen den Händen und legte ihn auf der Schreibtischplatte ab. Hob den Kopf wieder und klopfte mit den Fingern auf die Platte. »Weißt du, ich habe die ganze Zeit das Gefühl, dass ich etwas übersehen habe. Aber ich komm einfach nicht drauf, was! Das macht mich ganz kirre. Ich muss unbedingt noch einmal alles durchgehen, jede einzelne Aussage. Von allen. Vor allem von heute. Vielleicht fällt mir dann endlich auf, wo es hakt. Wo mir eine wichtige Information durch die Lappen gegangen ist.«

16

Susa hatte Fine vorgeschlagen, sich etwas abzulenken, dann würde ihr vermutlich von selbst wieder einfallen, was sie übersehen habe. Vielleicht war die Idee gar nicht so verkehrt. Sie könnte ins Café Strandmöwe gehen und einen Kaffee trinken. Immerhin dauerte es noch etwas, bis die Vernehmung in Berlin stattfinden würde und die Kollegen von dort sie anrufen würden. Doch Fine nahm nicht den direkten Weg zu Insas Café, sondern schlug den Weg von der Dienststelle aus nach links ein, weiter über den Tranpad, der sie aus dem Dorf herausführte. Links und rechts des Wegs erstreckte sich ein kleines Wäldchen.

Susa hatte Fine einmal erzählt, dass angeblich ein Oberforstdirektor aus Hannover vor über hundertsechzig Jahren auf der Insel die ersten Eichen, Birken und Kiefern gepflanzt habe. Später seien weitere Baumarten dazugekommen: Ebereschen, Zitterpappeln und Erlen. Fine kannte Zitterpappeln und Erlen nur vom Namen. Irgendwo hatte sie noch abgespeichert, dass Erlen gerne nasse Füße hatten und in Feuchtgebieten wuchsen. Ebereschen hatten rote Beeren, aus denen man in Franken einen Ebereschenbrand herstellte. Und sie gehörten zusammen mit Birken und einigen anderen Gewächsen zu den Erstbesiedlern einer Brachfläche. Aber dann hörte es mit Fines Waldkenntnissen auch schon auf. Trotzdem liebte sie den Wald. Grün in allen Schattierungen, unterbrochen von Stämmen und Geäst. Am Boden trockenes Laub, Nadeln, mit Flechten und Moos bewachsenes Holz. Und dieser Geruch nach Waldboden, besonders nach einem Regenguss, wenn die Erde noch feucht war und es von den Blättern der Bäume tropfte. Hier hatte es schon längere Zeit nicht mehr geregnet, aber wenn sich Fine darauf konzentrierte, konnte sie den Geruch trotzdem wahrnehmen. Schwach, aber er war da. Vögel zwitscherten über ihrem Kopf. Und dennoch gab es viele kleine Unterschiede zu den Wäldern, die sie aus ihrer Heimat kannte. Angefangen mit der Flächengröße. Und die Bäume hier sahen auch anders aus, obwohl es die gleichen Arten waren wie zu Hause. Ihr Wuchs war gedrungener, die Stämme ungleichmäßig, teilweise mit knollenartigen Wucherungen, so als bestünde der Wald aus verwunschenen Trollen und Feen, die ihre Äste wie Arme ausstreckten, um sich vorbeilaufende Menschen zu krallen. Und dabei mitten in der Bewegung erstarrt waren. Und das schon so lange, dass sie in ihrer Starre ein eigenes Kleid aus Flechten bekommen hatten. An manchen Stellen lagen Baumstämme kreuz und quer, überwuchert vom Unterholz. Hier hätten sich Hänsel und Gretel problemlos verlaufen können. Und wenn dann noch Nebel aufkam, war das Schauermärchen perfekt.

Doch jetzt glitzerten die Blätter wie kleine Spiegel im Sonnenlicht, und Fine sog mit einem tiefen Atemzug die Luft ein. Ruhe, nichts als Ruhe. Einatmen bis in den Bauch, lass die Luft alles ausfüllen, nimm die Energie auf, vergiss alles um dich herum, geh mit deinem Atem auf eine Reise. Halte an und schließ die Augen. Atme aus, immer weiter … und weiter … und weiter. Lass alles, was dich behindert und lähmt, nach außen strömen. Fine öffnete die Augen wieder und sah sich um. Hatte jemand sie beobachtet? Doch sie war allein im Wald. Kein Mensch weit und breit. Oder doch …? Sie hörte ein Knacken im Unterholz. Etwas bewegte sich durch das morsche Gehölz. Schnell. Dem Geräusch nach musste es größer sein. Es kam näher. Fine drehte sich nach rechts, verengte die Augen, versuchte, etwas zwischen den Bäumen auszumachen, aber die rasch wechselnden Kontraste zwischen den Schatten und den Sonnenstrahlen erschwerten ihr die Sicht. Keine zwei Meter entfernt von ihr brach ein großes Tier aus dem Unterholz, jagte vor Fine über den schmalen Weg und verschwand zwischen den Büschen links von ihr. Fine atmete schwer, das Herz klopfte ihr bis zum Hals. War das ein Reh gewesen? Ein großes Reh. Gab es überhaupt Rehe auf Spiekeroog? Wie kamen denn solch große Tiere auf eine Insel? Waren sie geschwommen?

Fine blinzelte, und ihr Puls beruhigte sich allmählich. Erst nach einer Weile bewegte sie sich wieder weiter. Ein Reh. Sie hatte noch nie ein Reh in freier Wildbahn so nah gesehen. Ein Grinsen breitete sich auf ihrem Gesicht aus.

Eine halbe Stunde später saß Fine bei Insa im Café Strandmöwe und erzählte ihr von der Begegnung.

Insa lachte. »Ja, da hast du ein Reh oder einen Damhirsch gesehen. Die leben schon ziemlich lange auf Spiekeroog. Wahrscheinlich, weil es hier eben so viel Wald gibt. Nicht umsonst nennt man Spiekeroog auch die ›grüne Insel‹.«

»Und woher kommen die Tiere? Wurden die angesiedelt?«

Insa zuckte mit den Schultern. »Meine Mutter hat mir damals erzählt, dass die Rehe und Hirsche entweder bei Niedrigwasser von anderen Inseln, also Langeoog oder Wangerooge, kommen, oder eben übers Watt. Ist vielleicht nicht der optimalste Lebensraum hier, aber hey, immerhin ist es schön ruhig.« Insa grinste. »Kaffee schwarz, wie immer? Darf's dazu ein Kuchen sein? Ich geb dir einen aus.«

»Danke dir. Überrasch mich.«

»Susa war übrigens vorhin hier und hat nach dir gefragt. Sie schien verwundert, dass du nicht da warst«, sagte Insa.

»Ja, ich hatte ihr erzählt, dass ich zu dir ins Café gehe, aber dann war ich vorher doch noch ein bisschen spazieren. Ich ruf sie gleich mal an.«

Insa verschwand in der Küche. Fine streckte die Beine von sich und legte die Arme auf die Lehnen des Sessels. Draußen auf der Terrasse waren alle Tische besetzt, die Sonnenschirme aufgespannt, und es herrschte ein buntes Treiben und Lachen. Hier drinnen war es ruhig und angenehm warm, nicht so heiß wie draußen. Fine hatte ganz schön geschwitzt in ihrer Uniform auf dem Weg vom Wald durch das Dorf zur Strandmöwe. Sie beneidete die Touristen, die in ihren kurzen Hosen und knapp geschnittenen Oberteilen herumlaufen konnten. Aber der Spaziergang hatte ihr gutgetan. Sie war zwar immer noch nicht darauf gekommen, was sie übersehen haben könnte, aber es regte sie nicht mehr so auf. Früher oder später würde es ihr wieder einfallen. Spätestens dann, wenn sie sich alles noch einmal handschriftlich ins Gedächtnis rief, den Ablauf chronologisch durchging. So wie sie es immer gemacht hatte. Fine schaute auf ihr Handy, ob schon eine Nachricht von den Berliner Beamten gekommen war. Dann rief sie Susa an.

»Was gibt's denn? Insa hat mir erzählt, dass du bei ihr warst und mich gesucht hast.«

»Na, also so extrem würde ich das jetzt nicht ausdrücken. Ich bin nur zufällig vorbeigekommen auf dem Weg zum Hafen.« Fine hörte im Hintergrund das Schiffshorn der Fähre tuten. »Und da ich noch Zeit hatte, dachte ich, ich könnte dir Gesellschaft leisten. Und ja, ich geb's zu, ich bin schon so gespannt, was da in Berlin rauskommt. Haben die sich schon gemeldet?«

»Nein, du hast noch nichts verpasst. Du kannst in aller Ruhe die Fähre abwarten. Ich hab schon gehört, sie kommt gerade rein. Ich bin gerade erst bei Insa angekommen, war noch spazieren. Und gönne mir einen Kaffee und ein Stück Kuchen.«

»Das machst du richtig so. Lass dir Zeit. Danach sieht die Welt schon wieder ganz anders aus. Bis später.« Susa legte auf.

»Mama, holen wir auch Kekse?«

Das war doch Maja? Fine schaute auf. Laura Boode kam mit ihrer Tochter ins Café. Sie stellte sich an die Kuchentheke.

»Wir schauen mal, Maja.« Dann entdeckte sie Fine. »Na, sieh mal einer an. Heute aber geballte Polizeipräsenz.«

Fine lächelte kaum merklich. »Manchmal kann man es sich eben nicht aussuchen.« Das konnte Laura Boode jetzt verstehen, wie sie wollte. »Mal wieder glutenfreier Einkauf?«

Boode nickte. »Brot und Kekse. Wie üblich.«

Insa kam um die Ecke und brachte Fine ihren Kaffee. »Moin, Laura, bin gleich da.«

»Moin, Insa.« Zu Fine gewandt sagte sie mit einem spöttischen Zug um die Lippen: »Die Puristin ist wieder unterwegs.«

»Nichts geht über schwarzen Kaffee.« Fine nippte kurz, setzte die Tasse aber sofort wieder ab. »Aber der ist noch gut heiß, der kocht ja fast.«

»Sag nix gegen meinen Kaffee.« Insa zog die Augenbrauen hoch. »Kuchen kommt gleich. Macht es dir was aus, wenn ich Laura kurz zwischenrein …?«

»Mach nur, alles gut.«

Insa trat hinter die Theke und wandte sich Laura Boode zu. »Was kann ich denn für dich tun?«

»Hast du noch was vom Vollkornbrot da?«

»Klar, hol ich dir gleich, ich habe es nur nach hinten geräumt, weil ich die Theke für den Kuchen gebraucht habe. Sonst noch was?«

»Maja wollte noch Kekse.«

»Kekse!«, rief ihre Tochter dazwischen und hüpfte auf und ab.

»Ja, Maja, ist ja gut, wir kaufen Kekse«, sagte Laura Boode und tätschelte ihrer Tochter den Kopf. »Du hattest da mal so Kekse mit Hafer und was war es noch gleich? Karotte? Oder Zucchini? Ich weiß, dass du die Kekse an Ostern gemacht hast.«

Insa runzelte die Stirn. »Also, egal, welche Kekse es sind, die habe ich garantiert heute nicht da. Heute gibt es Chocolate Chip Cookies und Vanillekekse.«

»Schade. Dann nehme ich heute noch fünf Vanillekekse dazu. Machst du Kekse eigentlich auch auf Bestellung? Maja hat doch bald Geburtstag, da würde ich gerne welche vorbestellen. Aber eben die, die ich damals bei dir gekauft habe. Hast du vielleicht einen Ordner mit Bildern oder ein Backbuch, wo ich mal durchschauen kann?«

»Klar, bring ich dir gleich, aber ich muss dafür noch ins Büro, kann also einen Moment dauern.« Insa lächelte sie breit an.

Laura Boode zückte ihr Handy. »Vielleicht habe ich auch noch ein Bild von den Keksen, ich hatte sie damals ja für Ostern gekauft.«

»Schau du mal nach deinem Bild, ich hole das Brot, die Vanillekekse und den Ordner.« Bevor sie wieder um die Ecke verschwand, rief sie Fine noch »Ich habe deinen Kuchen nicht vergessen!« zu.

Laura Boode tippte mit gerunzelter Stirn auf ihrem Handy herum, Maja setzte ihren Hasen auf verschiedene Sessel im Café und erzählte dabei Geschichten.

Fines Smartphone gab einen Ton von sich. Schnell griff sie danach, vielleicht war das endlich die Nachricht aus Berlin. Sie öffnete die App. Eine Nachricht war tatsächlich eingegangen, aber nicht aus Berlin. Der Absender war anonym. Es war keine Nummer erkennbar. Seltsam. Fine verengte die Augen und öffnete die Nachricht.

»Kommen Sie zum Drinkeldodenkarkhof, dem Friedhof der Ertrunkenen. Ich habe wichtige Informationen für Sie. Aber Sie müssen gleich kommen. Ein Freund.«

Fine starrte auf das Handy in ihrer Hand. Sie presste ihre Lippen aufeinander, schob sie dabei hin und her. War das ernst gemeint? Und woher hatte dieser Freund ihre Nummer? Wobei, sie hatte in der letzten Zeit so viele Visitenkarten auf Spiekeroog verteilt, da war es ein Leichtes, an ihre Nummer zu kommen. Die zudem kein Geheimnis war. Es war ja ihr Diensthandy. Sollte sie darauf eingehen? Sie kratzte sich am Kopf. Was sollte denn schon passieren? Hier, mitten im Dorf, wenn überall Menschen unterwegs waren, würde wohl kaum jemand über sie herfallen. Schon gar nicht, wenn sie eine Waffe dabeihatte und in Uniform kam. Und der Kaffee …? Der war sowieso noch zu heiß, da konnte sie doch kurz mal weg. Aber Insa war nicht da; nicht dass sie dachte, Fine würde die Zeche prellen. Wobei das Insa bestimmt nicht denken würde, da war Fine sich sicher. Ihr kam eine Idee.

»Könnten Sie Insa Bescheid geben, dass ich noch einmal kurz wegmuss? Ich bin gleich wieder da. Nicht dass sie meinen Kaffee wegräumt oder denkt, ich bin, ohne zu zahlen, abgehauen«, sagte sie zu Laura Boode, die immer noch auf ihrem Handy herumspielte.

Laura Boode schaute auf und grinste. »Das wär doch mal was. Ich sehe schon die Schlagzeile vor mir: ›Die Dorfkommissarin auf der Flucht. Dringend gesucht wegen Zechprellerei. Sie rettete sich ins Wattenmeer und ward nie mehr gesehen.‹«

Fine lachte. »Vielleicht nicht ganz so dramatisch. Aber danke fürs Bescheidgeben. Ich bin gleich wieder da.« Dann eilte sie das kurze Stück Weg zum Friedhof der Ertrunkenen entlang. Der lag gleich um die Ecke von der Polizeidienststelle im Tranpad. Fine war schon öfter daran vorbeigegangen und hatte die Infotafel gelesen, die dort angebracht war. Hier wurde der Opfer des Auswandererschiffs Johanne gedacht, das am 6. November 1854 vor Spiekeroog strandete. Dabei waren siebenundsiebzig Menschen ums Leben gekommen. Jetzt erinnerte ein Kreuz auf einem Steinhaufen, um das eine bronzene Ankerkette samt Anker gewickelt war, an diese Geschichte. Allerdings war das Denkmal das Einzige, was Fine dort erwartete. Sonst war niemand da. Eine Finte? Sie atmete tief durch. Aber warum hätte sie jemand hierherlocken wollen? Nein, sie würde den Platz absuchen und erst danach ihre Schlüsse ziehen. Am Denkmal war nichts zu finden. Vielleicht bei der Bank. Sie kniete sich hin, um unter die Bank zu schauen. Da steckte doch etwas Weißes unter der einen Holzbohle der Sitzfläche. Fine holte ein Paar Einmalhandschuhe aus ihrer Jackentasche, die hatte sie im Normalfall immer einstecken. Man wusste ja nie, was kam. Sie zog sie an, angelte nach dem weißen Etwas unter der Bohle und zog es vorsichtig heraus. Es war ein mehrfach zusammengefaltetes Blatt Papier. Fine fuhr sich mit der Zunge über die Lippen und faltete es auseinander. Und erstarrte. Es handelte sich um den Ausdruck eines Fotos, auf dem Jens Boode und Anoushka Diepholz zu erkennen waren. Sie standen am Rand eines Dünentals. Aber nicht, um die Aussicht zu bewundern, sondern es war deutlich erkennbar, dass Diepholz sich gegen Boode wehrte, das Gesicht verzerrt. Auf dem Foto war ein Zeitstempel eingeprägt: Er zeigte Diepholz' letzten Tag auf der Insel mit der Uhrzeit zwanzig Uhr achtundvierzig.

Fine atmete aus. Kurz hatte sie das Gefühl, die Zeit wäre stehen geblieben. Selbst die Vögel zwitscherten einen Moment lang nicht. Doch das konnte auch Einbildung sein. Wenn das stimmte, dann hatte Jens Boode sie angelogen. Und er war an dem Tag mit Anoushka Diepholz unterwegs gewesen, obwohl er das Gegenteil behauptet hatte. Und sie waren auch noch in den Dünen gewesen. Aus denen Anoushka Diepholz wahrscheinlich nie zurückgekehrt war. Fines Hand zitterte. Sie brauchte unbedingt das Original des Fotos. Noch bestand die Möglichkeit, dass es sich hierbei um eine Fälschung handelte, dass jemand Jens Boode etwas anhängen wollte. Aber dafür musste sie herausfinden, wer »Ein Freund« war. Langsamen Schrittes ging sie zurück zum Café Strandmöwe, faltete das Foto wieder zusammen und schob es in einen der Handschuhe in ihrer Jackentasche.

Laut ihrer Uhr waren gerade einmal acht Minuten vergangen, seitdem sie aufgebrochen war. Ihr Kaffee stand noch an ihrem Platz, daneben der Kuchen. Der Kaffee war immer noch mehr als warm, wie Fine beim Berühren der Tasse feststellte. Laura Boode war nicht mehr da. Warum auch. Insa kam von draußen herein, in der Hand ein voll beladenes Tablett.

»Na, Reisende, wieder da? Laura hat mir schon gesagt, dass du getürmt bist.« Sie zwinkerte Fine zu. »Ist der Kaffee noch warm, oder soll ich dir einen neuen bringen?«

Fine winkte ab. »Der ist wunderbar. Hat jetzt genau die richtige Trinktemperatur.« Sie nahm einen großen Schluck und verzog das Gesicht. »Sag mal, zieht der nach? Der ist schon etwas herb mittlerweile. Fast schon bitter. Irgendwie anders als vorhin.« Sie trank noch einen Schluck, um ihre Wahrnehmung zu überprüfen, und schüttelte sich. »Nee, also ehrlich, Insa, ich trink ja viel, aber den kannst du behalten.«

Insa schaute sie an, die Lippen schmal, die Augen geweitet. »Seltsam, das sollte eigentlich nicht passieren. Die Maschine mahlt automatisch und passt die Dosierung an. Das tut mir jetzt echt leid. Gib mir die Tasse, ich mach dir gleich einen neuen.« Mit Fines Tasse verschwand sie in die Küche.

Fine setzte sich. Irgendwie war ihr schwindlig. Vielleicht die Hitze. Die Aufregung. Oder doch der Kaffee? Schon seltsam, dass der plötzlich so bitter schmeckte … Insa brachte eine neue Tasse Kaffee und stellte sie vor ihr ab.

»Probier mal, ich hoffe, der ist jetzt besser.«

Fine pustete erst vorsichtig, dann nippte sie. »Perfekt, Insa, das sind Welten zum vorherigen Kaffee. Der hat Aroma, und er riecht auch ganz wunderbar.«

Insa seufzte erleichtert auf. »Da bin ich aber froh. Dann genieße deinen Kaffee und deinen Kuchen. Ist heute ein Kirschkuchen mit Streuseln.« Und schon verschwand sie mit ihrem Tablett nach draußen.

Der Kirschkuchen war tatsächlich ein Gedicht. Fine musste Insa mal nach dem Rezept fragen. Immer wieder schaute sie auf ihr Handy, aber die in Berlin ließen sich offensichtlich Zeit. Die werden vermutlich auch noch was anderes zu tun haben, als deinen Fall zu bearbeiten, flüsterte eine Stimme in ihrem Kopf. Fine scrollte durch ihre Nachrichten. Eine war von ihren Eltern. Ob es ihr auf der Insel gefalle und wie es ihr denn gehe. Die Nachricht war schon drei Tage alt, aber Fine hatte immer noch nicht darauf geantwortet. Es wurde allmählich Zeit.

Sie trank einen weiteren Schluck Kaffee und aß das letzte Stück Kuchen. Ihr Kopf pochte, und es zog in ihren Schläfen. Wahrscheinlich weil sie die Antwort an ihre Eltern immer noch nicht geschrieben hatte. Hoffentlich nur deswegen. Trotzdem ging ihr der Kaffee nicht aus dem Kopf. Konnte es sein, dass ihr jemand etwas in die Tasse gekippt hatte? Wie sie nicht da gewesen war? Aber das würde doch keiner wagen. Nicht hier, auf Spiekeroog. Und warum bei ihr? Sie hatte doch niemandem etwas getan. Oder? Sie atmete tief durch. Tippte auf der Tastatur: »Es geht mir gut, macht euch keine Sorgen, hab euch lieb.«

Sie legte das Handy beiseite. Das musste reichen. Ihr war klar, dass das weder persönlich noch inhaltsreich war. Es war nur ein Verschieben der Tatsache, dass sie sich irgendwann mit ihren Eltern auseinandersetzen musste. Über ihre Zukunft, darüber, wie es weitergehen sollte. Mit dem Wissen, dass ihre Eltern sich Sorgen machten und dass sie nur das Beste für sie wollten. Aber sie wusste doch selbst nicht, was momentan das Beste für sie war.

Sie strich sich mit dem Handrücken über die Stirn. Die fühlte sich feucht an, obwohl sie eiskalt war. Fine umschloss fest ihre Tasse, aber die Wärme wollte nicht in ihren Körper ziehen. Im Gegenteil, sie zitterte bei über neunundzwanzig Grad Außentemperatur. Sie stellte die Tasse wieder ab, verschüttete dabei etwas Kaffee. Legte eine Serviette auf den feuchten Fleck. Blinzelte. Und obwohl sie gerade einen weiteren Schluck getrunken hatte, fühlte sich ihr Mund trocken an wie der Sand in den

Dünen. Sie kniff die Augen zusammen, Blitze stiegen vor ihrer Netzhaut auf, und sie musste sich am Tisch festhalten, um nicht vom Sessel zu kippen. Schnell öffnete sie die Augen wieder. Ihr Puls raste. Da stimmte tatsächlich etwas nicht. Was war da in dem Kaffee gewesen? Sie musste nach Hause, sich hinlegen. Die Inselärztin Dr. Yildiz anrufen. Oder besser gleich den Krankenwagen. Fine erhob sich langsam, schwankte. Hielt sich an der Sessellehne fest. Atmete aus, hörte ihren eigenen Herzschlag in ihrem Ohr rauschen. Die Bilder vor ihren Augen verschwammen. Wie durch einen dichten Nebel hindurch hörte sie Insa rufen: »Um Himmels willen, Fine! Was ist los mit dir?«

Dann versank alles um sie herum in Dunkelheit.

17

Etwas piepte in Fines Kopf. Laut, durchdringend. Vernichtete jeden Gedanken. Und es roch seltsam. Scharf und beißend, ein bisschen wie der Korn, den ihr Großvater früher schwarzgebrannt hatte. Er hatte Fine damals daran riechen lassen, sehr zum Missfallen ihrer Eltern. Doch die Reaktion war die gleiche gewesen wie heute: Fine hustete, verschluckte sich fast. Sie öffnete die Augen. Es war so hell, dass sie sie sofort wieder schloss und so fest zusammenkniff, dass es wie Sterne in der Nacht vor ihrer Netzhaut aufblitzte.

»Fine, du bist wach!«

Das war doch die Stimme ihrer Mutter. Blinzelnd wagte Fine einen Blick durch halb geöffnete Lider. Allmählich gewöhnten sich ihre Augen an das Licht, und sie öffnete sie ganz. Schaute sich um. Tatsächlich. Ihre Mutter saß neben ihr auf einem Stuhl, daneben ihr Vater. Die Hände ineinandergelegt, die Stirn in Falten. Und sie selbst lag in einem Bett, einem Krankenhausbett. Mit einem Zugang in der Armbeuge und einem Infusionsschlauch, der zu einem Beutel in einem fahrbaren Ständer führte. Irgendetwas steckte in ihrer Nase. Ein Schlauch? Und das Piepen war nicht in ihrem Kopf, sondern direkt daneben. Sie drehte sich leicht, um zu sehen, wo es herkam. Ein Monitor zeigte ihren Herzschlag an, der mit mehreren Elektroden an ihrem Körper gemessen wurde, wie sie mit einem Blick auf sich feststellte. Jetzt wusste sie auch, was das für ein Geruch war: Desinfektionsmittel. Sie versuchte sich zu erinnern, aber in ihrem Kopf fühlte sich alles an wie in Watte gepackt. Was war passiert? Warum war sie hier?

Sie bemühte sich zu reden, aber ihre Kehle war so trocken, dass sie nur ein Krächzen hervorbrachte. Sie griff sich an den Hals, hatte kurz das Gefühl, an ihrer nicht vorhandenen Spucke zu ersticken, und würgte.

»Wir brauchen Hilfe, schnell!«, hörte sie ihre Mutter schreien, Stühle wurden gerückt, Schritte näherten sich rasch.

Eine Krankenpflegerin schob ihr eine Nierenschale unter das Kinn. Doch Fine musste sich nicht übergeben. Ihr war nicht schlecht. Aber sie zitterte, obwohl sie bis zur Brust zugedeckt war. Sie deutete auf den Nachttisch neben ihrem Bett, dort stand eine Flasche Wasser. Die Pflegerin verstand sofort und goss ihr etwas davon in ein Glas, fuhr das Kopfteil des Betts in die Höhe und half Fine beim Trinken, indem sie ihr das Glas an die Lippen hielt und vorsichtig kippte.

»Besser?«, fragte sie nach ein paar Schlucken, die Fine nicht leichtgefallen waren. Alles in ihrem Mund schien wie festbetoniert zu sein, auch ihre Zunge.

Fine nickte. »Ich habe mich nur verschluckt.« Ihre Stimme klang wie eine eingerostete Tür.

»Wie fühlen Sie sich?«, fragte die Pflegerin, die dem Schild an ihrem Kittel nach Yolanda Beyerlein hieß. Hinter ihr standen Fines Eltern, beide mit weit aufgerissenen Augen. Weinte ihre Mutter etwa?

Was hatte die Pflegerin gefragt? Fine blinzelte, versuchte sich zu erinnern. Wie sie sich fühlte. »Ich weiß nicht. Seltsam. Schwindlig. Irgendwie ... ich weiß nicht.« Wieder brach Nacht über sie herein.

Dieses Mal wusste Fine sofort, wo sie war, als sie aufwachte. Immer noch im Krankenhaus. Draußen war es dunkel, aber trotzdem so hell, dass sie sich orientieren konnte. Der Mond schien fast voll ins Zimmer, und die Rollos waren nicht heruntergelassen. Vielleicht hatte niemand damit gerechnet, dass sie ausgerechnet jetzt, mitten in der Nacht, wieder aufwachen würde. Wobei sie nicht einmal wusste, wie spät es war. Eigentlich wusste sie gar nichts. Welcher Tag war heute? Wie lange hatte sie geschlafen? Und in welchem Krankenhaus war sie, in welcher Stadt? Und die dringlichste Frage: Was war passiert? Ihre Gedanken kreisten wie in einem Karussell, das nicht aufhörte, sich zu drehen. Ein Hirsch sprang ihr ins Auge, der neben einem Hasen befestigt war. Darauf ein Kind, ein kleines Mädchen, das ihr irgendwie bekannt vorkam. Langsam dämmerte es ihr. Spiekeroog. Sie war auf Spiekeroog gewesen. Bei Susa und Desmond. Das Skelett in den Dünen. Eine Frau ... wie hieß sie noch gleich? Irgendwas mit A. Annika, Astrid, Almut ... nein. Bestimmt fiel es ihr gleich wieder ein. Anni! Anoushka, das war es. Die erschlagen worden war. Doch von wem? Hatten sie den Täter schon gefunden? War es überhaupt ein Täter, oder war es eine Täterin? Fines Augenbrauen verengten sich. Namen flogen durch ihren Kopf wie mit Gas gefüllte Luftballons, die jemand losgelassen hatte und die jetzt alle gleichzeitig in die Höhe stiegen. Torben Gerdes, Jens Boode, Lorenz Krämer, Hardy, Dr. Ralf Wiese, Laura Boode, Insa, Greta Gerdes, Dr. Renate Mattes, Kevin Klein ... alle spielten eine Rolle in diesem Drama. Aber sie hatte das Ende vergessen. Oder verpasst. Entweder war die Aufführung schlecht gewesen, oder sie war am Höhepunkt eingeschlafen. Fine runzelte die Stirn. War das nicht dasselbe? Schlief man nicht ein, wenn etwas langweilig war? Sie drehte vorsichtig den Kopf. Er dröhnte bis in die letzte Hirnwindung. Zu laut. Viel zu laut.

Erinnere dich, herrschte sie sich an. Was hatte sie zuletzt gemacht? Sie atmete tief ein und aus, schloss die Lider. Spürte, wie ihr Herzschlag ruhiger wurde. Bumm, dabumm, dabumm. Wie in einem Film schwebten die letzten Ereignisse vor ihrem inneren Auge vorbei. Der Drinkeldodenkarkhof mit der Bank. Der Anker mit der Kette. Sie sah sich selbst, wie sie sich unter die Bank bückte und das zusammengefaltete Foto entdeckte. Schaute sich über die Schulter, wie sie es auffaltete, und sah, was es zeigte: Jens Boode und Anoushka. Anoushka Diepholz, an ihrem letzten Tag auf Spiekeroog, jetzt fiel es ihr wieder ein. Im Dünental. Danach ging sie neben sich selbst zurück zu Insa ins Café. Kaffee ... Der Kaffee! Ihr Herz machte einen Satz. Er war bitter gewesen, richtig ekelhaft. Insa hatte ihr einen neuen gebracht. Der Kaffee ... Irgendetwas musste darin gewesen sein. Nur was? Und was war dann passiert? Sie öffnete die Augen, starrte in den Raum, aber es war, als stünde sie vor einer mit mehreren Riegeln verschlossenen Tür. Sie konnte sich nicht mehr erinnern.

Ein Krankenpfleger kam herein, sah auf den Monitor neben ihr. Er beachtete sie gar nicht.

»Ich bin wach«, krächzte Fine.

Der Pfleger zuckte zusammen, fasste sich aber schnell. »Wie geht es Ihnen?«, fragte er.

»Ganz gut, schätze ich. Aber ich habe einen wahnsinnig trockenen Mund. Könnte ich etwas trinken, bitte?«

»Natürlich.« Fine glaubte, ein Lächeln zu sehen, aber sein Gesicht lag zu sehr im Schatten des Fensters, als dass sie es mit Sicherheit hätte sagen können. Er stellte ihr ein Glas Wasser auf den Tisch neben ihr und fuhr das Kopfteil etwas nach oben. »Schaffen Sie es alleine, oder soll ich Ihnen helfen?«

»Ich denke, ich kriege das hin.« Fine griff nach dem Glas, sie zitterte ein wenig und verschüttete dabei etwas Wasser auf ihre Decke. Der Pfleger fasste schnell das Glas und hielt es fest.

»Vielleicht helfe ich doch noch ein bisschen, bevor Sie sich hier unter Wasser setzen.« Dieses Mal hörte Fine das Grinsen in seiner Stimme. Er setzte das Glas an ihre Lippen, und sie trank es fast ganz leer. Tat das gut.

»Warum bin ich hier?«, fragte Fine, nachdem der Pfleger das Glas wieder abgestellt hatte.

»Wissen Sie das nicht?«

»Sonst würde ich wohl kaum fragen.« Sie räusperte sich. »Ich weiß, dass ich zuletzt auf Spiekeroog war. Aber dort gibt es kein Krankenhaus. Also muss ich wohl woanders sein.«

Er nickte. »Sie sind in einem Café auf Spiekeroog zusammengebrochen und sind dann per Hubschrauber ins Krankenhaus Wittmund transportiert worden.«

»Und was fehlt mir?«

»Die Ärzte wissen es noch nicht genau. Akutes Kreislaufversagen. Aber die Ursache steht noch nicht fest. Ihnen wurde Blut und Urin abgenommen, um zu untersuchen, ob da etwas drin ist, was da nicht hingehört. Haben Sie denn irgendwas eingenommen? Irgendwelche Medikamente?« Er tippte auf dem Monitor neben ihr herum. »Manchmal kann es zu Nebenwirkungen kommen oder zu Unverträglichkeiten.« Er nahm den

Beutel vom Infusionsständer und steckte ihn ab, legte ihn auf den Tisch und holte einen neuen Beutel. Dann verband er den Schlauch, der in ihren Arm führte, mit dem neuen Beutel.

»Ich nehme keine Medikamente.« Fine deutete auf die Infusion. »Was ist das eigentlich?«

»Nichts Schlimmes, Kochsalzlösung mit Glucose. Damit Sie hier nicht austrocknen und ein bisschen was zu sich nehmen.«

»Keine Medikamente?«

»Nein.« Der Pfleger nahm den alten Beutel vom Tisch. »Aber mehr kann ich Ihnen dazu auch nicht sagen. Morgen können Sie mit einem Arzt sprechen. Und jetzt schlafen Sie lieber noch ein bisschen. Es ist erst drei Uhr morgens.« Er ging mit dem leeren Beutel zur Tür.

»Moment!«, rief Fine so laut, wie es ihr möglich war.

Er drehte sich noch einmal um.

»Welchen Tag haben wir?«

»Freitag, den 17. Juli.« Dann öffnete er die Tür und ging.

Fine hörte die Tür ins Schloss schnappen. Sie rechnete zurück. Der letzte Tag, an den sie sich erinnern konnte, der Tag im Café, war ein Donnerstag gewesen. Aber es war nicht der 16. gewesen, sondern eine Woche davor, der 9. Lag sie etwa schon eine Woche hier?

Am nächsten Morgen, sie hatte gerade das erste Mal seit Langem wieder gefrühstückt, ein Brötchen mit Marmelade und eine Tasse Kräutertee, rauschte die Visite ins Zimmer. Ein Arzt mit seinem Gefolge baute sich vor ihrem Bett auf, schaute auf ein Tablet in seiner Hand und warf einen Blick auf den Monitor neben ihrem Bett.

»Na, Frau Küster, Sie sehen ja schon wieder ganz fit aus. Haben wieder etwas Farbe im Gesicht. So soll es doch sein. Gefrühstückt haben Sie auch bereits, habe ich gehört, wunderbar. Ich denke, wir können dann heute mit der Infusion schon runtergehen. Wenn Sie mir versprechen, ordentlich zu trinken. Mindestens zwei Liter, alles andere ist inakzeptabel.« Er lächelte. »Wie fühlen Sie sich?«

Fine hatte jede seiner Handbewegungen verfolgt, ihr war richtig schwindlig geworden dabei. So ganz war ihr Kreislauf noch nicht wieder da. »Etwas wackelig, aber sonst ganz gut«, sagte sie. »Stimmt das, dass ich schon über eine Woche hier bin?«

Der Arzt nickte. »Sie waren in einem sehr kritischen Zustand. Wir waren ehrlich gesagt nicht sicher, ob Sie das überleben würden. Ihr Kreislauf hatte aufgegeben, Ihre Nieren haben versagt, bedingt durch eine akute Dehydrierung. Dann hat auch noch Ihr Herz versagt, und wir mussten Sie reanimieren. Mit Erfolg. Danach haben wir Sie ins CT geschickt und nichts Spezifisches gefunden. Alles, was wir machen konnten, war, Ihre Organe bestmöglich zu unterstützen und der Dehydrierung entgegenzuwirken. Und zu warten.«

Fine schluckte. Das klang gar nicht gut. Da war sie dem Tod wohl gerade noch einmal von der Schippe gesprungen.

»Herr Gehring, der Pfleger, der gestern Nachtdienst hatte, hat mir schon erzählt, dass Sie keine Medikamente eingenommen haben. Erschrecken Sie jetzt nicht, aber ich muss Sie das jetzt fragen: Ihrer Akte zufolge, die ich von Ihrer behandelnden Ärztin bekommen habe, waren Sie wegen schwerer Depressionen in Behandlung. Waren sogar selbstmordgefährdet …«

»Falls Sie jetzt darauf anspielen wollen, ob ich mich hätte umbringen wollen – nein, das wollte ich ganz bestimmt nicht. In der Hinsicht geht es mir gut. Diese Zeit ist vorbei.« Ihre Stimme war lauter als beabsichtigt. Ihr wurde heiß, und auf ihrer Stirn bildete sich ein feiner Schweißfilm. Zugleich breitete sich Kälte in ihr aus, die von innen heraus kam. Als hätte jemand in ihr die Heizung abgedreht und den Froster auf volle Power gestellt. Sie zog die Bettdecke hoch, doch ihre Hände zitterten weiter. Ein Pfleger bemerkte es und holte eine zusätzliche Decke, die er über die erste breitete. Sie warf ihm einen dankbaren Blick zu. Das Zittern ebbte ab.

Der Arzt nickte und tippte auf dem Tablet herum. »Können Sie sich erklären, wie es zu dem Zusammenbruch kam? Haben Sie eine Vermutung?«

Fine schloss kurz die Augen, ließ noch einmal alle Ereignisse Revue passieren.

»Ich habe davor einen Kaffee getrunken. Und ich glaube, mir hat da jemand etwas hineingeschüttet. Der hat irgendwie seltsam geschmeckt, anders als normal.«

Die Augen des Arztes weiteten sich. »Können Sie beschreiben, nach was er geschmeckt hatte?«

»Herb, fast schon bitter. Wie Kaffeebohnen, die viel zu lange geröstet worden sind. Zumindest stelle ich mir vor, dass die dann so schmecken. Mir hat es alles in meinem Mund zusammengezogen. Ich kann nicht genau sagen, was das für ein Geschmack war, ich finde nichts Passendes zum Vergleich.« Sie hob beide Hände.

»Das ist doch schon etwas. Wo haben Sie den Kaffee denn getrunken? In dem Café, in dem Sie zusammengebrochen sind?«

Fine nickte. »Ich hatte den Kaffee anfangs probiert, da war alles in Ordnung, er war nur noch viel zu heiß zum Trinken. Dann musste ich kurz weg, und als ich wiedergekommen bin, habe ich zwei größere Schlucke getrunken. Und da war dann dieser bittere Geschmack. Ich wollte ihn nicht mehr fertig austrinken. Insa, die Inhaberin des Cafés, hat mir einen neuen Kaffee gebracht. Der hat wieder ganz normal geschmeckt.«

Der Arzt tippte erneut auf sein Tablet. »Wissen Sie noch ungefähr, wie viel Zeit vergangen ist zwischen diesen zwei bitteren Schluck Kaffee und Ihrem Zusammenbruch?« Er schaute sie direkt an, genau wie all die Assistenzärzte und die Pflegekräfte. Keiner sagte ein Wort.

Fine keuchte. Das Reden strengte sie an. »Ich schätze, so zwanzig Minuten, oder eine halbe Stunde? Ich habe dann noch meinen frischen Kaffee getrunken und ein Stück Kirschkuchen gegessen. Am Handy gespielt.« Sie hielt kurz inne. »Ja, ich denke, das kommt hin.«

Der Arzt nickte wieder, sagte aber nichts. Schrieb etwas in sein Tablet.

Ein Gedanke nistete sich in ihrem Kopf ein und ließ sich nicht mehr vertreiben. »Glauben Sie, ich wurde vergiftet?«

Alles andere machte doch gar keinen Sinn, oder? Doch wer sollte sie vergiften wollen? Wem war sie zu nahe gekommen? Dafür kam doch nur der Mörder oder die Mörderin von Anoushka Diepholz in Frage.

Der Arzt holte tief Luft. »Es könnte sich tatsächlich um eine Vergiftungsreaktion handeln. Wir haben Ihr Blut und den Urin auf alle gängigen Parameter hin untersucht, haben aber nichts gefunden. Amphetamine, Barbiturate, Benzodiazepin, Drogen aller Art, Salizylate – alle Ergebnisse waren negativ. Daraufhin haben wir die Proben ans rechtsmedizinische Institut nach Oldenburg geschickt, aber bisher konnten die uns auch noch keine Antwort geben.«

»Kann ich mit Frau Dr. Mattes reden?«

»Sie kennen sie?« Der Arzt hob die Augenbrauen.

»Ich bin Kriminaloberkommissarin und ermittle derzeit in einem Mordfall auf Spiekeroog. Vielleicht gibt es da einen Zusammenhang.« Zumindest hatte sie bis vor Kurzem noch in einem Mordfall ermittelt. Sie wusste ja nicht einmal, ob der Fall schon aufgeklärt war oder nicht.

Der Arzt zückte sein Handy, tippte darauf herum und aktivierte den Lautsprecher. Es tutete. Dann klickte es.

»Dr. Mattes«, meldete sich die Rechtsmedizinerin.

»Hier ist Frau Küster, Sie wissen schon, aus Spiekeroog. Wobei, momentan liege ich …«

»… im Krankenhaus Wittmund, ich weiß. Ich sitze hier immer noch zusammen mit Herrn Thomas über Ihren Proben. Sehr verzwickt, das Ganze. Haben Sie bekannte Herzprobleme? Einen Schrittmacher? Herzrhythmusstörungen? Oder einen angeborenen Herzklappenfehler? Oder was mit den Nieren?«

»Nein, nichts von alledem. Ich bin kerngesund. Hören Sie, ich glaube, da wollte mich jemand vergiften. Da muss etwas in dem Kaffee gewesen sein, den ich kurz vor meinem Zusammenbruch getrunken habe.« Das Atmen fiel ihr schwer beim Reden. Am liebsten hätte sie die Augen geschlossen und geschlafen. Aber das war ausgeschlossen. Jetzt brauchte sie jedes bisschen an Konzentration, das sie erübrigen konnte.

Kurz herrschte Stille am anderen Ende. »Hm. Ich gehe davon aus, dass der Rest des verseuchten Gebräus weggeschüttet worden ist?«

Fine lachte auf, aber es klang eher wie ein Husten. »Mit Sicherheit, das ist ja ewig her. Das war übrigens im Café Strandmöwe auf Spiekeroog.«

»Erbrochenes?«

»Was?«

»Haben Sie sich übergeben?« Mattes betonte jede einzelne Silbe des letzten Wortes.

Fine schaute den Arzt an, der mit den Schultern zuckte, auf das Tablet deutete und flüsterte: »Mir ist nichts bekannt.«

»Sieht nicht so aus«, sagte Fine.

Mattes stöhnte. »Sie wissen aber auch gar nichts. Geben Sie mir mal den Arzt.«

Der Arzt schaltete den Lautsprecher wieder aus und hielt sich das Handy ans Ohr. Sagte »Ja«, sagte »Nein«, runzelte die Stirn. Dann stellte er den Lautsprecher wieder an.

Mattes' Stimme ertönte im Raum. »Also, wissen Sie, Frau Küster, dieser Arzt da ist keine Hilfe.«

Eine der Pflegerinnen drehte sich hastig um, und Fine sah nur ihren Rücken, der sich ruckartig bewegte. Und hörte ein unterdrücktes Fiepen. Der Arzt drehte sich um und legte den Zeigefinger auf die Lippen, den Mund verzogen.

»Die Sache ist die …«, fuhr Dr. Mattes fort. »Die Suche nach dem passenden Gift ist nahezu unmessbar, falls Sie verstehen, was ich meine. Ohne Anhaltspunkt weiß ich nicht, wonach ich suchen soll. Der Magen wurde Ihnen ja auch nicht ausgepumpt, angeblich, weil man das nicht mehr macht. Da gibt man nur Aktivkohle.« Sie schnaubte. »Und wer denkt an mich als Rechtsmedizinerin? Ja, genau, keiner.« Fine hörte sie mit irgendetwas klappern. »Ich werde jetzt mal die gängigen Alkaloide durchtesten. Mal sehen, was dabei herauskommt.«

»Und was heißt das genau?«

Mattes stöhnte wieder, aber etwas leiser als vorher. »Nach allem, was ich bis jetzt gehört habe, könnte es ein Pflanzengift

sein. Die sind auch in der Herstellung praktikabel. Viele Gift-
pflanzen wachsen in Parks und Gärten, da muss man nur be-
herzt zugreifen. Und man muss noch nicht einmal Alchimist
sein, um sich da was zusammenzubrauen. Oder zu rühren.
Trocknen geht auch. Als Pulver oder in Tropfenform lassen sich
die meisten dieser Gifte problemlos in alles Mögliche untermischen, auch in Kaffee. Der einzige Nachteil ist, die giftigen
Alkaloide schmecken oft bitter. So, wie Sie es beschrieben haben. Da hilft auch kein Zucker. Oder wenn, dann nur in so
hohen Dosen, dass es schon fast Sirup ist. Ich melde mich, wenn
die Erkenntnis niedergeschlagen ist.« Es klickte, und die Leitung war tot.

Der Arzt runzelte die Stirn und starrte auf das Telefon in
seiner Hand. Dann schaute er zu Fine. »Und Sie sind sich sicher,
dass sie wirklich Rechtsmedizinerin ist?«

Fine grinste. Mittlerweile kannte sie Dr. Mattes' Ausdrucksweise schon, aber daran gewöhnt hatte sie sich auch noch nicht.
Trotzdem antwortete sie: »Eine der besten.«

Der Arzt nickte und wandte sich mit seinem Gefolge zum
Gehen.

»Wann darf ich hier raus?«, rief Fine ihm hinterher.

Er drehte sich um. »Ich möchte Sie zur Sicherheit gerne noch
zwei Tage hierbehalten, nicht dass Sie einen Rückfall erleiden.«

Nachmittags klingelte Fines Handy. Ihre Eltern waren gerade
gegangen. Kurz nachdem sie von Fines Zusammenbruch erfahren hatten, waren sie nach Wittmund ins Krankenhaus gekommen und hatten jeden Schritt verfolgt, den die Ärzteschaft
unternommen hatte. Jetzt waren sie einfach nur glücklich, dass
ihre Tochter wieder aufgewacht war. Sie lebte, das war alles, was
zählte. Dann waren sie nach Spiekeroog gereist und hatten ein
paar Sachen für Fine zusammengepackt. Glücklicherweise auch
ihr Ladekabel, damit sie ihr Handy benutzen konnte.

»Fine, Gott sei Dank geht es dir wieder gut!« Susas Stimme
klang besorgt. »Wir haben uns solche Sorgen gemacht. Was ist
eigentlich passiert? Deine Eltern konnten uns auch nur erzäh-

len, dass du einen Kreislaufzusammenbruch hattest. Ich hab ein paarmal versucht anzurufen, aber du bist nie drangegangen.«

Fine umriss die vergangenen Tage, auch, dass sie erst seit letzter Nacht wieder richtig ansprechbar war. Dann kam sie darauf zu sprechen, dass sie womöglich vergiftet worden war.

»In Insas Café? Bist du dir sicher?«, fragte Susa in schrillem Ton, der in ein heiseres Krächzen überging.

»Was heißt hier sicher? Es ist die einzige Möglichkeit, die mir eingefallen ist. Und es ist doch schon seltsam, dass der eine Kaffee so bitter war und der andere wieder ganz normal geschmeckt hat.«

»Aber du glaubst doch nicht im Ernst, dass Insa ...«

»Nein«, sagte Fine. »Nein, das glaube ich ganz und gar nicht. Nicht Insa.« Sie hielt inne. Darüber hatte sie sich noch gar keine Gedanken gemacht. Dabei war es die naheliegendste Erklärung: Insa. Sie war die Hauptverdächtige, was die Vergiftung anging. Und zugleich diejenige, der es Fine am wenigsten zutraute. Nein, nicht Insa. Sie schüttelte sich. Doch wie war das Gift in ihren Kaffee gekommen?

»Gibt es denn irgendwas Neues?«, fragte Fine.

»Die Berliner Beamten haben sich gemeldet. Sie haben mit Lorenz Krämer gesprochen, der war tatsächlich an Annis Todestag auf Spiekeroog. Das hat er auch zugegeben. Und auch, dass er mit Anoushka gestritten hat. Er hat sie wohl gefragt, ob sie es noch einmal versuchen wollten, weil ihm, erst nachdem sie weggegangen sei, aufgefallen sei, wie sehr sie ihm doch gefehlt habe.« Susa schnaubte. »Dass denen das immer erst einfällt, wenn es zu spät ist. Egal, Anoushka hat ihm wohl ziemlich nachdrücklich gesagt, dass da nichts mehr zu machen sei. Und auf was für Ideen er denn komme, er habe sie schließlich die ganze Zeit, wo sie ihn dringend gebraucht habe, im Stich gelassen. Da könne er doch jetzt nicht auf einmal von Liebe sprechen. Was ihn denn da geritten habe?«

»Hat er denn darauf eine Antwort gegeben?«

Susa lachte. »Das haben ihn die Beamten auch gefragt. Und Krämer meinte, er könnte auch nicht mehr wirklich sagen, was da mit ihm los gewesen sei. Er sei einfach einsam gewesen, habe sich dabei an die gemeinsame Zeit erinnert und festgestellt, dass es doch eigentlich ganz schön gewesen sei. Dass Anni die Erste gewesen sei, die ihm wirklich zugehört habe. Die ihn ernst genommen habe.«

»Na, das fiel ihm aber wirklich früh ein. Vor allem zeigt das doch nur, dass er sie offensichtlich nicht so ernst genommen hat, wenn er sie nach dem Unfalltod ihrer Eltern hat hängen lassen. Noch dazu, wenn sie danach in die Sucht abgestürzt ist.« Fine kratzte sich am Kopf.

»Das ist nicht ganz so einfach. Ich habe gehört, dass es ganz schön an die Substanz gehen kann, wenn man mitansehen muss, dass jemand, den man liebt, süchtig wird. Hier wird den Angehörigen sogar geraten, den Absturz zuzulassen und sich nicht mit runterziehen zu lassen.«

»Es ist sicher schwer zu verkraften, dass man jemandem nicht mehr helfen kann. Aber er hat sie ja schon davor im Stich gelassen. Hätte er sie nicht wenigstens drängen können, zur Therapie zu gehen und einen Entzug zu machen?«

»Angeblich hat er das getan, laut den Berliner Beamten. Und das lässt sich heute natürlich auch nicht mehr nachweisen«, sagte Susa.

»Gibt es da jetzt noch so was wie ein Alibi für Krämer, oder wie ging das weiter?«

»Anni hat ihm gesagt, er solle verschwinden, er sei ein Träumer und solle erst einmal erwachsen werden. Das hätte er sich alles früher überlegen müssen. Also hat er genau das getan, er ist wieder gefahren. Am selben Tag. Hat das Zimmer in der Linde aber nicht storniert, weil er sowieso kein Geld mehr zurückbekommen hätte. Er ist mit der nächsten Fähre wieder zurück nach Neuharlingersiel und von dort aus direkt nach Berlin gefahren. Dort hat er sich abends dann mit seinem Mitbewohner in der damaligen WG getroffen und noch ein paar Bierchen gekippt.«

»Dann gibt es also einen Zeugen?«

Susa lachte wieder. »Ich hab gewusst, dass du das fragst. Sein WG-Kumpel hat das bestätigt. Er hat sich noch ziemlich gut an den Abend erinnern können, weil es die ganze Zeit nur um Anni gegangen wäre und Krämer ihm dann noch das Bett vollgekotzt hätte.«

Fine seufzte. »Dann fällt Krämer als Verdächtiger raus, zumindest wenn der Zeitstempel auf dem Bild stimmt.«

»Welcher Zeitstempel? Welches Bild?«

Ach ja, stimmte. Susa wusste noch gar nichts von dem Foto von dem Friedhof. Wo war das überhaupt? Sie stellte den Lautsprecher ihres Handys an und erzählte Susa davon, während sie sich mit wackeligen Beinen aufsetzte und sich langsam, von Möbelstück zu Möbelstück hangelnd, den Infusionsständer an ihrer Seite, bis zum Schrank vorkämpfte. Das waren zwar nur zwei Meter, aber sie fühlte sich, als wäre sie gerade einen Marathon gelaufen. Der Schweiß rann ihr den Rücken und die Brust hinunter, ebenso wie an den Schläfen. Mit den Ärmeln ihres Nachthemds wischte sie ihn weg. Sie öffnete die Türen und sah ihre Hose und ihr Shirt dort liegen. Ihre Jacke hing auf einem Bügel. Daneben ihr Holster, allerdings ohne Dienstwaffe. Kurz fasste sie sich an die Brust. Wo war sie? Hoffentlich hatten die vom Krankenhaus sie nur verwahrt oder besser noch an die nächstgelegene Dienststelle gegeben, und sie war nicht geklaut worden. Ihr Herz klopfte deutlich schneller. Sie nahm ihre Jacke aus dem Schrank, zog aus einer der Taschen den zusammengefalteten Ausdruck des Fotos aus dem Handschuh heraus und legte die Jacke wieder in den Schrank. Dann faltete sie das Foto auseinander. Seufzte erleichtert auf. Da war es. Es war nicht verloren gegangen. Sie erzählte Susa, was darauf zu sehen war.

»Wenn der Zeitstempel darauf echt ist, dann wäre Jens Boode unser Hauptverdächtiger. Ich schicke dir das Bild gleich über das Handy.« Sie keuchte, während sie sich wieder zum Bett zurückschleppte, das Foto gegen den Infusionsständer gepresst, damit sie die andere Hand zum Hangeln freihatte.

»Oder die Person, die das Foto gemacht hat.«

»Stimmt. Die war immerhin auch in der Nähe.« Fine hatte das Bett wieder erreicht. Schweiß perlte von ihrer Stirn, und sie wischte ihn mit einem Kosmetiktuch aus einer Box, die neben dem Bett auf dem Tisch stand, weg. Sie legte sich wieder hin, deckte sich aber nicht zu. Dafür war ihr viel zu warm. Sie fotografierte das Foto und schickte es an Susa.

»Ist angekommen.« Es wurde für einen Moment still. »Wahnsinn«, hörte Fine Susa wieder, »das ist wirklich Jens. Ich fasse es nicht.«

»Ist Boode eigentlich noch in der Zelle?« Fine konnte es sich kaum vorstellen.

»Nein, als sein Anwalt da war, mussten wir ihn gehen lassen. Wir hatten ja keine stichhaltigen Beweise, nur Indizien. Und Staatsanwalt Wiese war der gleichen Meinung. Er wollte mehr als nur eine Vermutung, dass Boode sich für Anoushka interessiert hat, selbst wenn es Nachrichten gibt, die das bestätigen.«

»Aber er hat sie doch bedroht!« Selbst das Heben der Stimme kostete Fine Kraft.

»Ja, ich weiß«, sagte Susa. »Aber wie oft drohst du jemandem, ohne es wirklich ernst zu meinen? Boodes Anwalt wird uns in der Luft zerreißen. Vor allem, weil gerade in mehreren Podcasts immer wieder angeprangert wird, dass ein paar Menschen in Deutschland vermutlich zu Unrecht im Gefängnis sitzen, weil die Polizei sich zu früh auf einen Täter festgelegt und die anderen Spuren vernachlässigt hat. Wiese will das auf alle Fälle vermeiden, das hat er ziemlich deutlich zum Ausdruck gebracht. Sein Hafen soll sauber bleiben. Alles hieb- und stichfest.«

Fine seufzte. Wiese hatte recht, Susa auch. Immer wieder waren solche Themen in der Presse. »Aber mit dem Foto hätten wir ein wichtiges Indiz für eine Täterschaft und könnten Boode noch einmal vernehmen.«

»Das könnten wir. Aber fühlst du dich dazu denn in der Lage? Ich meine, du bist im Krankenhaus, und das nicht, weil du dir ein Bein gebrochen hast, sondern weil dich jemand wahrscheinlich vergiftet hat. Was ich immer noch nicht glauben kann.« Susas Stimme klang dunkel.

Fine griff nach ihrem Handy, stellte den Lautsprecher wieder aus und hielt es sich ans Ohr. »Wenn mich tatsächlich jemand vergiftet hat, dann müssen wir auf der richtigen Spur sein oder dem Täter oder der Täterin sehr nah gekommen sein. So nah, dass er oder sie es mit der Angst zu tun bekommen hat. Ich muss irgendwas herausgefunden oder gehört haben, was diese Person entlarven könnte. Davon gehe ich ganz fest aus. Und es muss so wichtig gewesen sein, dass wir diese Person damit überführen können. Nur so ergibt es einen Sinn, mich zu vergiften. Ich sollte niemandem davon erzählen können. Ich sollte nicht die richtigen Schlüsse ziehen. Dafür musste ich aus dem Weg geräumt werden.«

Fine hörte Susa am anderen Ende der Leitung schlucken. Und atmen. »Aber das ist doch Unsinn. Das kann doch gar nicht sein. Du verrennst dich da sicher in etwas.« Ihre Stimme klang belegt.

Jetzt schluckte Fine ebenfalls. »Nein, ich verrenne mich nicht. Im Gegenteil, es muss jemand gewesen sein, mit dem ich an diesem Tag Kontakt hatte. Kurz davor. Ich nehme an, dass das eine Kurzschlusshandlung war. Jemand wollte nicht, dass ich noch die Gelegenheit hätte, irgendjemandem zu erzählen, was ich gehört oder gesehen habe. Oder dass ich überhaupt darüber nachdenken würde.«

Sie war dem Mörder nah gekommen. Wäre Susa dabei gewesen, als sie die verräterische Information bekommen hatte, läge die wohl ebenfalls hier. Oder auf dem Friedhof. Fine wurde übel. Wenn das alles stimmte, dann war der Plan bestimmt nicht gewesen, dass sie überlebte. Doch dieses Mal musste sie schlauer sein als der Täter. Nicht dass er noch einmal zuschlug.

Dann fiel ihr etwas ein. »Weißt du noch, wie ich zu dir gesagt habe, dass mich etwas an einer Aussage irritiert hätte? Aber dass ich nicht mehr wüsste, was?«

Susa bestätigte es. »Weißt du denn inzwischen, was es war?«

Fine schnaubte. »Nein, verdammt, ich kann mich nicht erinnern. Ich zerbreche mir schon die ganze Zeit den Kopf.«

»Aber das kannst du dir auch alles nur eingebildet haben. Vielleicht ist das alles nur ein Hirngespinst? Und du hast gar nichts gehört oder gesehen, was du nicht hättest hören oder sehen sollen? Wie wahrscheinlich ist das denn, dass jemand aus

Versehen etwas sagt oder tut und dir das dann nicht einmal auffällt, dass es aber dazu führt, dass du umgebracht werden sollst?«

Fine seufzte. »Es ist zumindest nicht völlig aus der Luft gegriffen. Ich habe doch mit einigen Leuten an diesem Tag gesprochen. Zuerst mit Jens Boode, da warst du ja dabei. Dann war ich
bei seiner Frau Laura Boode, danach bin ich zurückgekommen
und habe bei Hardy angerufen und mit den Beamten in Berlin
wegen der Vernehmung von Lorenz Krämer gesprochen. Und
ich weiß noch, dass ich kurz mit dir geredet habe, und du hast
gemeint, ich solle mich nicht so fertigmachen, weil ich übersehen
hatte, dass Krämer an Anoushkas Todestag auf der Insel gewesen
sei. Du hast noch zu mir gesagt, dass ich mich entspannen solle,
einen Kaffee in der Strandmöwe trinken, dann sehe alles schon
anders aus. Woraufhin ich spazieren gegangen bin, und danach
war ich bei Insa im Café. Dort habe ich noch Laura und Maja
gesehen. Und Insa natürlich.«

Fines Mund war trocken geworden, aber dieses Mal war sie
sich sicher, dass es keine Nachwirkung der Vergiftung war. Sie
hatte eine Vermutung, wer Anoushka Diepholz getötet hatte.
Und sie, Fine, vergiftet hatte. Aber um wirklich sicherzugehen,
musste sie noch ein paar Telefonanrufe machen.

18

»Fine, was tust du denn hier?« Susa erhob sich von ihrem Schreibtischstuhl und eilte auf Fine zu, als sie in der Dienststelle auftauchte, und umarmte sie. »Durftest du denn schon nach Hause?«

Fine lächelte. »Na ja, dürfen ist übertrieben, ich habe mich selbst entlassen.« Sie ließ sich auf einen Stuhl sinken, die Tasche mit ihren Sachen fiel achtlos daneben. Ihre Hand, die bis eben die Tasche gehalten hatte, zitterte merklich. Der kurze Weg vom Anleger bis zur Dienststelle hatte sie doch mehr gefordert, als sie gedacht hatte. Ihr Atem ging stoßweise, und ihr war viel zu warm in dem lockeren T-Shirt und der Jacke. Trotzdem behielt sie die Jacke an, ihr wurde bestimmt gleich wieder kühler.

»So fit siehst du aber noch nicht aus.« Susa runzelte die Stirn und setzte sich wieder.

»Ach was, das täuscht. Bisschen wackelig auf den Beinen, aber sonst geht's mir prima. Außerdem will ich herausfinden, wer mich vergiftet hat in dem Café.«

»Aber nicht Insa.«

»Nein, darüber haben wir ja schon gesprochen. Ich denke nicht, dass es Insa war. Falsch, ich bin mir sicher, dass sie es nicht war. Sie hätte gar kein Motiv.«

Fine hatte gestern in der Klinik viel Zeit damit verbracht, mit Hardy zu telefonieren. Insa hatte Anoushka Diepholz tatsächlich nie kennengelernt, war damals auch gar nicht auf der Insel gewesen, da sie ihre Ausbildung in Oldenburg gemacht hatte. Dort hatte sie in einer WG gewohnt. Und ihre damalige Mitbewohnerin hatte bestätigt, dass Insa zu der Zeit im Prüfungsstress gewesen sei, genau wie sie selbst. Sie hätten allein in der Woche drei Prüfungen gehabt. Insa konnte also gar nicht auf die Insel kommen. Hardy hatte wirklich ganze Arbeit geleistet, so viel, wie er innerhalb der wenigen Stunden in Erfahrung gebracht hatte. Danach hatte sie noch mit Staatsanwalt Wiese telefoniert, um mit ihm das weitere Vorgehen abzusprechen. Für das, was sie mit Hardy geplant hatte, brauchte sie nicht nur Wieses Erlaubnis, sondern auch die Unterstützung der Auricher Polizei. Bevor Fine auf die Insel gekommen war, war sie verkabelt worden. Jetzt hing alles davon ab, ob sie die Nerven behielt. Die nächste Stunde würde darüber entscheiden, ob sie es schaffte, den Mordfall Anoushka Diepholz aufzuklären oder nicht. Aber sie war schließlich nicht allein auf Spiekeroog, sondern hatte Hilfe.

»Dann bleibt nur noch Laura.« Susas Mundwinkel zeigten nach unten. »Das wäre schon ein starkes Stück, wenn sie ihre beste Freundin getötet hätte.«

Fine seufzte. »Ja, das ist die Krux mit Ermittlungen in einem Kriminalfall. Man darf sich nicht zu sehr mit den Verdächtigen identifizieren. Oder verstehen. Das führt nur dazu, dass man die Objektivität verliert.«

Susa schnalzte mit der Zunge. »Du meinst, ich kann nicht mehr objektiv sein, was Laura angeht, weil ich sie zu gut kenne?«

»Du sagst es. Aber das gilt nicht nur für dich, falls dich das beruhigt. Das geht mir genauso.« Sie holte tief Luft. »Es spricht einiges dafür, dass Laura Boode es gewesen ist. Sie hat gewusst, dass ich öfters am frühen Nachmittag im Café bin, ich habe es ihr schließlich selbst erzählt. Und ich hatte ihr sogar noch verraten, dass ich lieber drinnen sitze, weil ich da meine Ruhe habe, weil alle anderen draußen auf der Terrasse sind.« Sie beobachtete Susa, die immer wieder nickte. »Außerdem war ich davor ja noch bei ihr gewesen, um sie zu befragen. Und mich hatte die ganze Zeit schon etwas an ihren Antworten irritiert, ich wusste nur nicht, was.«

Susa legte den Kopf schief. »Bist du jetzt doch noch darauf gekommen?«

Fine nickte. »Laura hat behauptet, dass sie an Diepholz' Todestag die ganze Zeit bei Jens Boode im Anker gewesen wäre. Erstaunlich ist aber, dass Boode selbst davon gar nichts erzählt hat, obwohl das für ihn doch das perfekte Alibi gewesen wäre. Aber wir wissen ja auch, warum nicht. Er war den ganzen Tag damit beschäftigt, hinter Anoushka Diepholz herzuspionieren.

Wie seine Fotos bewiesen haben. Dazu haben wir ja jetzt noch die zugespielte Aufnahme.« Fine holte sie aus ihrer Jackentasche, faltete sie auf und legte sie auf den Schreibtisch, damit Susa sie sehen konnte. »Gesetzt den Fall, der Zeitstempel stimmt, dann hat sich Jens Boode auch noch abends mit Diepholz in den Dünen getroffen. Dort, wo sie später erschlagen worden ist. Deshalb hat er uns auch nichts davon erzählt, denn das hätte ihn sofort zum Hauptverdächtigen gemacht.«

»Was er jetzt ja auch ist«, sagte Susa.

»So sieht es aus, aber ich bin noch nicht fertig.«

»Aber Jens kann dich nicht vergiftet haben, er war ja in der Zelle eingesperrt.« Susa zog die Augenbrauen zusammen und hob beide Hände.

Fine stöhnte leise. »Darum geht es doch gerade gar nicht. Der Punkt ist ein anderer. Gehen wir noch einmal zurück zu dem Punkt, was Laura Boode als ihr Alibi angegeben hat.«

Susa nickte. Dann hellte sich ihr Gesicht auf. »Sie hat gar kein Alibi. Weil sie gar nicht mit Jens zusammen sein konnte.«

»Du hast es erfasst.« Fine lächelte. »Stattdessen spricht einiges dafür, dass Laura Boode mich vergiftet haben könnte. Sie war im Café, als ich dort war. Sie hätte das Gift mitgebracht haben können, für den Fall, dass sie mich dort antreffen würde. Und sie war auch noch da, als ich die Nachricht bekommen habe, dass ich zum Drinkeldodenkarkhof kommen soll. Von einem anonymen Nutzer. Erstaunlicherweise hat Laura Boode genau in dem Augenblick, als ich die Nachricht bekommen habe, an ihrem Handy angeblich Fotos durchsucht nach einer bestimmten Kekssorte, die sie bei Insa für Majas Geburtstag bestellen wollte.«

Susa nickte langsam. »Du meinst, Laura hat dich weggelockt, damit sie dir etwas in den Kaffee kippen konnte? Und gleichzeitig dafür gesorgt, dass Insa beschäftigt war? Ganz schön gewieft.«

»Könnte man meinen.«

»Könnte man meinen?« Susa legte wieder den Kopf schief.

»Spielen wir das Spiel doch einmal zu Ende. Wenn Laura mich

per Nachricht zum Drinkeldodenkarkhof bestellt hat, dann hat sie dort auch das Foto versteckt. Würde Sinn machen, da ist sie ja auf dem Weg zum Café vom Friederikenweg aus daran vorbeigekommen. Die Nachricht war gut genug versteckt, damit sie jemand anderes nicht per Zufall entdeckt hätte. Und wäre ich nicht hingegangen, hätte sie den Ausdruck auf dem Heimweg einfach wieder eingesammelt.«

»Aber sind das nicht zu viele Wenns? Wenn du nicht gegangen wärst, hätte sie dir nichts in den Kaffee schütten können. Und wenn Insa dageblieben wäre, auch nicht. Zumindest nicht unbemerkt. Oder vielleicht doch. Mit etwas Geschick. Und sie hätte nicht damit rechnen können, dass Insa deinen Kaffee nicht wegräumt, nachdem du gegangen warst.«

»Aber dafür hatte sie doch gesorgt. Insa war abgelenkt, weil Laura Boode sie mit einem Spezialauftrag wegen der Kekse ins Büro geschickt hatte. Und wegen des Kaffees hätte sie Insa jederzeit sagen können, dass ich sie gebeten hätte, ihn stehen zu lassen, um ihn später zu trinken. Außerdem musste Insa ja auch immer wieder nach draußen auf die Terrasse zum Bedienen, da blieb genug Zeit, mir etwas in die Tasse zu kippen. Ich war der Knackpunkt. Solange ich vor dem Kaffee gesessen habe, konnte sie mir nichts untermischen. Also musste ich weg. Daher die Nachricht, die ganz gezielt meine Neugier wecken sollte. Klar, hätte auch schiefgehen können. Aber mal ganz ehrlich, warum hätte ich auf diese Nachricht nicht reagieren sollen? Wir haben dringend Antworten gebraucht, und es kommt doch immer wieder vor, dass sich jemand nicht öffentlich zu reden traut, sondern unerkannt bleiben will. Ich hätte es mir gar nicht leisten können, nicht zum Friedhof zu gehen.«

Susa atmete lautstark aus.

»Und wenn ich nicht gegangen wäre, hätte sie abwarten können, bis ich zur Toilette gehe. Mit Maja wäre es ein Leichtes gewesen, Insa noch ein bisschen aufzuhalten, damit sie einen Grund hatte, im Café zu bleiben. Oder wiederzukommen, wenn sie durch das Schaufenster beobachtet hätte, dass ich meinen Platz verlasse. Maja hätte nur ihren Hasen irgendwo liegen lassen müssen oder so. Es hätte in jedem Fall eine Möglichkeit gegeben, mir das Gift unterzumischen.«

»Also, das ist schon ein verwegener Plan. Hätte ich Laura gar nicht zugetraut.« Täuschte sich Fine, oder huschte ein Lächeln über Susas Lippen?

»Wie gesagt, es ist ein Spiel. Ein Spiel der Theorien.«

»Weiß man inzwischen eigentlich, um welches Gift es sich handelt?«, fragte Susa.

»Nein. Nur dass es etwas gewesen sein muss, was vermutlich leicht herzustellen war. Nach allem, was wir bisher wissen, war sich der Täter oder die Täterin anfangs wohl ziemlich sicher, dass man ihm oder ihr wegen des Mordes an Diepholz nicht auf die Spur gekommen wäre. Im Gegenteil, Diepholz' Skelett wäre vermutlich nie entdeckt worden, wenn nicht ein paar idiotische Touristen versucht hätten, mitten im Naturschutzgebiet ausgerechnet an dieser Stelle eine Feuerstelle zu graben. Und dann war ausgerechnet zu diesem Zeitpunkt auch noch eine Kriminalkommissarin auf der Insel und hat die Ermittlungen übernommen. Und weil ich nicht lockergelassen habe und immer wieder nachgebohrt habe, hat sich der Mörder einen Fehler geleistet. Einen Fehler, den er oder sie nicht mehr ungeschehen machen konnte. Und es war wohl so ein gravierender Fehler, dass es mir früher oder später aufgefallen wäre. Also ist der Mörder in Zugzwang geraten, musste schnell handeln. Es musste etwas gefunden werden, was sich einfach herstellen ließ und was schnell wirkte. Dr. Mattes vermutet, dass es sich dabei um ein Pflanzengift handeln könnte, weil giftige Pflanzen in fast allen Parks und Gärten wachsen. Auch auf Spiekeroog.«

Susas Blick verfinsterte sich zusehends. »Das ist ein guter Punkt. Giftige Pflanzen gibt es tatsächlich auch hier. Was ich aber nicht verstehe, ist, warum Laura Boode Anoushka töten sollte. Das Vergiften hätte doch nur Sinn gemacht, wenn sie auch Anoushka getötet hätte, oder nicht? Und wir haben doch Jens Boode, ihren Mann, verdächtigt. Und tun das immer noch, oder hab ich da was verpasst?«

Fine lächelte wieder. »Nein, hast du nicht. Jens Boode steht immer noch auf der Liste. Aber warum sollte mich Laura Boode vergiften? Ich habe selbst lange über diese Frage nachgedacht. Warum sollte sie mir auf der einen Seite das Foto zuspielen, das ihren Mann noch verdächtiger macht, und mich gleichzeitig umbringen wollen? Das passt nicht ganz zusammen.«

»Wenn du gestorben wärst, hätten wir doch nie etwas von dem Foto erfahren«, sagte Susa.

»Stimmt nicht ganz. Das Foto war ja in meinen Sachen, die wären nach meinem Tod polizeilich untersucht worden. Dann wäre es zum Vorschein gekommen.«

Susa schüttelte den Kopf. »Das ist mir echt zu viel. Warum hat sie dich denn jetzt vergiftet?«

»Konjunktiv, meine Liebe, sie hätte können. Wir haben noch keinen Beweis. Ihr hätte klar geworden sein können, dass sie sich bei ihrer Aussage verplappert hat, dass sie gar kein Alibi für Diepholz' Todestag hatte. Die Frage ist: Wo war sie dann? Und wer hat eigentlich das Foto von Jens Boode und Anoushka Diepholz geschossen? Und daraus ergibt sich eine Vermutung: Was, wenn Laura Jens und Anoushka gefolgt ist an diesem Abend?«

»Du meinst, sie wollte Anoushka aus dem Weg räumen, um Jens für sich allein zu haben?«

»Es wäre eine Möglichkeit. Eine Theorie. Und geradezu offensichtlich. Laura war in Jens verliebt, doch der hatte nur Augen für Anoushka. Sie fühlte sich gedemütigt, nicht wahrgenommen, von ihrer Freundin verraten.«

»Und das reicht, um jemanden umzubringen? Oder gleich zwei, wenn wir dich mitzählen?«

Fine zuckte mit den Schultern und schaute Susa lange an. »Was damals wirklich passiert ist, können uns nur noch Laura selbst, Jens und der Täter erzählen.«

»Aber du hast doch gerade gesagt, dass Laura Anoushka umgebracht hat.«

»Ja, das habe ich gesagt. Aber ich habe auch gesagt, dass es ein Spiel der Theorien ist. Was so viel heißt wie: Es gibt nicht nur eine Theorie. Eine weitere könnte sein, dass Laura beobachtet hat, wie Jens Anoushka erschlagen hat. Dass sie es aber niemandem erzählt hat, weil sie so sehr in ihn verliebt war. Und indem sie mich vergiftete, hat sie Jens wieder zu schützen versucht.«

Susa öffnete den Mund und schloss ihn wieder. »Aber dann hätte sie dir doch nicht das Foto zugespielt.«

»Das Foto … ja, das ist in diesem Fall nicht ganz schlüssig. Daher denke ich auch nicht, dass diese Theorie richtig ist.«

»Also ist doch Laura die Mörderin?«

Fine strich sich mit beiden Händen die Haare aus der Stirn. »Nein.«

»Nein? Also jetzt verstehe ich gar nichts mehr.«

»Ja, der ganze Fall ist noch viel tückischer, als ich am Anfang dachte. Erinnerst du dich noch, dass ich gesagt habe, wir können nicht mehr objektiv sein, wenn wir einer Person zu nah sind?«

Susa nickte.

Fine streckte sich. »Und genau das ist mir passiert. Ich war so auf Anoushka Diepholz' Liebesleben hier auf der Insel fixiert, dass ich das Wichtigste außer Acht gelassen habe.«

»Und was sollte das sein?« Susa stützte sich mit den Ellenbogen auf den Schreibtisch.

»Dich.«

Susa fuhr hoch, und ihre Augen weiteten sich. »Mich?«

»Ja, dich. Oder sollte ich besser sagen, Desmond und dich?« Fines Herz pochte schneller. Jetzt kam es auf jeden Satz an, auf jede Nuance.

Susa lachte heiser auf. »Das soll wohl ein Witz sein, Fine. Aber lass dir gesagt sein, das ist nicht witzig. Überhaupt nicht.«

»Da gebe ich dir völlig recht. Das ist nicht witzig. Im Gegenteil. Es ist verdammt übel. Du hast nicht nur Anoushka Diepholz umgebracht, du hast auch versucht, mich umzubringen, Susa. Und wahrscheinlich hat dir Desmond dabei geholfen.«

Susas Gesicht wurde zusehends blasser, dann gewann es wieder an Röte. »Du hast ja wohl einen Vogel, Fine! Wie kommst du denn auf so eine absurde Idee? Warum hätte ich das tun sollen? Ich war doch gar nicht auf der Insel, als das damals mit Anoushka passiert ist.« Ihre Worte donnerten wie ein Gewitter auf Fine herab.

Fines Mundwinkel zogen sich nach oben, und ihr Herz machte einen kleinen Sprung. Genau darauf hatte sie gehofft. »Das hattest du mir zu Beginn der Ermittlungen auch schon erzählt. Dass das alles neu für dich sei. Aber dann fiel mir wieder ein, dass Kommissar Beck aus Berlin, der dich hat grüßen lassen, gesagt hat, dass du seit acht Jahren auf der Insel seist. Also warst du schon da, bevor Anoushka Diepholz nach Spiekeroog kam. Und Desmond hatte ganz am Anfang, als ich ihn kennengelernt habe, erzählt, dass ihr euch vor neun Jahren in Berlin begegnet seid und dann nach Spiekeroog gekommen seid, wo ihr geheiratet habt. Und dann habe ich Hardy gefragt, seit wann du auf Spiekeroog bist. Was, glaubst du, hat er gesagt?«

»Dann habe ich mich eben in der Zeit vertan, das kann doch mal passieren.«

Fine beobachtete Susa genau, als sie weitersprach. Vorsichtshalber hatte sie ihre Waffe griffbereit in der Tasche, die neben ihr auf dem Stuhl lag. Die Klinik hatte sie im Polizeikommissariat in Wittmund in Verwahrung gegeben, weil sie sie nicht offen in einem Krankenzimmer herumliegen lassen konnten. Heute früh hatte sie sie dort abgeholt. Fine hoffte allerdings, dass sie sie nicht brauchen würde. »Ich kommentiere das jetzt mal nicht. Aber ich habe noch einmal in Berlin angerufen und mich mit Emil Beck unterhalten.«

Susa kniff die Lippen zusammen.

»Er ist gar nicht mit dir zur Polizeischule gegangen. Er hat dir auch nicht nachgestellt. Und es gab nie eine Beschwerde gegen ihn. Im Gegenteil. Er hat mit dir zusammen in Berlin-Mitte gearbeitet, bevor du nach Spiekeroog gekommen bist. Du bist hierher versetzt worden, weil es Schwierigkeiten gab. Mit dir. Du bist beschuldigt worden, Drogen aus der Asservatenkammer geklaut zu haben. Und diese dann auf dem Schwarzmarkt verkauft zu haben. Aber es konnte dir nie nachgewiesen werden. Es gab keine Zeugen. Und du warst nicht die Einzige, die damals verdächtigt wurde. Mit dir noch drei weitere Kollegen, die wohl im Kiez dafür gesorgt haben, dass keiner gegen dich aussagt.«

Susas Augen verengten sich.

211

»Du warst schlau genug, das eingenommene Geld nicht auf dein Konto einzuzahlen. Aber Beck meinte, es habe ihn schon immer gewundert, was du dir alles leisten konntest. Klamotten, Reisen, Schmuck – mehr, als du mit deinem Gehalt hättest finanzieren können. Ausgaben in der Höhe fanden sich auf deinem Konto nicht. Hast du alles bar bezahlt? Das Geld quasi gewaschen?«

»Wie kannst du es wagen, mir so etwas zu unterstellen? Wie du ja schon gesagt hast, es konnte mir nie nachgewiesen werden. Das waren alles falsche Anschuldigungen!« Susa war aufgesprungen, stand bebend hinter dem Schreibtisch, beide Hände auf die Tischplatte gestützt.

Fine verschränkte die Arme vor der Brust. Ihre Augen funkelten.

»Wie gesagt, eine Theorie. Und ganz ehrlich, warum sollten die dich versetzen, wenn nicht irgendwas daran wahr war? Du solltest weg aus Berlin. Die Presse nicht noch weiter aufscheuchen und den Ruf der Polizei gefährden. Sie konnten es dir nicht nachweisen, aber angeblich war es ein offenes Geheimnis, dass es so abgelaufen ist. So hat es mir Beck erzählt. Wobei er fairerweise noch meinte, das sei alles unter Vorbehalt. Gerüchte. Aber wenn alles so harmlos war, warum hast du mir dann diese Lügengeschichte aufgetischt?«

Susa schnaubte, sagte aber nichts.

»Und dann kam mir ein Gedanke. Was, wenn es bei Anoushkas Tod gar nicht um ihre Affäre mit Torben ging oder um Jens und Laura? Wenn es gar nicht um die Probleme auf der Insel ging? Sondern um ihre Vergangenheit, die sie eingeholt hatte? Ihre Drogenkarriere?«

Susa zog die Augenbrauen hoch. »Das ist jetzt doch ziemlich spekulativ.«

»Eigentlich nicht. Und der Witz ist, du selbst hast mich auf die Idee gebracht.«

»Ich?« Susa deutete mit dem Zeigefinger auf sich.

»Ja, du hast doch selbst gemeint, dass Diepholz als ehemalige Abhängige noch eine Rechnung mit jemandem hätte offen haben können. Mit einem Dealer oder so. Oder meintest du eher Dealerin?«

»Du hast so dermaßen einen an der Klatsche, dir hat das Gift nicht gutgetan, meine Liebe.«

»Lass uns weiterspielen, nur eine Theorie: Was, wenn Anoushka Diepholz nach ihrem Entzug und ihrer Reha hierher auf die Insel kam und dich gesehen hat? Ihre ehemalige Dealerin, die sie abhängig gemacht hat, die ihr fast ihr gesamtes Geld aus der Tasche gezogen hat? Vielleicht hat sie gar nicht gewusst, dass du Polizistin warst, vielleicht hat sie dich auch nicht gleich beim ersten Zusammentreffen erkannt, sondern hat erst später die richtigen Schlüsse gezogen? Was, wenn sie dich darauf angesprochen hat, dich zur Rechenschaft für all das ziehen wollte? Dann hättest du ein Motiv gehabt, sie zu töten. Und zwar ein ziemlich starkes.«

»Das kannst du nie beweisen«, zischte Susa.

»Stimmt. Oder fast. Vielleicht kann ich es noch nicht beweisen. Ich denke, Desmond und du, ihr habt das ziemlich schlau angestellt. Jahrelanges True-Crime-Podcast-Hören, oder damals eher noch Aktenzeichen-XY-Schauen, da ja noch keine True-Crime-Podcasts existierten, hat sich ausgezahlt. Ihr hattet den perfekten Mord geplant. Anoushka sollte am letzten Abend auf Spiekeroog sterben. Sodass niemand sie vermissen würde. Ihr wusstet vermutlich ganz genau, dass sie keine weiteren Verwandten hatte, ist ja in deinem Job kein Problem, das herauszufinden. Und damit sie auch keiner von den Leuten hier auf der Insel oder ihre beste Freundin vermisst, habt ihr oder auch du allein ihr Handy behalten und Nachrichten geschickt. Über zwei Jahre lang, damit ihr die Kontakte langsam auslaufen lassen konntet. Und für den Fall, dass ihre Leiche doch entdeckt werden würde, hattest du vorgesorgt. Du hast dieses Foto von Jens und Anoushka gemacht, du musstest ja herausfinden, wann die beste Gelegenheit für diesen Mord ist. Also bist du ihr, wenn möglich, auf Schritt und Tritt gefolgt. Als die beiden sich an der Düne gestritten haben, war das perfekt, oder? Das Foto hast du dann für mich als Ausdruck unter der Bank versteckt. Der

Drinkeldodenkarkhof ist ja nicht weit weg von der Dienststelle. Und dann hast du mir die Nachricht geschickt.«

Susa verdrehte die Augen. »So ein Unsinn. Du hast wirklich eine blühende Phantasie.«

»Wirklich? Du hattest mich doch geradezu gedrängt, im Café Strandmöwe einen Kaffee trinken zu gehen. Du wolltest mich aus dem Haus haben und zugleich an einem Ort, wo du mir unauffällig begegnen konntest. Nachdem du das Gift zubereitet hattest. Insa hatte mir auch erzählt, dass du im Café warst, um nach mir zu fragen.«

»Ich habe dir gesagt, warum.«

»Das ist ja auch eine tolle Ausrede gewesen, die Vernehmung in Berlin, die dich so neugierig gemacht hat. Aber ich habe von der Klinik aus noch einmal mit Insa und Laura Boode telefoniert.«

Susa wurde blass und setzte sich wieder.

»Laura Boode hat mir gesagt, dass du in der Zeit, in der ich weg war, vorbeigekommen bist, als sie gerade gehen wollte. Insa hat gerade den Ordner mit den Keksen zurückgebracht. Laura Boode hat dir erzählt, dass ich kurz weggegangen sei und dass sie selbst jetzt auch gehe, sie habe Insa bereits Bescheid gegeben, dass ich wiederkomme. Und sie sagte, dass du allein im Innenraum des Cafés zurückgeblieben seist.« Fine sah Susa fest in die Augen. »Du hattest sehr wohl die Möglichkeit, mir das Gift in den Kaffee zu mischen. Und Desmond wusste, was sich schnell und wirksam herstellen ließ. Und als Insa wieder hereingekommen ist, warst du schon wieder weg. Zumindest hat sie dich nicht mehr gesehen.«

Susa lachte auf. »Das ist doch kein Beweis. Das ist gar nichts.«

»Wenn du mich wirklich gesucht hättest, wärst du doch im Café geblieben, um auf mich zu warten. Bist du aber nicht.«

»Ich hatte auch noch etwas anderes zu tun. Ich wollte nur wissen, ob es schon was Neues gibt.«

»So oft hintereinander? Du hättest mich auch anrufen können. Hast du aber nicht.«

»Was willst du eigentlich von mir?« Susa sprang wieder auf. »Dass ich etwas gestehe, was ich nicht getan habe?«

»Das käme mir nie in den Sinn. Mir würde schon reichen, wenn du gestehst, was du getan hast.«

Susa schnaubte laut auf und fuhr sich durch die Haare. »Das kannst du vergessen. Da gibt es nichts zu gestehen. Und du kannst mir auch nichts davon beweisen.«

Fine biss sich auf die Lippen. »Doch.«

Susa hielt mitten in der Bewegung inne und starrte Fine an.

»Die Spurensicherung hat mittlerweile die Bank am Drinkeldodenkarkhof untersucht. Du warst zwar schlau genug, den Ausdruck nur mit einem Handschuh anzufassen, aber an der anderen Hand hattest du anscheinend keinen an. Wolltest du nicht auffallen, so mit Handschuhen, falls dich jemand beobachtet hätte, wie du dich an der Bank zu schaffen gemacht hast? Oder war es reine Überheblichkeit, dass dir sowieso keiner draufkommen würde? An der Rückseite der Bank und unterhalb der Sitzseite sind Fingerabdrücke gefunden worden. Die so nur entstehen können, wenn jemand an der Bank in die Hocke gegangen ist, um darunterzusehen. Sie wurden sofort fotografiert und nach Oldenburg geschickt und dort mit deinen gespeicherten verglichen.«

Susa sagte immer noch nichts, schüttelte nur den Kopf. Dann fand sie die Sprache wieder. »Du versuchst mich reinzulegen. Ich hätte doch gesehen, wenn die Spusi auf die Insel gekommen wäre. Ich war am Anleger, als die Fähre kam.«

Fine lachte. »Thomas und seine Leute sind mit dem Wassertaxi gekommen, genau wie ich. Mich hast du ja auch nicht kommen sehen.« Sie griff nach ihrem Handy und wischte darauf herum. Ihr Mailprogramm zeigte einen Eingang von Thomas. Sie las die Nachricht kurz durch, behielt Susa aus den Augenwinkeln im Blick. »Es sind deine Fingerabdrücke, Susa.«

19

Fine konnte gar nicht reagieren, da hatte sich Susa schon auf sie gestürzt. Sie versuchte, an ihre Waffe heranzukommen, aber sie hatte keine Chance. Susa packte sie an einem Handgelenk und zog ihr den Arm über den Kopf, doch bevor sie ihre andere Hand zu fassen bekam, schlug Fine so fest zu, wie sie nur konnte. Susa verdrehte die Augen und lockerte den Griff um Fines Handgelenk. Fine wusste, sie durfte ihr keine Zeit geben, sich zu erholen. Susa hatte den schwarzen Gürtel, und Fine war immer noch geschwächt. Sie würde Susa nicht überwältigen können. Mit einem schnellen Griff angelte sie ihre Dienstwaffe aus der Tasche. Aber Susa durchschaute ihren Plan und entwand ihr die Waffe, indem sie ihre Hand fast in ihrer zerquetschte. Fine keuchte laut auf und biss die Zähne zusammen. Sie musste durchhalten. Sie hatte noch kein Geständnis.

»Du glaubst doch nicht im Ernst, dass ich mich von einer dahergelaufenen Kriminalkommissarin so einfach überwältigen lasse?«, schrie Susa, das Gesicht verzerrt. Sie saß auf Fine und hatte die Waffe auf sie gerichtet.

»Und wie willst du das hier dann erklären?« Fine keuchte. Ihr Kopf dröhnte wie ein Presslufthammer.

Susa lachte auf. »Ich erkläre gar nichts. Du bist durchgedreht und hast mich angegriffen – aus heiterem Himmel. Vielleicht Spätfolgen der Eibenvergiftung. Da sollen Halluzinationen ja vorkommen. Und da musste ich mich wehren. Du hast mit der Waffe auf mich gezielt, und ich konnte sie gerade noch wegschieben. Aber dann hat sich irgendwie ein Schuss gelöst, der dich leider getroffen hat. Du bist zusammengesackt, und ich habe noch versucht, dich wiederzubeleben, aber … Was ist das?«

Bei dem Kampf war Fines Shirt unter der Jacke verrutscht und entblößte ein Kabel. Susa zerrte an dem Shirt, bis es zerriss.

»Du bist verkabelt!«, schrie sie und ließ von Fine ab. Immer noch hielt sie die Waffe auf sie gerichtet.

»Was glaubst du denn? Meinst du, ich erzähl dir das alles, ohne mich abzusichern? Tempo«, krächzte Fine. Das war das Stichwort für das Sondereinsatzkommando: Tempo.

Von einem Moment auf den anderen stürmten hinter ihr mehrere Polizeibeamte den Raum. Erfassten die Situation und zerrten Susa von Fine herunter. Nahmen Susa in Gewahrsam, die ohne Gegenwehr die Waffe fallen ließ. Vielleicht war sie auch nur zu überrumpelt. Fine lag immer noch am Boden und keuchte. Ihr Puls schlug bis zum Hals, Schweiß stand auf ihrer Stirn. Das Adrenalin hatte ihrem Körper Höchstleistungen abgefordert, jetzt gewann der Parasympathikus allmählich die Oberhand und regulierte alles wieder in den Normalzustand. Hoffentlich.

Doch eines musste Fine noch loswerden, bevor die Beamten Susa wegbrachten.

»Und danke, dass du mir das Gift verraten hast, Susa.«

Susa warf ihr einen Blick zu, der das Wasser in der Nordsee hätte gefrieren lassen können. Aber sie sagte kein Wort mehr. Dann wandte sie sich von Fine ab und ließ sich abführen.

Fine rappelte sich ächzend vom Boden auf. Schwankte noch etwas. Ein Sanitäter fing sie auf und setzte sie auf einen Stuhl. Untersuchte sie gründlich und versorgte sie mit einem Kaffee mit viel Zucker, um den Kreislauf zu heben. Fine hätte im Stehen einschlafen können, aber dazu war jetzt keine Zeit. Es gab noch so viel zu tun. Doch erst brauchte sie ein paar Minuten Ruhe. Und eine Dusche. Ein Beamter des SEK nahm ihr das Mikrofon ab.

»Gute Arbeit, Frau Küster.«

Eine Stunde später hatte sie sich geduscht, umgezogen und mit einem frischen Kaffee versorgt. Zuerst telefonierte sie mit der Rechtsmedizinerin Dr. Mattes, um ihr mitzuteilen, um welches Gift es sich gehandelt hatte.

»Eibe? Soso. Das ist mal raffiniert. Vermutlich hat sie einfach ein paar getrocknete Nadeln genommen und die zermahlen. Die findet man immer unter einem Baum. Vielleicht sind noch irgendwo Rückstände davon in der Wohnung.«

»Ich werde Werner Thomas und seinem Team Bescheid sagen.

Die kommen sowieso gleich, um die Wohnung von Susanne Most und ihrem Mann auseinanderzunehmen.« Fine überlegte kurz. »Stimmt es eigentlich, dass man von Eibengift als Nachwirkung oder Spätfolge Halluzinationen bekommen kann?« Das ließ ihr jetzt doch keine Ruhe.

Mattes lachte. »Wer hat Ihnen denn das erzählt?«

»Susanne Most.«

»Völlig disqualifiziert. Halluzinationen werden im Zusammenhang mit Hitze, also zum Beispiel an einem heißen Sommertag, diskutiert. Eiben können da tatsächlich ein Gas ausströmen, das zu Halluzinationen führen kann. Aber ich kenne dieses Mysterium nicht bei der Einnahme des Gifts.«

Danach rief Fine Staatsanwalt Wiese an und berichtete ihm, dass der Plan aufgegangen wäre. Susanne Most war verhaftet worden, ihr Mann wurde als Zeuge und möglicher Mittäter ebenfalls nach Aurich zur Vernehmung gebracht. Aber ob er gegen seine Frau aussagen würde, wusste Fine nicht. Um ihn zum Reden zu bringen, musste sie sich etwas einfallen lassen. Und Susa? Die würde vermutlich alles abstreiten. Sowohl den Mord an Anoushka Diepholz als auch den versuchten Mord an ihr, Fine. Dennoch – Susa hatte sich verplappert, sie hatte das Gift verraten. Wenn sich das bestätigte, und davon ging Fine fest aus, dann war das Täterwissen. Und wenn die Spurensicherung Rückstände von Eibenbestandteilen in der Wohnung fände, dann schlösse sich der Kreis. Von da an wäre der Weg zur Überführung nicht mehr weit. Denn warum hätte Susa Fine töten sollen, wenn nicht sie selbst hinter dem Mord an Diepholz stand?

Die nächsten Tage vergingen wie im Flug. Im Nachhinein wusste Fine nicht mehr, wann und ob sie überhaupt geschlafen hatte, so viel war passiert. Nachdem Susa verhaftet worden war und Desmond als Zeuge vorgeladen wurde, untersuchte die Spurensicherung die Wohnung der beiden. In einer Kiste im Keller, versteckt unter einigen Winterjacken, fanden sie Anoushka Diepholz' Handy neben mehreren Geldscheinen, zu Bündeln zusammengefasst. Dazu noch Diepholz' Kamera, die sie an dem Abend dabeigehabt hatte.

Nachdem sie die Fingerabdrücke von dem Handy genommen und es aufgeladen hatten, entsicherte Fine es und scrollte sich durch die Nachrichten. Neben den bereits bekannten Chats mit Laura und Jens Boode, Torben Gerdes und Lorenz Krämer fand sie auch eine Unterhaltung mit Susanne Most unter ihrer Dienstnummer. Fast hätte sie den Chat übersehen, da Susa noch unter ihrem Mädchennamen Schneider verzeichnet war. Sie hatte Desmond ja erst auf Spiekeroog geheiratet und hieß erst seitdem Most mit Nachnamen. Deswegen war es Fine auch nicht aufgefallen, dass Susa als Susanne Schneider auf der EilandKaart-Liste des Jahres 2016 sehr wohl aufgeführt war.

Interessanter als Susas Nachname war allerdings der Chatverlauf zwischen Anoushka Diepholz und Susa.

10. März 2016 Anoushka: Ich kenne dich. Du bist die Dealerin, die mir in Berlin den Stoff verkauft hat. 13:45

12. März 2016 Anoushka: Mich zu ignorieren ist keine Lösung. 18:22

12. März 2016 Susanne Schneider: Was soll das? Wer sind Sie? Und woher haben Sie diese Nummer? 19:02

12. März 2016 Anoushka: Das tut nichts zur Sache. Und wer ich bin? Anoushka. Tiergarten Berlin. Immer dienstags und freitags. Nachts um halb elf bei dem Denkmal, du weißt schon, welches. Ich weiß genau, wer du bist. Die, die mich fast getötet hat. Du hast mir alles genommen. Meine Gesundheit, mein Geld. Du hast mich abhängig gemacht. Meine Gesundheit habe ich mir wieder zurückerkämpft. Aber mein Geld noch nicht. 19:23

12. März 2016 Susanne Schneider: Du musst mich verwechseln. Ich bin Polizistin auf Spiekeroog. Keine Dealerin aus Berlin. 20:17

12. März 2016 Anoushka: Was meinst du, wird die Polizei in Berlin sagen, wenn ich ihnen erzähle, dass du diejenige warst, die mir den Stoff verkauft hat? Eine Polizistin. Hast du den Stoff geklaut? Und warum bist du jetzt eigentlich auf Spiekeroog? Bist du geflohen? Waren sie dir auf den Fersen? 20:18

12. März 2016 Susanne Schneider: Du kannst mir gar nichts beweisen. Verzieh dich, oder ich zeige dich an wegen übler Nachrede. 20:19

12. März 2016 Anoushka: Probier's doch. Ich bin nicht die Einzige. Glaub mir, ich kenn noch andere, die dich auch wiedererkennen. Du bist geliefert. Eine Polizistin, die Drogen verkauft, lebt nicht lang im Knast. 20:24

12. März 2016 Susanne Schneider: Was willst du eigentlich von mir? 20:30

12. März 2016 Anoushka: Zwanzigtausend. Bis morgen Abend. Und versuch nicht, mich reinzulegen. Ich weiß, wo du bist. Und ich habe kein Problem damit, dich anzuzeigen. 20:38

Diepholz hatte Susa also ziemlich schnell wiedererkannt. Und Susa war vermutlich ebenso schnell klar geworden, dass sie Anoushka nicht so leicht ruhigstellen konnte. Das war die Zeugin, auf die die Drogenfahndung und die Innere gewartet hatten. Wenn Anoushka Diepholz sie angezeigt hätte, wären die Ermittlungen um Susas etwaigen Drogendiebstahl aus der Asservatenkammer wieder aufgenommen worden. Und das auch noch mit einer Zeugin, die hätte bestätigen können, dass Susa nicht nur ihr, sondern auch anderen Drogen verkauft hatte. Sich da wieder herauszulavieren wäre schwierig geworden. Und hätte vermutlich Susas Suspendierung aus dem Polizeidienst bedeutet. Wenn nicht noch Schlimmeres. Also gab Susa klein bei und fragte, was Diepholz wollte. Und Diepholz wollte viel. Sie erpresste Susa, und Susa zahlte. Doch Anoushka Diepholz bekam den Hals nicht voll, sondern verlangte mehr. Und mehr. Bis sie damit vermutlich ihr Todesurteil unterschrieb.

Doch das war nicht das Einzige, was bei der Hausdurchsuchung auftauchte. Auf Susas privatem Laptop fanden die Ermittler Fotos, darunter auch das von Jens Boode und Anoushka

Diepholz in den Dünen. Der Zeitstempel stimmte tatsächlich. Die Bilder stammten von ihrem Todestag. Susa hatte eine ganze Reihe gemacht. Aber nichts deutete auf den Mord hin. Es war wie verhext. Im unglücklichsten Fall konnten sie Susa den Mord nicht nachweisen. Sie hatten nur Indizien. Wenn auch schwerwiegende. Aber besser war natürlich ein Geständnis.

Rückstände des Eibengifts waren nirgendwo zu finden. Auch nicht in der Apotheke, in der Desmond gearbeitet hatte. Fine zerbrach sich den Kopf, womit Susa das Gift hätte herstellen haben können. Am einfachsten wären eine Mühle oder ein Mixer gewesen. Ein leistungsstarker Standmixer oder eine richtig gute Espressomühle, die Eibenteile zu einem feinen Pulver vermahlen konnten. Das in einer Tasse Kaffee keine Klümpchen oder feste Bestandteile hinterließ. Aber im ganzen Haus waren kein Mixer und auch keine Mühle zu finden.

»Was, wenn sie ihn nach der Tat einfach weggeschmissen hat? Zeit genug war ja«, sagte Fine zu Thomas.

Daraufhin fragte Thomas, wann das letzte Mal der Müll auf der Insel geleert worden und aufs Festland gebracht worden war. Und tatsächlich: Susa hatte vor einer Woche einen Standmixer bei der Müllumschlagstation in Spiekeroog als Elektroschrott abgegeben. Thomas fand ihn in einem der Container, und die Untersuchung ergab, dass damit Eibennadeln zu Pulver zermahlen worden waren. Wieder ein Punkt abgehakt. Schritt für Schritt kamen sie Susas Verurteilung immer näher.

Die Vernehmungen fanden in der Polizeiinspektion in Aurich statt. Fine legte Susa und deren Anwalt das Protokoll des Chatverlaufs vor. Susa lächelte sie schwach an und schob es weg.

»Was willst du?«, fragte sie.

»Wann hast du geplant, Anoushka Diepholz umzubringen?« Fine starrte sie unverwandt an.

»Frau Most wird keine weiteren Aussagen machen«, sagte ihr Anwalt und nickte Susa zu.

Fine seufzte, verließ den Raum und schloss die Tür hinter sich. Ging ins Nebenzimmer, wo Desmond und seine Anwältin bereits auf sie warteten. Schaltete das Mikrofon an, vermerkte

Datum und Uhrzeit und wer vernommen wurde und in welcher Sache.

»Ich weiß, dass Susa Drogen an Anoushka Diepholz verkauft hat. Und ich weiß, dass Diepholz Susa erkannt hat, als sie nach Spiekeroog kam, und dass sie sie daraufhin erpresst hat. Es ging um richtig viel Geld, so viel Geld, dass Susa irgendwann beschloss, dass es jetzt reichte, und sie den Plan fasste, Diepholz zu töten. Und ich weiß, dass Susa auch versucht hat, mich umzubringen, mit Eibengift. Das hat sie selbst gesagt. Der Standmixer, mit dem die Eibennadeln zermahlen worden sind, ist sichergestellt worden. Darauf waren eure Fingerabdrücke. Wir gehen davon aus, dass du ihr mit deinem Wissen als Apotheker geholfen hast. Damit hättest du dich der Mittäterschaft schuldig gemacht. Und da du zum Zeitpunkt des Mordes an Anoushka Diepholz schon mit Susa zusammen warst, gehen wir weiterhin davon aus, dass du in ihren Plan eingeweiht warst. Das heißt, du wirst gemeinsam mit ihr wegen Mordes und wegen Mordversuchs angeklagt.« Sie ließ die Worte auf ihn wirken.

»Mein Mandant wird sich dazu nicht äußern«, sagte seine Anwältin. Desmond selbst schwieg. »Ich denke, wir sind hier fertig. Sie können meinem Mandanten nichts nachweisen. Sie haben gar nichts in der Hand. Bloß weil er Apotheker ist, heißt das nicht, dass er bei dem Giftanschlag geholfen hat. Und für den Mord gibt es keinerlei Anhaltspunkte, auch kein Motiv von seiner Seite aus. Und Sie wissen genauso gut wie ich, dass mein Mandant nicht gegen seine Ehefrau aussagen muss.« Sie erhob sich und forderte Desmond auf, ebenfalls aufzustehen. Er sah Fine dabei nicht an, schaute zu Boden.

»Desmond, bitte.« Sie wollte ihn an der Schulter fassen, aber die Anwältin unterband das sofort. »Ich weiß, dass du zwei Söhne aus erster Ehe hast. Dazu noch drei Enkelkinder. Du wirst so oder so angeklagt werden. Willst du ihnen das antun? Willst du mit diesem Wissen weiterleben?«

»Frau Küster, ich denke, das haben Sie doch nicht nötig, hier die Mitleidstour zu fahren, nicht wahr? Überlegen Sie sich was Besseres.« Die Anwältin schob Desmond neben Fine zur Tür hinaus. Desmond drehte sich noch einmal zu Fine um. Sein Blick traf sie bis ins Herz. Er wirkte gebrochen, so als würde eine tiefe Traurigkeit ihn von innen heraus auffressen. Aber er redete nicht.

Mit hängenden Schultern schlich Fine zu Hardy, den sie endlich persönlich kennengelernt hatte. Ein hoch aufgeschossener Mann Mitte dreißig, mit braun gelockten Haaren, Brille und einem verschmitzten Lächeln auf den Lippen.

»Es ist zum Verzweifeln«, sagte sie, »keiner von beiden redet. Überall höre ich nur von den Anwälten, dass sie keine Aussage machen werden. Wie soll ich denn da ein Geständnis bekommen?«

Hardy deutete mit einer Hand auf einen Drehstuhl neben ihm, und Fine setzte sich.

»Kaffee?«, fragte er.

Sie nickte. Er verließ den Raum und kehrte kurz darauf mit zwei Bechern schwarzem Kaffee zurück. Fine lächelte. Er trank ihn genauso schwarz wie sie, ohne irgendetwas drin.

»Um Susanne Most vor Gericht zu bringen, brauchst du kein Geständnis. Die Fingerabdrücke auf dem Mixer, Susanne Mosts Tonaufnahme bei der Festnahme, allein das reicht schon für eine Verurteilung. Außerdem hat Dr. Mattes gerade das Ergebnis von der toxikologischen Analyse deines Bluts geschickt. Und jetzt rate mal, was es ist.« Er grinste und stellte die beiden Becher vor ihnen ab.

Sie verzog den Mund. »Eibe?« Sie nahm den Becher in beide Hände, spürte die Wärme durch die Keramik hindurch.

»Genau. Damit ist klar, dass sie diejenige ist, die dich vergiftet hat. Dazu noch Anoushka Diepholz' Handy, das bei ihr gefunden wurde mit all den Nachrichten, die Geldbündel und die Fotos von Jens Boode und Diepholz auf der Düne, die beweisen, dass Most dich zum Drinkeldodenkarkhof gelockt hat. Und dass sie selbst zu dem Zeitpunkt dort war. Das sollte schon ausreichen, um sie wegen des Mordes anzuklagen. Sie hatte ein Motiv, und sie hatte die Gelegenheit. Das macht Staatsanwalt Dr. Wiese dann schon.«

»Und Desmond?« Fine nippte an ihrem Kaffee.

»Was soll mit ihm sein? Er wird als möglicher Mittäter angeklagt werden, die Beweislage wird zu dünn sein, er wird freikommen, und du wirst ihn vermutlich nie wiedersehen. Vielleicht sagt er ja auch noch etwas vor Gericht, wer weiß das schon so genau. Du wirst als Kriminalkommissarin nie alles herausbekommen. Den Rest erledigen die Anwälte und das Gericht. Du hast getan, was du konntest. Oder denkst du, dass Desmond noch eine Gefahr für dich oder andere ist?«

Fine zuckte mit den Schultern. »Woher soll ich das wissen? Ich weiß doch gar nicht, ob er Susa geholfen hat oder nicht. Bis vor Kurzem hätte ich noch geschworen, dass die beiden keiner Fliege was zuleide tun könnten. Dass die beiden ein richtig tolles Paar sind, die zusammen auf Spiekeroog alt werden würden. Zusammen mit ihrem Faible für True Crime.«

»Das sie vielleicht sogar auf die Idee für den Mord und deine Vergiftung gebracht hat. Wer weiß das schon? Letzten Endes wären sie oder auch Most niemals aufgeflogen, wenn das Skelett nicht dummerweise aufgetaucht wäre.«

»Tja, das nennt sich dann wohl höhere Gerechtigkeit.« Fine grinste.

Hardy grinste zurück. »Oder Pech.«

»Was passiert eigentlich mit Jens Boode?«, fragte Fine nach einigen Minuten, in denen sie nur stumm vor sich hin sinniert hatte. »Der hat sich doch auch strafbar gemacht? Er hat Anoushka Diepholz verfolgt; die Fotos und die Nachrichten sprechen eine eindeutige Sprache.«

Hardy verzog das Gesicht. »Aber Diepholz hat ihn nicht angezeigt. Wahrscheinlich auch deswegen nicht, weil sie ahnte, dass Susanne Most ihr da nicht geholfen hätte. Und einfaches Stalking, mit dem wir es hier zu tun haben, verjährt nach fünf Jahren.«

Fine fuhr hoch. »Echt jetzt? Schon nach fünf Jahren? Das ist einfach nicht fair.«

»Leider. Aber auch wenn er zur Verantwortung gezogen worden wäre, hätte er im Höchstfall – von dem nicht auszugehen wäre – drei Jahre bekommen. Aber es ist nicht zu einer gesundheitlichen Beeinträchtigung des Opfers gekommen, daher wäre er vermutlich mit einer Geldstrafe davongekommen.«

Fine schnaubte. »Das heißt, ihm passiert gar nichts.«

Hardy nickte.

»Weißt du, das ist ziemlich unbefriedigend, das Ganze. Jens Boode passiert nichts, Susa gibt die Tat nicht zu, Desmond schweigt. Wo bleibt denn da die Gerechtigkeit?«

Hardys Mundwinkel zogen sich kaum merklich nach oben. »Die Gerechtigkeit ist so eine Sache, die kann man nicht steuern. Most wird eine Strafe bekommen, und ich denke, wenn Staatsanwalt Wiese seine Sache gut macht, und das tut er im Allgemeinen, dann wird Susanne Most wegen vorsätzlichen Mordes für die nächsten fünfundzwanzig Jahre hinter Gitter wandern. Dazu kommt noch der Mordversuch an dir. Meiner Ansicht nach ist das gerecht. Oder nicht?«

»Du hast recht.« Fine streckte sich und lächelte ihn an. »Auch ohne Geständnis wird Susa bekommen, was sie verdient hat. Ganz sicher.«

Es klopfte am Türrahmen der offenen Tür, und eine junge Beamtin steckte den Kopf herein.

»Da ist eine Laura Boode für Sie, Frau Küster.«

Fine runzelte die Stirn. Laura Boode? Was wollte die denn hier? Sie sah Hardy an, und der nickte. »Lassen Sie sie herein.«

Die Beamtin verschwand und kehrte kurz darauf mit Laura Boode zurück.

»Moin.« Sie war allein und umklammerte mit beiden Händen die Griffe ihrer Handtasche.

Fine kniff die Augen zusammen. So hatte sie Laura Boode noch nie gesehen. Wo war ihre Schlagfertigkeit hin, ihre stolze Haltung? Sie wies ihr einen Platz in einer Sitzecke mit einem Tisch und einigen Stühlen zu und setzte sich ebenfalls. Hardy blieb am Schreibtisch sitzen und legte sich einen Block und einen Stift parat.

Laura Boode zog ihre Jacke aus, dabei rutschte der Ärmel ihres Langarmshirts nach oben. Mehrere dunkelblaue Flecken kamen zum Vorschein. Fines Augen weiteten sich, und sie sprang auf, eilte zu Laura Boode und fasste nach ihrem Arm.

»Was ist denn mit Ihnen passiert?« Fine hatte eine Ahnung, aber sie wollte es lieber von Laura Boode selbst hören.

Laura Boode entwand sich und schob den Ärmel wieder hinunter. Atmete schwer. »Sie hatten recht.«

Fine legte den Kopf schief und setzte sich Boode wieder gegenüber. »Mit was?«

»Jens hat das schon öfter gemacht, aber ich habe mich nie getraut, etwas zu sagen. Oder etwas zu unternehmen. Ich habe lieber die toughe Frau gespielt.«

»Und was hat sich jetzt geändert?«

Laura Boode ließ langsam die Luft aus ihrem Mund entweichen. »Ich habe ihn gefragt, ob er Anni auch etwas getan hat. Und dann ist er total ausgerastet. Was ich ihm unterstellen würde, er hätte ihr nie etwas getan. Sie wäre immerhin etwas Besonderes gewesen, nicht so etwas Gewöhnliches wie ich, was man an jeder Ecke findet.« Sie schluckte. »Ich weiß nicht, warum, aber in dem Moment hab ich rotgesehen. Ich bin auf ihn losgestürzt und habe auf ihn eingeschlagen, da hat er mich an den Armen gepackt und zugedrückt. Daher die blauen Flecke.« Sie schluchzte auf, Tränen rannen über ihre Wangen.

Hardy stand auf, kam herüber und reichte ihr ein Taschentuch, dann setzte er sich wieder an seinen Schreibtisch.

»Und dann?«, fragte Fine. Ihr Puls ging merklich schneller, ihre Fingerspitzen klopften aneinander.

Laura Boode zuckte mit den Schultern, schniefte. »Er hat mich aufs Sofa gestoßen und ist gegangen. Und da habe ich gewusst, jetzt ist es Zeit, ebenfalls zu gehen. Ich habe ein paar Sachen gepackt, Maja vom Kindergarten abgeholt und bin zu Insa. Die hat mich für ein paar Tage in einer freien Ferienwohnung ihrer Eltern untergebracht.«

Fine holte tief Luft. »Und Jens?«

»Der war natürlich gar nicht glücklich darüber und hat mir aufgelauert am Kindergarten. Aber da waren zu viele andere, da hat er sich nicht getraut, handgreiflich zu werden. Aber er hat mir gedroht, dass er mir Maja wegnehmen wird, wenn ich nicht zurückkomme.«

Fine zog die Augenbrauen hoch.

»Aber Insa meinte, ich soll zu Ihnen kommen und Anzeige erstatten. Und die Wahrheit sagen.«

»Was meint sie damit genau?«

Laura Boode stöhnte leise. »Ich habe damals gelogen, wie ich behauptet habe, dass ich an Annis Todestag bei Jens in der Kneipe gewesen wäre.«

Fine nickte, das wusste sie ja schon, aber sie entschied, das jetzt für sich zu behalten. Erst wollte sie hören, was Laura Boode zu sagen hatte.

»Ich wusste, dass Jens Anni hinterherspioniert hat und sie auch schon bedroht hat. Und ich habe gehört, wie Jens sich mit Anni für diesen Abend verabredet hat. Er wollte ihr ein Nest mit Brandgänsen zeigen, die sollten wohl zu dem Zeitpunkt schlüpfen. Und Anni war ja immer Feuer und Flamme, wenn es um Naturfotografie ging. Scheißfreundlich war er zu ihr, als wäre er der netteste Kerl auf der Welt. Ich bin ihnen gefolgt, in sicherem Abstand. Und hab gesehen, wie Anni ihre Aufnahmen gemacht hat. Und Jens hat nichts Besseres zu tun gehabt, als sich an sie ranzumachen. Aber da kannte er Anni schlecht, die hat ihn richtig rundgemacht und gesagt, er soll sie in Ruhe lassen und gehen.« Sie schniefte wieder. »Das hat er dann auch gemacht. Er ist gegangen. Er hat sie nicht umgebracht. Nicht einmal angerührt. Wenn ich gesagt habe, dass er mich in Ruhe lassen soll, dann hat er mich immer geschlagen. Aber sie nicht. Sie war etwas Besonderes. Vielleicht gerade weil sie ihm Contra gegeben hat, weil sie sich nicht einfach gefügt hat.« Sie schluchzte heftig und schüttelte den Kopf.

In Fines Hals bildete sich ein dicker Kloß. »Haben Sie gesehen, wer Anni getötet hat?«

Laura Boode starrte sie lange an. »Nein.« Sie schnäuzte sich. »Nein. Ich könnte mir heute noch in den Hintern beißen deswegen. Ich bin Jens gefolgt, dachte mir, vielleicht braucht er jetzt etwas Trost. Habe ihn am Rand der Dünen kurz vor dem

Friederikenweg eingeholt, habe behauptet, ich wäre gerade zufällig hier vorbeigekommen. Und dann …« Sie stockte.

Fine schaute sie aufmerksam an, sagte nichts.

»Dann hat er mich an der Hand gepackt, mich ein Stück weiter in die Dünen gebracht, und wir hatten Sex.« Sie fuhr sich mit dem Zeigefinger unter der Nase entlang.

»Mit Ihrem Einverständnis?«, fragte Fine behutsam.

Laura Boodes Stimme zitterte. »Ich wollte es doch so sehr«, sagte sie leise. »Aber er war schon ziemlich …«

Fine stand wieder auf, hockte sich neben Laura Boode und strich ihr über die Schulter. »Alles gut, Sie müssen nicht weiter darüber reden.«

Laura Boode vergrub das Gesicht in den Händen, und ihr Körper bebte vor Schluchzern.

»Was war danach?«

Laura Boode hob den Kopf, die Augen gerötet. »Er hat mich einfach zurückgelassen, ist wieder ins Dorf zurückgegangen. Und ich habe mich angezogen und bin in die Kneipe zu Torben, Jilian, Kevin und Cosmo. Habe sogar noch eine Nachricht an Anni geschrieben, aber sie kam dann ja nicht mehr. Ich habe niemandem erzählt, was an diesem Abend passiert ist.«

Fine biss sich auf die Lippen, legte aus der Hocke heraus ein Knie auf den Boden. »Warum haben Sie Jens eigentlich geheiratet?«

Laura Boodes Blick glitt in die Ferne, die Lippen schmal. »Er kam am nächsten Tag bei mir vorbei, hat gesagt, es tue ihm leid. Er wisse gar nicht, was in ihn gefahren sei. Und danach war es wirklich schön, er hat sich um mich bemüht, ist mit mir ausgegangen, ins Kino oder zum Essen. Alles schien perfekt. So, wie es sein sollte.« Sie schnaubte. »Im Nachhinein hat er das wahrscheinlich nur getan, damit ich ihn nicht anzeige. So konnte er sicher sein, dass er mich unter Kontrolle hatte.« Sie atmete hörbar aus. »Und aus seiner Sicht hat ja alles gepasst. Bis wir verheiratet waren. Dann ist alles langsam in sich zusammengebrochen. Vor allem, als er gemerkt hat, dass ich schwanger geworden bin und nicht mehr so in der Kneipe mithelfen konnte.

Und zugenommen habe. Das hat er gar nicht gut aufgenommen.«

Fine seufzte leise. Wie oft hatte sie solche Geschichten schon gehört? Wieder strich sie Boode über die Schulter. »Es war genau richtig, dass Sie jetzt zu mir gekommen sind. Wollen Sie Anzeige erstatten? Ich rate Ihnen dazu. Mit Ihrem Einverständnis werden hier dann noch Fotos von Ihren Verletzungen gemacht, und Sie werden ärztlich untersucht. Dann können wir Jens verhaften und dafür sorgen, dass er Ihnen nichts mehr tun kann bis zu seiner Verhandlung.«

»In Ordnung«, sagte Laura Boode leise. »Danke. Dass Sie mir trotzdem helfen, auch wenn ich Ihnen zuerst nicht die Wahrheit gesagt habe.«

Fine lächelte. »Schon gut. Wo ist Maja jetzt?«

»Bei Insas Eltern. Die kümmern sich wirklich rührend um uns.«

»Ich komme in den nächsten Tagen wieder zurück auf die Insel. Aber ich werde gleich den Beamten vor Ort informieren, damit Ihr Mann in Gewahrsam genommen wird. Alles wird gut.«

Sie brachte Laura Boode zu einer Beamtin, die sich ihrer annahm und alle weiteren Schritte in die Wege leitete. Dann kehrte sie zu Hardy ins Büro zurück.

»Damit wäre jetzt wohl auch geklärt, was Laura Boode tatsächlich an diesem Tag gemacht hat.« Sie atmete hörbar aus und setzte sich wieder Hardy gegenüber.

Der lächelte und nickte. Einen Moment lang hingen beide ihren Gedanken nach. Draußen vor dem Fenster stürmte es, der lang ersehnte Regen erreichte Norddeutschland und die Küstenregionen. Fine sah, wie sich die Äste einer Kiefer vor der Dienststelle im Wind bogen, Regentropfen klatschten an die Scheibe.

»Weißt du eigentlich, wie es jetzt mit der Dienststelle auf Spiekeroog weitergeht?« Hardy lehnte sich auf seinem Stuhl zurück.

»Bis die Stelle neu besetzt wird, werde ich auf jeden Fall noch dortbleiben. Momentan ist ja ein Kollege aus Aurich dort, bis ich wieder zurück bin. Also noch ein, zwei Tage. Und dann soll die Dienststelle in absehbarer Zeit mit zwei Beamten besetzt werden. Dauerhaft.« Sie hielt kurz inne, dann streckte sie sich. »Ich werde jetzt alle Ermittlungsergebnisse an Staatsanwalt Wiese weitergeben, und wenn er meint, dass das so weit reicht, dann wird Anklage erhoben. Und ich fahre wieder nach Spiekeroog bis zu meiner Zeugenaussage.« Fine hatte sich tatsächlich gar keine großen Gedanken darüber gemacht, wie es jetzt weitergehen würde. Ihre Sommerverstärkung ging noch weitere eineinhalb Monate, die würde sie auf jeden Fall auf Spiekeroog bleiben. Aber danach? Wieder bildete sich ein Kloß in ihrer Kehle. Nur eines wusste sie mit Sicherheit: Sie würde nicht zurück nach Erlangen gehen.

»In Aurich wird eine Stelle frei, zumindest auf Zeit. Eine Kollegin geht in Mutterschutz und danach in Erziehungsurlaub.«

Fine kicherte. »Das heißt Elternzeit, nicht Erziehungsurlaub. Es ist ganz schön anstrengend, für ein Kind zu sorgen. Das hat mit Urlaub wenig zu tun.«

Hardys Wangen färbten sich rötlich. »Sorry.«

Fine winkte ab. Hing ihren Gedanken nach, die weit weg von hier waren. Und in einer anderen Zeit, als sie noch wusste, was Glück bedeutete. Ja, es war anstrengend, ein Kind großzuziehen. Aber es war auch wunderschön. Niemals wollte sie diese Zeit missen. Sie atmete aus, ihre Lippen zitterten, als die Luft aus ihren Lungen daran vorbeiströmte. Nein, sagte sie sich, nicht vor Hardy, nicht hier. Sie sah Hardy an.

»Was sagst du jetzt zu der Stelle? Bis zu drei Jahre könntest du hier einsteigen, wenn du Lust hast. Als Kriminaloberkommissarin. Du musst dich nur bewerben.«

Fine stand barfuß am Meer, die Wellen leckten immer wieder nach ihren Zehen, sodass ihre Füße langsam im Sand einsanken. Über ihrem Kopf zog eine Möwe laut schreiend ihre Bahn Richtung Nordsee. Ihr Blick wanderte zum Horizont, wo sich die großen Kähne, die von Wilhelmshaven aus gestartet waren,

Richtung Skandinavien schoben. Wie an einer riesigen Perlenkette aufgereiht, einer nach dem anderen, verblassten sie immer mehr und wurden eins mit der schmalen Linie zwischen Himmel und Nordsee. Ein Stück weiter den Strand hinunter baute ein Vater mit seinen Kindern eine Sandburg. Jedes Mal wenn eine Welle an die Sandmauer klatschte, schrien die Kinder laut auf und verstärkten mit vereinten Kräften die Barriere. Häuften Eimer um Eimer Sand auf und klopften ihn sorgsam fest. Irgendwo hinter sich hörte Fine das dumpfe Auftreffen eines Volleyballs auf Handballen, zwischendurch ein Jubeln, wenn ein Ball von der gegnerischen Mannschaft nicht erreicht werden konnte. Sie atmete tief ein und aus, nahm das salzige Aroma bis in die kleinste Pore auf. Spürte die feuchte Luft in ihrem Rachen. Morgen würde sie Spiekeroog verlassen, es war ihr letzter Tag auf der Insel. Eineinhalb Monate nachdem sie den Fall Anoushka Diepholz abgeschlossen hatte. Sie würde wieder nach Erlangen fahren, zu ihren Eltern. Und auch wenn sie sich auf ihre Eltern freute, wusste sie nicht, ob sie sich auf Erlangen freuen sollte. Es fühlte sich nicht an wie nach Hause kommen. So etwas wie Heimat fand sie dort nicht mehr. Nur Erinnerungen an eine Zeit, die einmal Heimat bedeutet hatte.

Sie biss sich auf die Lippen. Wieder hörte sie die Kinder neben sich juchzen. Eine Welle schwappte über ihre Füße, hoch bis zu den Waden. Fine schluckte. Sie würde ihren Eltern sagen müssen, dass sie nur wieder nach Erlangen zurückkomme, um die Wohnung aufzulösen. Um Adieu zu sagen. Nach längerem Ringen hatte sie sich für die Stelle in der Polizeiinspektion Aurich beworben. Und hatte sie bekommen. Es war nur eine Vertretung, sicher. Aber es war ein Anfang. Und was danach kam? Wer wusste das schon.

»Hey, du Trauerkloß, wir warten alle auf dich.« Insa umarmte Fine von hinten. »Traurig, dass du gehen musst? Du kommst doch vielleicht bald wieder. Wenn die dich in Aurich haben wollen.«

Fine blinzelte und atmete kurz aus, fasste sich, schüttelte den Kopf und lachte. »Wie kommst du darauf? Ich hab mich doch schon gefreut, dich endlich los zu sein.« Sie streckte Insa die Zunge heraus.

Insa boxte sie leicht in die Seite. »Du blöde Kuh.« Dann grinste sie.

»Ich hab die Stelle in Aurich übrigens bekommen. Heute war die Zusage in der Post.« Fine nickte und schaute wieder auf das Meer, dann zurück zu Insa.

Diese musterte sie genau. »Und du bist sicher, dass das nicht nur wieder eine Flucht ist?« Das Lächeln war aus ihrem Gesicht verschwunden.

»Wie kommst du darauf? Ich meine … Woher …?«

»Du hast damals viel geredet, als wir uns kennengelernt haben in der Kneipe. Ich weiß gar nicht mehr, wie viele Bier du schon intus hattest. Und irgendwann hast du angefangen zu erzählen. Hast dich auch gar nicht mehr stoppen lassen. Also habe ich mich hingesetzt und dir einfach nur zugehört.«

Fine wurde schwindlig, und ihr Herz pochte in einem eigenen Rhythmus, der ihr nicht gefiel. Was hatte sie bloß erzählt?

Insa legte ihr eine Hand auf die Schulter. »Aber keine Sorge, von mir erfährt keiner was, wenn du es nicht willst.« Sie drückte Fine ganz fest an sich, und die ließ es geschehen. Ihre Kehle war trocken und rau, aber ihre Augen waren wässrig.

»Weißt du, ich glaube, Tom und Lilith wären stolz auf dich. Bestimmt sitzen sie irgendwo da draußen oder schweben über den Wellen und schauen zu dir. Auch jetzt in diesem Moment. Und sie wünschen sich nichts mehr für dich, als dass du wieder glücklich bist. Dein Leben lebst.«

Tränen rannen über Fines Wangen. Sie schluchzte laut auf. Doch Insa hielt sie weiter fest im Arm und wiegte sie sacht hin und her.

»Wenn ich doch da gewesen wäre, damals, dann …«

»… dann hätte das auch nichts geändert, außer dass du wahrscheinlich jetzt auch tot wärst. Der Amokfahrer hätte sich dadurch nicht von seiner Tat abbringen lassen. *Er* hat deinen Mann und deine Tochter getötet und mehrere andere schwer verletzt, als er mit voller Absicht in Würzburg in das Café raste, nicht du. Du warst nicht einmal dort, sondern in Erlangen. Du hättest nichts ändern können. Du kannst nichts dafür«, flüsterte Insa durch Fines Haare, während Fines Körper bebte und ihre Tränen in Insas Shirt flossen.

Wenn es doch so einfach wäre. Bestimmt würde sie eines Tages so weit sein, das zu akzeptieren. Aber wann es so weit war, konnte sie nicht sagen. Immer wieder sah sie die Bilder vor ihrem inneren Auge: die Polizeibeamten, die ihr die Nachricht von Toms und Liliths Tod überbracht hatten.

»Sollen wir jemanden für Sie anrufen?«, hatte die Dame von der Seelsorge gefragt und ihr über den Arm gestrichen. Dabei hatte sie zu dem Zeitpunkt noch nicht einmal begriffen, was das alles bedeutete. Geschweige denn, dass das hieß, dass die beiden nie mehr zurückkehren würden. Tom wollte doch bloß mit Lilith seine Mutter besuchen. Sie selbst hatte nicht mitfahren können, weil sie keinen Urlaub bekommen hatte. Und Lilith hatte sich so gefreut, endlich mal wieder ihre Oma zu sehen. Eine halbe Stunde vor der … Fine schluckte … Amokfahrt hatten sie noch telefoniert. Tom hatte erzählt, dass er mit Lilith jetzt noch ein Eis essen wolle, während sie auf seine Mutter warteten, die am Friedhof gewesen war. Fine schluchzte, und ihr Herz krampfte sich zusammen. Das alles war so sinnlos. Und unfair. Sie wusste, dass Insa recht hatte, sie konnte nichts dafür, aber es war einfach so schwer zu ertragen. Nie wieder würde Lilith mit ihr über den Strand toben, sie würde nie zu einer jungen Frau heranwachsen oder eine eigene Familie gründen, die sie dann zusammen mit Tom bewundert hätte. Der sie so oft zum Lachen gebracht hatte, auch wenn ihr gar nicht danach zumute gewesen war. All die Kleinigkeiten im Leben, das gemeinsame Lachen, der Kuss zwischen Tür und Angel, der letzte Blick vor dem Schlafengehen, ja, selbst die Streitereien waren ihr genommen worden. Für immer.

Sie hatte so viel Zeit in Therapien verbracht, ihre Wut herausgeschrien, alles immer und immer wieder besprochen, aber ihre Trauer ließ sich nicht einfach wegschieben wie ein verschlissener Vorhang, der seinen Zweck nicht mehr erfüllte. Sie würde bleiben und immer ein Teil von ihr sein.

Und trotzdem stand sie jetzt hier mit beiden Beinen fest verankert auf Spiekeroog. Fine schniefte, und Insa ließ sie los und reichte ihr ein Taschentuch. Sie schnäuzte sich kräftig und tupfte sich die Tränen von den Wangen. Atmete hörbar aus. Seit Langem hatte sie wieder einen Fall zu Ende ermittelt und war sogar dem Tod von der Schippe gesprungen. Ihre Zeit war noch nicht um gewesen. Und ja, sie konnte stolz auf sich sein. Sie hatte sich nicht unterkriegen lassen.

In diesem Moment riss die Wolkendecke am Horizont auf, und ein breiter Sonnenstrahl stach ins Meer, tanzte auf den Wellen. Fines Mundwinkel hoben sich, wieder kamen ihr die Tränen, aber dieses Mal waren es keine Tränen der Trauer. Sie legte die Handflächen aneinander und hob sie vor die Brust, deutete eine leichte Verbeugung mit dem Kopf an und flüsterte »Danke« in die Richtung des Sonnenstrahls. Insa drückte sie noch einmal fest an sich und reichte ihr ein weiteres Taschentuch. Wieder tupfte Fine sich die Tränen damit ab und putzte sich die Nase. Dann nickte sie und atmete noch einmal tief durch.

»*Ready to rumble?*«, fragte Insa mit einem Lächeln und legte den Arm um sie.

Fine lächelte zurück. »Aber so was von.«

Dann drehten sich die beiden um und wanderten über den breiten Sandstrand zu den Strandkörben, wo Hardy, Werner Thomas und Laura Boode zusammen mit Maja auf sie warteten. Jens Boode war mittlerweile verhaftet worden, und das Gasthaus wurde momentan von Laura geführt. Maja rannte zwischen den Strandkörben hin und her, bückte sich zwischendurch, um etwas aufzuheben. Wahrscheinlich Muscheln. Hardy und Werner Thomas schleppten eine Kühltasche mit Getränken zu drei nebeneinanderstehenden Strandkörben, in einem hatte sich Laura schon niedergelassen. Einen geöffneten Picknickkorb vor sich, aus dem sie alle möglichen Dosen auf eine Decke vor dem Strandkorb stapelte. Mehrere Pizzakartons lagen ebenfalls auf der Decke. Sie winkte Fine und Insa zu.

Insa stupste Fine an. »Wer zuerst da ist!« Sie rannte los, bevor Fine überhaupt verstand, um was es ging.

»Hey, das ist unfair!«, schrie sie und rannte der lachenden Insa hinterher über den weichen hellen Sand.

Und mit jedem Schritt fühlte sie, wie ein Stein nach dem anderen aus der Mauer um ihr Herz abfiel. Spiekeroog hatte sein Versprechen gehalten. Die der Insel eigene Kraft, der Puls des Meeres hatten von Fine Besitz ergriffen und sie festgehalten. Die Ruhe hatte wieder heimgefunden. Es war vielleicht nicht alles gut, aber es war deutlich besser. Sie war angekommen.

Insas Aprikosenkuchen

Zutaten

800 g Aprikosen
200 g Marzipan
50 g Zucker
2 Eier
150 g flüssige Butter
115 g glutenfreies Mehl (oder 130 g herkömmliches Mehl)
2 TL Backpulver
150g Aprikosenmarmelade

Für die Streusel:
100 g glutenfreies (oder herkömmliches) Mehl
50 g glutenfreie Haferflocken
50 g Zucker
½ TL Vanillepulver
80 g kalte Butter

Zubereitung

Die Aprikosen halbieren und entsteinen, beiseitestellen. Das Marzipan mit dem Zucker und den Eiern schaumig aufschlagen, die flüssige Butter vorsichtig darunterrühren. Das Mehl mit dem Backpulver vermischen und ebenfalls darunterrühren. Den Teig in eine Springform von 24 cm Durchmesser geben und die Aprikosenhälften darauflegen. Die Aprikosenmarmelade etwas erwärmen und auf dem Kuchen verstreichen. Aus den restlichen Zutaten Streusel kneten und darüber verteilen.
Bei 175 °C Ober-/Unterhitze etwa 50 Minuten backen.
Good Appetit, dat smeckt no mehr!

Danksagung

So viele Menschen haben dazu beigetragen, dieses Buch zu dem zu machen, was es jetzt ist. Vielen lieben Dank!

Herzlichen Dank an meinen Mann und meine drei Töchter, die als Erste mitbekommen, ob eine Szene funktioniert oder nicht. Dann wird diskutiert, überlegt und umgeschrieben. Manchmal auch bis tief in die Nacht. Danke für euer Verständnis! Ihr seid die Besten.

Natürlich haben auch wieder viele Testleserinnen und Testleser mitgewirkt, um möglichst alles zu finden, was ich vor lauter Buchstaben im Text nicht mehr gesehen habe. Mein größter Respekt und Dank geht an: Beate Werum (www.meenzerbuuchmeedsche.wordpress.com), Lilli Gerhard, Andrea Melzer, Wolfgang Bremer, Michaela Proksch (Teil des Autorenduos Michelle C. Ahrens, www.michellecahrens.de), Lars Drüppel, Lara Drüppel, Carola M. Lowitz (eine der Autorinnen der Dystopie Harper Green – Be Brave. Be Angry. Be the Storm), Hartmut Braune und meine Agentin Monika Hofko von der Scripta Literaturagentur.

Ein großer Dank gebührt allen Mitarbeiterinnen und Mitarbeitern des Emons Verlags, die dazu beigetragen haben, dass diese Krimireihe rund um Serafine Küster entstehen durfte. Ich freue mich unglaublich darüber!

Natürlich möchte ich auch alle auf Spiekeroog erwähnen, die meine Fragen mit einer unendlichen Geduld beantwortet haben, ganz vorn mit dabei Carsten Karger aus der Kogge und Polizeihauptkommissar André Basold (Grüße an Hubert).

Und jetzt bleibt mir nicht mehr, als zu sagen: Schauen Sie doch selbst einmal auf Spiekeroog vorbei, vielleicht begegnen wir uns!

Katharina Drüppel alias Kaja Petersen

Katharina Drüppel/Heike Heinlein
FRANKENSTICH
Broschur, 320 Seiten
ISBN 978-3-7408-0620-0

Die Szene könnte aus einem seiner Regionalkrimis stammen, nur ist Georg Neuner selbst der Tote: Der Starautor liegt erstochen in einer Erlanger Buchhandlung. Für Hauptkommissar Clemens Sartorius gestalten sich die Ermittlungen schwierig: Die fränkische Lebensart liegt ihm nicht, seine Kollegin will mehr als nur Kollegin sein, und dann beginnt auch noch die hauptverdächtige Buchhändlerin Felicitas Reichelsdörfer, auf eigene Faust zu ermitteln ...

www.emons-verlag.de

Katharina Drüppel/Heike Heinlein
SCHÖNER STERBEN IN FRANKEN
Broschur, 288 Seiten
ISBN 978-3-7408-1116-7

Schock auf dem Erlanger Schlossgartenfest! In der Skulptur des
Hugenottenbrunnens liegt eine markgräflich gewandete Frau –
erdrosselt. Die Suche nach dem Täter führt Kommissar Clemens
Sartorius ins Umfeld der Universität und zu Missgunst und Neid
hinter verschlossenen Türen. Zu allem Überfluss mischt sich auch
noch seine alte Bekannte, Buchhändlerin Felicitas Reichelsdörfer,
in die Ermittlungen ein und stellt die Nerven des Kommissars auf
eine harte Probe.

www.emons-verlag.de

Katharina Drüppel
TOD IN FRANKEN
Broschur, 288 Seiten
ISBN 978-3-7408-1473-1

An einem See bei Erlangen wird die Leiche einer jungen Frau gefunden – es ist die Freundin des suspendierten Hauptkommissars
Clemens Sartorius, der schnell zum Hauptverdächtigen wird. Um
einer Verhaftung zu entgehen, taucht er in Nürnberg unter. Dabei
trifft er auf die Forensikerin Marie Mayfield. Kann sie ihm helfen,
den wahren Täter zu finden? Und was hat das alles mit der lange
zurückliegenden Ermordung von Sartorius' Schwester zu tun? Um
diese Fragen zu beantworten, muss er tief in eine schmerzliche
Vergangenheit eintauchen ...

www.emons-verlag.de